大洋彼岸的风花雪月

姜　萍

华龄出版社

责任编辑：吴　婧
封面设计：李　怡
责任印制：李未圻

图书在版编目（CIP）数据

大洋彼岸的风花雪月/姜萍著．—北京：华龄出版社，2011.9
ISBN 978-7-80178-871-9

Ⅰ.①大…　Ⅱ.①姜…　Ⅲ.①随笔—作品集—中国—当代　Ⅳ.①I267.1

中国版本图书馆 CIP 数据核字（2011）第 182162 号

书　　名： 大洋彼岸的风花雪月
作　　者： 姜　萍　著
出版发行： 华龄出版社
印　　刷： 北京画中画印刷有限公司
版　　次： 2011 年 10 月第 1 版　　2011 年 10 月第 1 次印刷
开　　本： 880×1230　1/32　　**印　　张：** 9.25
字　　数： 230 千字　　**印　　数：** 1～2000 册
定　　价： 20.00 元

地　　址： 北京西城区鼓楼西大街 41 号　　**邮编：** 100009
电　　话： 84044445（发行部）　　**传真：** 84039173

内容提要

洋洋洒洒博客文章，笔触直率荡气回肠。跨过沧桑岁月，感受人生辉煌。资深美女遭遇正宗蓝白金，两情相悦化学反应。骨灰级中国剩女终于出嫁，嫁到金融危机的中心地带。从此中国职业女性，蜕变为美国家庭煮妇，破帽遮颜过闹市，锅碗瓢勺遍地油，不修饰不打扮，不爱做家务，一头钻进网络中。大千世界美不胜收，气味相投以博会友，迅速成长为写博专业户，随后升级为写博神经病。文章内容涉及人老珠黄退休生活、世界旅行生活点滴、人生经历朝花夕拾……心直口快有啥说啥，嬉笑怒骂皆成文章。没有倾国倾城的貌，也做风花雪月的梦。与你不一样的生活体验，给你不一样的人生感悟。

序

顾月华

Jesmine是一位聪明宽厚善良及幸运的女人，这从她的文风中你可以感受到如沐浴在阳光与春风中的感觉。我对她的散文相当欣赏，因为她表达出真诚的感情，不无病呻吟，不矫揉造作，此为散文成功了一半，加上她流利的文笔及锋利的剪裁，有时偏有出奇佳境。比如我最喜欢她写《总统的贺卡》一文的结尾：我把信封和贺卡扫描，发邮件给在国内的弟弟。弟弟的回复很简单，就一句话："美国总统不忙。"至此再多一句话也是多余了，而她能收放自如也是一件功力，给读者印象非常深刻。

另外，我非常欣赏她的夫妇感情，而她的丈夫也是一位多情的智者，他这样描述他们的相遇"上帝有时把你的另一半抛得很远，这样你就要爬山涉水走很远的路去寻找，也许翻山越岭还不够，还要跨洋去寻找。"这样美的文词，竟然就在他们的生活中，随随便便地说了出来。

可以想见，Jesmine将要出版的书，将会给人何等丰富的文化盛宴！

让思绪飞 （前言）

自从结婚移民到美国就成了家庭妇女，生活方式 180 度大转变。结束紧张忙碌沸腾的职场生涯，过上悠闲安静浪漫的田园生活，多好呀，多令人向往呀。可我却很难适应，落差太大了。

原来每天上班就恨睡觉时间少，现在白天无所事事，晚上彻夜无眠。

失眠就是这样，越想睡觉越爱胡思乱想，更加睡不着。几十年经历的事情，一件件，一桩桩，是非黑白全想起来了，像过电影一样重演了一遍。一生遇到的人，从至亲父母、手足兄弟，到知心朋友、同窗同事，一个一个，一帮一帮，一伙一伙全来报到。一夜夜，从《共产党宣言》到毛主席诗词，从上山下乡到出国定居，从改革开放到奥运成功，四海翻腾云水怒，五洲震荡风雷激，一点睡意没有直至东方红，太阳升。

刚开始很为失眠苦恼，后来看开了，鸳鸯蝴蝶派的张恨水就是由于神经衰弱睡眠不好写出来《八十一梦》，而著名作家严歌苓也是因失眠而写了很多脍炙人口的作品，如今，咱有经历，有感悟，有时间，何不把它们写出来呢？说不定咱也能写一本书呢。

有人说，不必为生存而工作，愿意干啥就干啥，那才是真正的生活。而我现在的生活就是清零重新启动，开始我愿意的写博生涯。于是乎，走火入魔一般，晚上想，白天写，像大旱后的大涝，如三峡泄洪，一发不可收拾，整个人坠落网底，帖子发得像子弹一样，嗖嗖嗖的，开博刚刚 58 天我就成了雅虎博客首页的牛博之星。说好听呢，是写博达人，不好听呢，就是写博神经病。

山不转水转，转眼间三年了，断断续续写了一百多篇，也不过就是写写家长里短出门旅行，所思所忆经历回放，所见所闻有啥说啥。青云浮云皆成文章，高调低调同一首歌。美好的初衷是给人以启迪，搏人开心一笑。有道是：书到用时方恨少。纵有千般思绪也无奈拙笔一枝，太多太多不尽人意，只有请老师您多包涵。

眼见沧海难为水，身到蓬莱即是仙。花自飘零水自流，我的博客我做主。

让思绪飞，让江河流；享受生活，品尝美好；心田开花，满眼都是花的海洋。

桃花潭水深千尺，不及网友赠我情。承蒙广大博友们的爱戴、推荐和支持，这是让我把博客变成书的动力源泉，仅以此书献给你们。

目　录

生　活　篇

人　物　篇

旅 游 篇

人　文　篇

生活篇

经典时刻

时光雕刻过久，美女已经资深。

2007年7月7日，777，多么幸运的日子！和成千上万的新人们一样，我们也选择这个千年不遇的日子跨进庄严神圣的婚姻殿堂。

拉斯维加斯，这个世界上最富有动感，最富有活力，最富有色彩的城市，今天天气宜人，天空碧蓝，艳阳高照，白鸽群飞，鲜花盛开，情垂平野，爱涌大漠，伊甸园的快乐天使们都向我敞开了胸怀。

我们下榻在著名的超豪华酒店凯撒宫贵宾楼。贵宾楼有一个专门通道通向大街，没有重大事件不开门。而现在，一辆超长的“雷蒙捷”等在那里，专职门童，专职司机，专业人员提供专门服务，一行人前呼后拥，像王公贵族出行，兴师动众，这是接新娘的最高礼遇，也是我今天作为新娘，作为明星，作为最幸福的女人独享的辉煌灿烂的经典时刻。

装饰一新的小教堂，既传统质朴，又美丽热情，鲜花簇拥着雪白的墙，尖尖的红房顶映照在蓝天下，穿着白纱的新娘我比以往任何时候都更纯洁更美丽，幸福的心中充满了爱。世界在上帝的关怀下真是太美好了，庄严神圣的时刻，人生美好的瞬间，像彩虹一样一下子 Flashing 起来。

我戴着镶满钻石的王冠，披着白纱，穿着法国名家的名贵婚礼服，手捧红玫瑰花，登着水晶钻的白色高跟鞋，像公主一样踏上红地毯，随着音乐缓缓走向我的爱人，走向那个我寻觅了半个世纪，跨过半个地球才找到的上帝赐给我的那个最好的男人，也走进了童年的绚丽多彩的梦幻里。

我走过去，那个英俊潇洒的男人等在那里，向我伸出手，睿智幽默自信，翘起的嘴角带着欣喜和鼓励的微笑，透明如湖水的蓝眼睛，放射出强烈的深沉的温柔的爱……如梦如幻的时刻，我陶醉了。

优雅风趣的法国牧师，更给我们带来好心情。他先讲了一段圣经，然后带领新郎和新娘站在上帝面前，手拉手面对面地分别向对方宣誓并由上帝作证。我选择你为我的丈夫（妻子），共度一生，无论顺境还是困境，无论富裕还是贫穷，无论健康还是疾病，我都要和你在一起，爱你，关心你，照顾你，给你快乐并珍惜你，直到终生。

宣誓之后交换戒指，热烈亲吻。大家鼓掌，镁光灯闪来闪去。

婚礼简单而隆重。妹妹是家族的代表，专程从北京飞过来为我证婚。在美国的好朋友们都在百忙中从纽约、芝加哥、科罗拉多、棕榈泉、南加州等地抽身前来祝贺。

凯撒宫的宴会厅金碧辉煌，喜气洋洋，我身穿紫色大花丝绸旗袍，惊艳，自信，骄傲，幸福洋溢。吸引大批人们对中国新娘的艳羡目光，一进入宴会厅就响起热烈的掌声。大家要求我讲几句话。我站起来，仿佛电影里的镜头，穿着中国旗袍的新娘用英语说："感谢天各一方的朋友们，你们的祝福让我幸福得快要融化了。"

说过"YES，I DO!"从此我拥有了刻骨铭心的爱情，海枯石烂的誓言，天荒地老的约定，相爱百年的承诺。

我的爱，我的幸福，定格在一生永远铭记的精彩瞬间，经典时刻!

2007.7.7

总统的贺卡

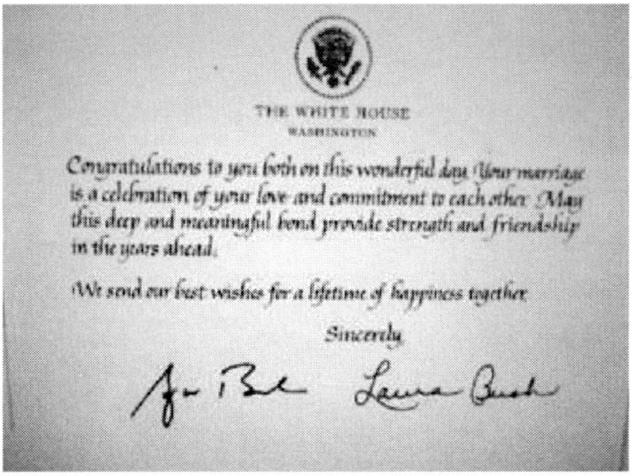
THE WHITE HOUSE
WASHINGTON

Congratulations to you both on this wonderful day. Your marriage is a celebration of your love and commitment to each other. May this deep and meaningful bond provide strength and friendship in the years ahead.

We send our best wishes for a lifetime of happiness together.

Sincerely,

结婚以后不久突然收到了一封寄自白宫的信。信封的左上角，寄信人的位置，清清楚楚地写着：“白宫，华盛顿，20500。”这是谁来的信呐，我纳闷。

打开一看，是美国总统布什和夫人亲自签字的贺卡。内容是祝贺我们结婚。

哇！这也太神奇了，总统怎么知道我们结婚的事呢。先生很低调地说，这没什么，不是有很多人祝贺咱们吗。布什是我朋友。我说，我不信。我再三追问到底是怎么回事？

原来，在美国，每个公民都可以写信或发邮件给总统，提出你的要求。先生背着我给白宫发了一个邮件，说我们要结婚，希望得到总统签字的贺卡和祝福。他如愿以偿了。

先生问我，是不是可以给中国国务院写封信提一下同样的要求。我说，先不说领导是否给签这个字，就写信要求而言，不是大脑进水也是缺弦。结婚是你自己的事和国务院有啥关系。

我把信封和贺卡扫描，发邮件给在国内的弟弟。

弟弟的回复很简单，就一句话：“美国总统不忙。”

纸婚遥想

半个世纪独身生活，几十年千锤百炼，造就了个性独立坚强、刚愎自用的老女人。未曾想，晚节不保，年过半百之后被美国佬的丘比特箭射中，坠入爱河，披纱戴钻，远嫁加州。光阴荏苒，弹指一年，名为纸婚。

现在居家小女人伏案深思，遥想当年，钢铁意志如何就被老外瓦解了呢？要从灵魂深处狠挖思想根源。

大风大浪都见过，也曾经沧海桑田，却从未体验过这般浪漫温柔。可称之为玫瑰花战略。不惜重金，通过网络，频频送花，献媚求爱。情人节，生日，各种节日，都会送花，有时还送大花篮和其他礼物。不年不节的也送花，理由是送惊喜。每次机场重逢，都会有一束鲜艳欲滴的红玫瑰花献上。第一次坐他的车，居然在副驾驶座位前的空调口插了一支新鲜的红玫瑰花。女强人，再强也是女人哪。谁能拒绝这浪漫的玫瑰花？

第二个温柔法宝非甜言蜜语莫属。专门跨洋来相亲，已经登陆好几天。只听电话不见人。千呼万唤始出来，犹抱琵琶半遮面。如此自信的男人也有英雄气短的时候。虽然已有数月的邮件往来，算是感情铺垫，可他还是担心自己形象不过关。为了让肥胖的身体和俊朗的脸相配，半年内居然减肥 80 磅。奇迹呀！不过婚前损失婚后补，没用很长时间就全恢复正常。却原来，减肥只是相亲的权宜之计。

泰国餐厅共进午餐。见面后他说的第一句话“你比照片还漂亮”，第二句是“你看起来只有 26 岁”。——开门就见山，甜言蜜语武装的糖衣炮弹攻势猛烈，小女子抵挡不住，一时晕头转向，哪还有心思细细端量他的光辉形象啊。最初写邮件时，我假装谦虚地说我英文不好，得到的回答是“在这个世界上能用两种语言说和写的人都值得我一千倍的尊敬”。我的不温柔和说话直来直去被说成“你是我最欣赏的那种有强硬个性的女人”。……

女人啊，如果你不能享受这种甜言蜜语的爱，岂不枉为女人？

2008.7.13

结婚周年纪念日

最烂漫的事，望着玫瑰甜甜腻腻地微笑；
最幸福的事，互相搀扶磨磨蹭蹭地变老。

还有一个小时他就要下班了，我要赶快写一篇邮件发给他，让他在下班前收到。

今天是我结婚一周年的日子。回想一年来的幸福生活，他用无私的爱温暖关怀包容我，使我有了人生的第二春。他让我本来已经丰富多彩的人生变得更加精彩。我要感谢他，要让他知道我对他的爱和谢意。

先生今天比平常晚回来一个多小时。一见面，他就呈上一大束大朵的红玫瑰，下面用二寸宽的红缎带系成蝴蝶结。接着他递过来一个纸兜，我从这个品牌包装的纸袋里拿出一个包装精致的盒子，打开一看，惊呆了，是用水晶设计制作的一盆红玫瑰花。我大叫一声，用双手蒙住脸，热泪夺眶而出了。我曾是一个坚强的女人，成年以后几乎没有哭过。有一次和朋友闲聊，我说不知道什么能让我掉泪。一般只有两种情况人容易掉泪，就是被感动和受委屈。没有可以感动得让我这种人流泪的事，而我的性格也绝不会让自己受委屈，看到不平的事，早就拍案而起，不吐不快了！朋友说，你不是女人！可今天，我变成了女人，一个流泪的小女人，我被这份真诚的爱情所感动，我被自己的幸福所感动。

先生常说，所有的节日、假日、纪念日都是平常的日子，只不过是商家的节日。他最不愿意做的事之一就是为别人选节日礼物。

他拥抱着我，说“Strong woman 的信写的 very strong。狠狠地抓住了我的心”。我问，“你很受感动吗?”“是的”，他说并用手比划着“把我的心从左面 moved 到右面了。”于是他决定送个结婚周年的礼物给我，下班的路上买了这盆永不凋谢的玫瑰花，愿我们的爱情像她一样永恒，永远晶莹璀璨，永远鲜艳诱人。

礼物也好，纪念日也好，都留在美好的记忆中了。

我因此突然明白一个道理，人们常说婚姻是要经营的。如果我们把自己的爱埋在心里，对方的感受就不会如此强烈。一封信，一个礼物，一个示爱的小举措，会让婚姻的长河里一次次掀起爱情的浪花，会让爱情的美酒随着时间的推移而更加醇厚隽永。

我们何乐而不为呢?

2008. 7. 7

我的家园

房子座落在绿地毯中央，被绿树环绕着。院子的东西两角各有一棵老树，像二位忠诚的老臣守护着家园。靠院子东面有一条私家车道。车道的左边矗立着三棵棕榈树，需仰头才能看到顶，已经三十多年了，行车在大街上就可以看到这三根擎天柱顶着几把扇子。树下面是一个小花园，长满了玫瑰花、月季花和各种各样的花。还有一种墨西哥的花草，常被误认为是薰衣草，但比薰衣草更好看。一棵至少有一米直径，呈一大球状，表面开着一朵朵朝天直立的紫色的像麦穗一样的花，花有二十公分长，煞是好看。乍一看似是人工修剪而成，其实自然生长就能长得这么有模有样的，够神奇吧。

车道的这一边，一棵银杏树，正值旺年，枝繁叶茂，秋天里，金黄色的树叶撒在绿草坪上，在夕阳的照耀下闪着金光，美丽景色，让人不忍扫去。与路东对应，这边也有一个三角形小花园。花坛角落被一种长青植物挤满，中间种的是小菊花。黄色，粉色，紫红色，小花开得一片一片，一组一组的，且一点都不张扬。像农村姑娘即朴实又不失青春光彩。

没脚深的草地，软软的，湿湿的，不时有一小株蒲公英冒出来，有时还会长出几个大白蘑菇。这是自然领域，植物花草，自然生长，自然开放，它们呼吸着自由的空气，它们自己决定自己的青春和生命。

从车道入口处放眼望去，深紫红色的三角花正在一大束一大束地盛开，又茂盛，又鲜艳，围栏里外全是。这样生动美丽，新鲜诱人，像青春的血液在涌动，像爱情的花朵在绽放。围栏里面是一片美人蕉，个个高挑身材，红黄粉竞相开放，千姿百态，绝对美人！

墙角是我们不负众望的石榴树，千枝万叶散开，大大小小的石榴挂在上面。有的是红色，有的已经变成黑色，强壮的生命力把石榴绽开，漏出里面黑色的果实。这是我的好友最想得到的礼物。

院中心还有一个圆形的花坛。中间有一棵开红花的树。下面是黄色的菊花，白色的球球花和一大片像茴香一样的绿枝，开的花从粉色到深玫瑰红，不同层次的玫瑰红色，深深浅浅，每一片花颜色都不同，不知道有多少种颜色。这就是自然给予的，自然是真正的色彩大师。自然给予我们新鲜、色彩和美丽。一株株“茴香”，长长的径上顶着片片玫瑰红的花朵，微风拂煦，花枝随风摇曳，婀娜多姿像美丽的少女翩翩起舞。每每伫立静观，花不醉人人自醉。自然，是这么宁静、优雅、和谐、美丽。

后院面积很大，约合中国亩 10 亩。分成三个部分。第一部分是花园，与前院连成一体，有丝网围栏，围绕着房子。第二部分是自留地，第三部分是真正的后院。

后院花园中心有两棵巨大的桑树，两棵树的树枝互相争抢空间，连在一起形成一个天然的很大的树林华盖。就在这个华盖的下面，安装了一个冲浪浴缸，完全自动化控制，随时可进去享受一番。我们泡在浴缸里面聊天，有时看天上的飞机，有时看秋风扫落叶，有时数星星，有时看日落。中秋佳节还可赏月亮。周末早晨，我们在浴缸里一边呼吸新鲜空气，一边喝着茶水，吃着点心。世外桃源，自由自在。

围绕着围栏有一圈花坛，长满了各种花草：薰衣草、天堂鸟、裸体女郎（一种粉色的花，一根杆顶着花，没有叶子，因此得名。），兰花、茉莉花、扶桑、郁金香，等等，还有比花还小的树。不同季节交替更换，各种花草也是你刚唱罢我登场，各自妖娆。花坛边上是一排小礼帽式的路灯，有 20 公分高，太阳能的，天一黑，自动就亮。煞是可爱。

我们的自留地实际上是两部分，中间有铁丝网分开。一部分是花圃。花儿都种在花盆里。花盆都各就各位，因为每个花盆的位置都有注水滴灌。值得一提的是，为了防止长草，汤姆的发明，把地上铺上地毯。另一部分，我们种西瓜，哈蜜瓜，西红柿，丝瓜。今年我们种的西红柿长得特别好，但是它需要我们给以支持，我们惭愧，没做好支架，果实累累的枝子都倒在地上。明年我们要好好筹划一下这块自留地。因有两道铁丝网围栏，还种了一些葡萄，有紫葡萄和绿葡萄，长势特别好，特甜，不酸，在我的朋友 Party 上非常受欢迎。

大后院种的全是树。值得吹嘘的是我们的管道灌溉系统。我们把 4 分的塑料管道布在地下，再用土掩埋，留一小口连接很细的小管，有各种不同的喷头，根据树的大小和用水程度决定用哪一种哪一号的喷头。设置好每天几次灌溉，每次几分钟。我们就可以放心去旅行，再不会像以前那样旅行归来树干死了。

以前我开拖拉机除草，现在也不用了。我们买了很多木屑铺在地上。这种做法你只有在很高级的国家公园才可以看到。踩在木屑上感觉很松软，如果刚下完雨，那感觉就更好了，还有木屑的香味，似乎走在森林的路上，挺浪漫的。

院子外面一圈是我也说不上来名字的树和一排棕榈树，汤姆种了一些他十分钟爱的竹子，本地太干燥，不宜竹子生长，有的长得很好，不辜负汤姆的爱心，有的实在支撑不下去，也只好下次再种。树木还是以果树为主。有橙子、桔子、柚子、柿子、柠檬、枇杷树、桃树、李树、杏树、苹果树、还有核桃树。各种果实排队而来。

院子里充满鸟语花香。鸟是主人，每天清晨，还没起床就听见鸟在唱，阳光明媚的一天又开始了。蝴蝶和蜜蜂分享我们的花香，鸟儿则分享树上的果实。苹果和柿子都被他们抢了先，即使汤姆把光碟用线挂在树上，风一吹，光盘晃动，一闪一闪的，以吓唬鸟儿，但是有美食在此，鸟为食亡，它才不管什么光盘银盘呢。现在石榴和核桃熟了，我要先下手为强。

我很爱我们的院子，每天都到后院视察，查看是否有田鼠出入，以及树木生长情况，发现问题及时处理。汤姆说，我是这园中的 Queen（皇后），让我提交建设计划。当然，我有很多宏伟计划，我要种更多的树，让后院成为我和鸟儿们共同的天堂。

2007.9

幸福靓招

表扬为主　高高飘扬

山长水阔知何处，从此并肩看彩霞。

在我们小范围人群中，有时用一些自己的语汇。如表扬和夸奖则称为“飘扬”，如果是赞美，则称为“高高飘扬”。

自打嫁到美国，就成了家庭主妇。干了一辈子革命工作，最不擅长的就是做家务。既然开始第二春，咱就放下身段从头学起吧。

照本宣科学做饭。不论火候如何，不管盐多盐少，先生总是由衷地说："真好吃!"，我的劳动和付出得到的永远是表扬和赞美，我心里美滋滋的，决心下次做得更好。每天他下班回来，都会说：家里真干净，整个房子都很漂亮……每次我给他洗了衣服，他都会说谢谢你，你是一个伟大的妻子，你做了了不起的工作……先生从不吝惜赞美的语言和词汇，你做的每件事，他都看在眼里并给予"高高飘扬"，只动口不动手还最让小女人感觉心情舒畅，觉得为他，为爱付出再多也值得。于是两个人皆大欢喜。

我去考驾照，我用最短的时间完成了 48 道题并且全答对，我出来时，他当众拥抱我，并说："我为你骄傲!"本来是一件小事，可他的这一句话，美得我屁颠屁颠的，永远忘不了此时此景。

去会朋友或陪先生出去吃饭等活动时，照例要打扮一番，他在出门之前都要好好欣赏一下自己的黄脸婆妻子，然后口吐莲花，大大赞美，"高高飘扬"之后，方才得意地挽着妻子出门。

"高高飘扬"是夫妻相处之重要法宝，是制造和谐美满生活之有效措施。中国男人们请学会多多赞扬你的妻子，被"高高飘扬"的妻子会觉得很幸福的!

幽默你我　其乐融融

幽默是生活的色彩，它让我们的生活锦上添花，它让我们的生活开心有趣。

一次从朋友家出来，朋友按了一下车的遥控开关，吱的一声响，那声音很特别，像是警笛。说时迟，那时快，只见我先生一个急转身，双手举起，趴在车库门上，简直就像电影一样。那反应之快，那动作之灵敏，绝不像他这个胖子能为。逗得我们大家笑弯了腰。中国几十岁年纪的人，通常举止行为端庄，表情严肃，不会做这种恶作剧。美国人思想里没有这些羁绊，常常做出这样出其不意的行为，让人开心一把。

我家厨房的窗户有点像麦当劳的窗口。一日，我站在窗外，而他恰好在厨房，于是我像在麦当劳，对他说："我要一个汉堡，一杯可乐。"他于是转过身，像取东西一样，然后伸过手来说："这是您想要的。"我接着问："多少钱?"回答是："对于美女，我们不收钱。"看到他一脸色迷迷的献媚表情，我忍不住说："你这个老色鬼!"他说："我正是。"……我们哈哈大笑，亣作一团。

我们坐在沙发上看电视，我站起来时碰到他的脚，他大叫一声："性骚扰!"我立刻动手反击，此时他一点也不反抗，还哼哼着说："啊……这是我最喜欢的，我享受这个!"这个老活宝!

一天他出门不留神把门锁上了，于是敲门。我走过去，装作不认识，问："你找谁?"他说："我找一位非常漂亮的中国女人，她又年轻又性感，……越说越黄，我赶快开门让这个老色鬼进门，以免他说出更过分的话来。"

他是一个饕餮之徒，最大的特点就是爱吃。他总建议去某个餐馆吃饭，被我否决之后，眼睛一闭，嘴一瘪，就抽咽起来，嘴里嘟囔着，振振有词的。小孩子被大人拒绝的样子让他模仿得惟妙惟肖。笑得我眼泪都出来了。他老要吃零食，我说他怎么像一个5岁的孩子，他马上摇晃着肩膀，仰着头，用小孩的声音和腔调说："我都5岁半了。"

和朋友一起用餐，我不小心碰洒了盘子，他赶快用手蒙住自己的双眼，表示没看见，逗得朋友们哈哈大笑。他总说我26岁，他自己27岁，我把他的话告诉朋友，他表现出非常不好意思，害臊地说："我没说我27岁，我快30岁了。"又引起哄堂大笑。

他下班回家喜欢听我讲故事，当然主要是讲日本人的故事啦。他像一个孩子一屁股坐在吃饭的台子上，叫着嚷着要听日本人的故事。他知道中国和日本的历史恩怨，他旗帜鲜明，和我同仇敌忾，一起嘲笑小日本……哦，还不错，没有站错队啊。

我在中国工作时，他一年来中国3次，每次都住满签证规定的30天。我告诉他："你是年纪大的人谈恋爱，好比破房子着火，没救。”他说：“我们还很年轻啊。”我说：“那你就是年轻人谈恋爱，像煮牛奶，一下子就溢出来了。”因我在公司里年龄比较大，同事们就送了一个绰号给他，叫他“姐夫”。他乐得接受，感觉良好。一次同事们请他吃饭，他问吃什么，同事回答是：“姐夫洗澡。”他想不通，我告诉他，就是涮羊肉。事后，他说：“我很喜欢洗澡”。

每次和中国人在一起，我们总是笑话此起彼伏，大家欢聚一堂。朋友的母亲七十多岁了，家里有钟点工，可还是大小事非要亲力亲为。我劝他老人家，您要学会当领导。她问我何为当领导？“动嘴不动手呗！”下次再去看老人家，她摔了一跤，骨折了。我说，现在您是皇太后不垂帘儿。她又问怎么不垂帘儿？我说，您尽管发号施令，不听政，不问执行过程。老人家高兴地接受我的建议。我先生看到我一说话，大家就笑，很着急，让我翻译，对不起，翻译不了，翻了你也不懂，这里面学问深着呢。

我的同事发邮件给我，总是先问美国人民可好？落款还说向美国人民问好之类的话。可惜美国人民根本不能理解咱们中国人民的调侃和幽默。

他经常对别人讲，中国人也很幽默呢。我说：“我们中国人的幽默比你们还高一筹，你们是戏剧化和小丑式的幽默，而我们中国是语言的幽默。我们不需要任何表演，站在那里不露声色就能说得你捧腹大笑。你们的幽默是即景的，我们的幽默是文化积淀，寓意深刻的。你们慢慢学着吧。”美国人不服不行，中国5000年的灿烂文化和历史，哺育着我们每个中国人，作为中国人，我们骄傲啊。

不是海誓山盟，胜似海誓山盟；

不是甜言蜜语，胜似甜言蜜语。

独身半辈子，不相信这个世界上有一个男人等在那里，也不相信在这样的年龄还会义无反顾地爱上一个老外。柏拉图问苏格拉底婚姻是什么，苏格拉底回答，穿越这片树林，砍一颗最粗最壮的树回来。为了这一棵树，我情愿放弃一片森林，只身越洋，来到美国。也许这就叫“缘分”。

对于我们的相遇，我的先生是这样描述的：“上帝有时把你的另一半抛得很远，这样你就要爬山涉水走很远的路去寻找，也许翻山越岭还不够，还要跨洋去寻找。”“你要找到那个最适合你的人，你就要用比别人长很多的时间去寻找，也许需要花费半个世纪，甚至是花费一生的光阴在寻找。”

啊，原来他就是上帝给我安排的那一半，我走了那么远的路，花费那么长时间才找到他，我一定要好好珍惜他呀，别再瞎挑了。

订婚之前我们已交往一年多，相互间没有说过“我爱你”这句话。

因为他说：“爱不是轻易就可以说说的，她连着责任呐。”

“爱，说起来容易，做起来难呐。”

“爱是有行动的。”

“我们必须得能确认对方是自己的和谐伴侣，才能考虑下一步。”

我同他谈到网上写的文章，三个中国女人嫁给美国人，后来都离婚了。他说：“这些人根本没有想清楚和准备好。异族通婚，有比别人更多的相互吸引，也要有比别人更多的相互包容。”我说：“很多是由于文化差异造成的。”而他的回答是：“爱一个人就要爱她的全部，接受她的全部，接受她的家庭，她的文化，她所受的教育，尊重她的传统和习惯，尊敬她的民族和国家。”“你远离家人，我一定给你幸福的生活，我这一棵树的责任就是要代替那一片森林。”

两个人，两个民族，两种文化，有很多观念是完全不同的。

比如我告诉先生，我的同事们给我的高度评价是光明磊落，坦坦荡荡。可先生认为这还很不够，应该表里一致。换句话说，我穿上前露胸，后露背的衣服，中间不穿胸罩，这样才够上光明磊落坦坦荡荡。我不情愿，多大岁数了，绿漆刷得再厚也是老黄瓜。他坚持说，美国人不分老少，就这样穿，不仅健美而且性感。美国女人人高马大，胸前饱满像两个排球呼之欲出。可满街的男人都已经司空见惯审美疲劳，谁也不多瞅一眼。咱们哪有人家健美呀。先生说："咱们的质量好！"哎，这话我爱听。中国人看起来年轻，身体灵活，皮肤光洁，更重要的是，我对先生说："我们中国人的性感不在胸前，也不在美腿，而是在我们的聪明和智慧里。"

我一直向往那样的爱情，像江水滔滔，黄河咆哮，激情骇浪，汹涌澎湃，海枯石烂……他却说："爱情是生活的一部分，而生活应像小溪潺潺，细流涓涓，星辰日月，永不干涸，平平淡淡，朴实自然。"

我很喜欢四大天王之一刘德华的歌—《爱你一万年》。一万年，是多少年？一万是一百的二次方，我们普通人连一次方都活不到，二次方太夸张了……于是，我用数学方式表达我的感情：$Love^n$，爱你 N 次方。而他的回复是：Happiness ∞。幸福无穷大。这不正是歌中唱的幸福无极限吗。小女子总是被大老外这聪明的、富有哲理性的表白所感动，越发相信他，也越发爱他。

先生曾表示我嫁到美国后不降低生活水平。他千方百计想找一个佣人照顾我。在美国，人工很贵，他请朋友们帮忙找人，人家都觉得新鲜，不可理喻。朋友们告诉我此事时，还加上一句，你老公真爱你呀！

我对先生说："我真成了公主了"。因为他总是称我"Princess"，即公主之意。嗨，听了有点肉麻是吧。于是改请墨西哥人帮助打扫卫生。一次干两天，付 200 多美元工钱。雇来的人，非常斯文地工作，连汗都不出，一天能干完的事非要干两天，还赚了我们绿花花的钞票，来自中国的勤俭持家的小女子觉得这钱花得太冤，先生每天早晨5点就去上班，赚钱容易吗。凭着咱一不怕苦，二不怕死的革命精神，这点事算啥？再说咱是哪门子公主哇，用王朔的话说，都是苦孩子出身，于是自动请缨，把打扫卫生的工作揽到手。先生免了付钞票，“高高飘扬”就搞定。何乐而不为！从此再也不提此事。

由于有了先生的爱，有了那些不是海誓山盟的海誓山盟，不是甜言蜜语的甜言蜜语，小女子心甘情愿地把自己从一个职业妇女变成了家庭妇女，每天照顾着那个结婚前我视为高山、大树、磐石的人，而他现在在我面前只有15岁，有时候还只有5岁半！

浪漫田园

婚姻有浪漫，生活有滋味

人们普遍认为浪漫是恋爱的专利，浪漫好比是钓鱼的诱饵，鱼钓上来之后，就不需要诱饵了。于是有了婚姻，没了浪漫。其实，浪漫是一种情趣，是一种文化，是一种修养。浪漫是我们对自然世界和琐碎平凡生活的感悟。把浪漫引进婚姻，生活有滋味，添色彩。

蜜月旅行是重走一遍走过的路，重温恋爱的一段过程。我们去了大峡谷，在恩和布莱斯峡谷。上次来没照相，先生说，不要停留在照片上，要刻在记忆里。在黑夜的山谷里我们摒住呼吸，侧耳听水声、风声，植物生长的声音和远处传来的动物的吼叫声。还有先生的心跳声，他抱着我呢。抬头看着天上明亮的月亮和眨眼的星星。感受自然世界的洗礼，自己的胸怀境界似乎也跟着提升了，纯净了。我们追寻住过的原木尖顶小木屋，回想当年穿着华丽的丝绸睡衣，坐在壁炉旁的红地毯上，举着水晶杯，喝着红酒，贵族的享受。我们重温小木屋的快乐，享受我们独有的浪漫。的确，这一切都已铭刻在我美好的记忆里。

老公的生日，两周前我就悄悄下了邀请。是日，高朋满座，共贺生辰，齐赞主妇，房子漂亮，院子整洁。更让人欣赏的是我用红玫瑰花在餐桌上摆了一颗心，表示我爱你。老公激动地拥抱着我，说：“你是我见到的最美丽的花。”

西方人吃一点东西就用很大的盘子。每天做好饭，我都会用不同颜色的食物摆在盘子里，摆一个图案等，让人一看就有好心情和好胃口，当然一定会被先生“高高飘扬”。今天的早餐是葱花炒鸡蛋，炒得挺碎，铺满盘子，在鸡蛋上面用两根油煎的小泥肠摆成一个红圆圈，中间放了几个生煎饺子。昨天，我把黄色的芒果切成菠萝状，放在盘子上，用煮熟的绿豇豆把它围成不规则形状，其他的空地放一朵西兰花，旁边搁两个草莓，草莓的上面滴一点巧克力酱。把果盘放在冰箱里，待先生下班回来，口干舌燥，从冰箱里取出来就吃。感觉自是不同滋味。说是每天都吃艺术品。有时还会产生什么其他的恶作剧。

周末的早晨，一人端一杯茶，到后院的大冲浪浴缸里泡着。看树看鸟。有一种鸟叫汉明，身体比较小，飞得较低也较慢，在它飞翔的时候，你可以看到翅膀在扇动。看着看着我就走神了。以前我用联想电脑，现在用“呆儿”电脑，可能是中电脑的毒，我经常发呆并联想。大概是因为在水里，脑子里突然冒出一句：“到中流击水，浪遏飞舟。”接着，“圆天盖着大海，黑水托着孤舟，……”“君看一叶舟，出没风波里，……”“两岸猿声啼不住，轻舟已过万重山……”“会当凌绝顶，一览众山小。”从泰山又跳到衡山，忆起我当年带着毯子爬衡山。又联想到当年冬天，我没去上课，穿过干涸的湘江，一个人在橘子洲头游荡。我正忘乎所以自由驰骋之时，一阵水浪袭来，先生向我发出被冷落的抗议。我还抗议呢，破坏了我的美好联想。我得报复。于是，一对回归自然的老亚当和夏娃在周末的上午，在自家后院大桑树下的浴缸里开始了激烈的水战。

我们有一个用绳子拴的吊床，可以两个人一起躺在上面，气候宜人的时候就在那享受午觉。好几个到过我家的朋友都得到过这个待遇，分享我们这不可多得的田园休闲。

有时我们会在廊下坐着聊天，喝着我用院子里的橙子、柚子榨的果汁或自兑的鸡尾酒，沐浴着东边沙漠刮过来的热风和西面吹出来的海风，欣赏着落日和满天的彩霞，感觉着实惬意。有时他会唱歌给我听。

我的先生很会唱歌，是唱歌剧咏叹调那种。我要求他有事不许说，只许唱。于是他经常用帕瓦罗迪的唱腔——费加罗的咏叹调跟我说事，让我开心得不得了。我家有一架声音特别好的钢琴，先生多次建议我请老师学钢琴，可我麻袋上绣花，底子太差。豆芽菜上楼梯，我一个都不认识，手指头长得像胡萝卜，还弹钢琴呢，别丢人了。

住在干旱的沙漠，放水浇地是每天工作之一。是不是很农民？为了能均匀有效达到浇地的目的，美国有各种各样的浇水工具，有的能让水花在空中转圈飞舞，有的是180度，一排水柱像垂柳婆娑，嫦娥甩袖，……还有的像个车，上弦之后自动往前移动……我妹妹住在我家时，最喜欢的事就是浇水。每天黄昏要浇水时，先生用嘴学一声敲锣，当啷！我接着说："马斯塘路4457号，水秀表演现在开始。"然后隆重打开水龙头，观赏水在咱家院子里像仙女表演，或飘或舞或转圈。自得其乐，自我陶醉。

听雨，雨打芭蕉，多浪漫！可我们这里是沙漠，没雨！我们只能听水打芭蕉。当然是"Man Made"。院子的自动喷水装置每天晚上十点，准时喷水，360度转圈。第一声就像急风暴雨突然袭来，呼啸着，各种植物都欢呼着，挺身迎接生命之水。很快声音渐弱，渐远，……停息。片刻之后，又是一阵花草树叶狂躁，然后水声渐弱，渐远，……循环往复。每天晚上都听人造水打芭蕉，百听不厌。时常勾起浪漫遐想，唐诗宋词的美妙境界，才子佳人后花园私定终身，大千世界的狂风暴雨和涓涓细流都在这渐远渐近的水声中走进我思绪万千的梦幻里……　不过，每月付水费账单三百多块，只有心痛，全无浪漫之感觉。

为保持咱的窈窕身材，每天晚饭之后，我都散步一小时。一天，我看到漫天的红云晚霞，简直太漂亮了。我赶紧回家，拉先生出来观看。我们两人相拥地站在草地上，看着鲜红巨大的太阳慢慢地往下沉，清澈湛蓝的天空，绚丽的道道红云，从西向东，逐渐散开。啊，最美不过夕阳红，夕阳无限好！只是近黄昏……

但得夕阳无限好，何须惆怅近黄昏……还有叶帅伟人气魄，恢宏磅礴的诗："老夫喜作黄昏颂，满目青山夕照明……"虽然是夕阳，虽然是黄昏，虽然是年过半百的老顽童，岁月的沧桑却不能泯灭我们的烂漫情怀……哎，哎……又发呆联想起来。打住。

性格决定命运

有人把性格分成几类：活泼可爱，温柔美丽，内向害羞，浪漫迷人，风趣幽默，开朗大方，多愁善感。我是属于哪一种，前四种不沾边，身为老黄瓜咱有自知之明。风趣幽默有一点，开朗绝对是我，但是够不够大方，还真不好说。多愁善感，咱从没那雅兴！我不爱回头看，很多记忆的碎屑都被我抛入大海。我从不阴天下雨，无病呻吟，哼哼唧唧。我走路一阵风，说话赛洪钟。我永远嘻嘻哈哈，阳光灿烂，像块烂木头，没心没肺的，遇到好心人用刨子刨一下，还能看见崭新的木头茬。人不能太念旧，太念旧就不能与时俱进，人脑的进化得跟上电脑的换代才行啊。人也不能太感慨，一感慨就激昂，一激昂就要指点江山，嫉世愤俗，结果是于己于国家于社会都无济于补。何必呢。

老百姓被告知：相信党，相信政府，相信人民。浪漫的诗人会说：相信未来！聪明的哲学家会说：相信历史。

我说，相信你自己！做一个独立的大写的人！挺起胸膛向前走，不往两边看。只要你有明确的目标，只要你有坚毅的性格，只要你有足够的学识和修养，你就能看见胜利的彼岸……

请记住：知识改变命运，性格决定命运。

疚妻述职

在先生眼里，我是一个“能不够”。闲聊时，他问我，1976年的 4·5 运动和 1989 年的天安门事件，你是否看到。我说不仅看到，而且每天都在其中。于是他郑重建议，把你经历过的历史写一本书，留给后人。我说，你对我的期望也太高了，坐上飞机才能看到。而我的真实水平，你要乘潜水艇才能触到。

不管怎么说，别辜负先生的信任，别撕掉那层“能不够”的面纱。从写博开始。从写眼前的家庭琐事开始吧。贴了几篇，朋友们看了都写评语鼓励我，“高高飘扬”我，美得我忘乎所以，一泄不可收拾。还把朋友的评语说给先生听。网友们夸他的话，他可受用了，并做出各种可爱状。

每次我拿刀叉时，他都像条件反射一样高高举起双手。今天他反常，说：“不!”“为什么?”“你不敢。你的网友都说我是超可爱了，你那么多网友哪，他们会保护我。”嘿，他找到靠山了。

我沉浸在写博的快乐中，先生下班回来我也不知道。忽然从角落里传来呜咽声，一看，把脸埋在两个柜子的夹角，一抽一抽地哭着，嘟囔着：“自从你成了海明威，我就成了埃塞俄比亚的孤儿。”我急忙系上围裙下厨房，他还在那里没完没了，“你不是 housewife，你是 computer wife。”我赶快道歉。可这个埃塞俄比亚的孤儿理直气壮地说：“去餐馆吃饭。”我被迫同意，谁让我一不留神让他钻到空子呢。

他说：“我是爱人，不是斗士。”他总是用恶作剧和他特有的幽默半真半假地传达他的不满，让你在哈哈大笑中反省自己。既让你下次注意，又不伤你的面子。用心良苦哇，老公!

咱不能光说不练，要有实际行动。Turn Off，关机。陪老公看电视。

我说：“我下网了，你可以去查你的邮件。”

老公：“I’ve forgotten how to.”我已经忘了怎么使用计算机。

老公一边看电视，一边用一盆热盐水泡右脚。他的大脚趾受伤，指甲掉了一半，整个脚趾又红又肿。每天上班前他自己护理，从不让我插手。

过了一会儿，我给他加了一杯热水，让他多泡一会儿。在他擦脚的时候，我端起盆把水倒掉了。像平常一样，他赶快给我敬一礼，说：“Thank you，Madam.”他敬的是军礼，手并不举到耳朵旁，保持一点距离，但姿势很有味道，颇有大首长的风范。平常，我们俩要说事或说完事都互相敬此礼，弄得跟真的似的。

我跪在地上，用金霉素眼药膏涂在他的脚趾上。心理非常惭愧，他的脚受伤已经一个礼拜，我都没太过问，实在有失妻职。他还帮我解围地说：“我很皮实，一点都不疼，没事！我自己能弄好……”上午还应要求给我榨葡萄汁，我说：“Thank you，Sir。”他回答：“It’s my pleasure”……多好的老公，多厚道，多包容的老公！娶了个老婆除了会吹牛，其他什么用都不顶……为了平息一下要出汗的眼睛，我到厨房切了一盘水果，给老公奉上。老公照例“高高飘扬”我一通，之后就像5岁的孩子一样，高高兴兴地吃起来。

他接着问我，今天写的博文是什么内容。我说，弟弟说我Crazy，他说：“A little bit。”我想，他是一个多么聪明的人，他把所有的事情都看得清清楚楚，明明白白，还故意遮掩着，装糊涂，为的是让我快乐。上小学时，老师经常问：我们的幸福生活是谁给的？回答是：“是共产党，毛主席给的！”而现在我要高声对老公说：“我的幸福生活是你给的！！”

老公如是说

在死等了十五个小时之后，终于看到了咱大中国震撼世界的画面。鸟巢中光芒璀璨，圣火熊熊，奥运会从此有了闪耀中华灵魂的记忆。这是中国献给世界的一枚金牌！这是中国最辉煌的时刻！

我的这颗中国心呐，激动啊，大喊大叫哇，手舞足蹈哇……人家法国转播没有广告，可本地这个电视台特流氓，每个节目之后都是广告，时间比节目还长，一到广告时间，我们就讨论。

2008 名演员击缶吟诵："有朋自远方来，不亦乐乎?"伴随着不断闪动变化的电子灯，全场 9 万多观众齐声倒数，与全球观众共同见证这一伟大时刻的到来，真是令人惊心动魄！这是整个开幕式最精彩的一幕！

老公说："太震撼了！从未见过这么多人表演得这么完美！如果一个人错了，我们都能看到，太了不起了！叹为观止!!"

那精致唯美的五环徐徐升起，她带给我们许许多多形形色色的遐想，真浪漫呀。

中国的四大发明给世界上了历史课。前段时间，有其他国家的，愣说四大发明是他们的……这回，牛皮和谎言不攻自破。大长中国人志气！

升中国国旗，56 个各民族的孩子穿着美丽的民族服装，将国旗呈现上来。当小女孩唱响"歌唱祖国"，五星红旗在全场国歌声中升旗的时候，我热泪盈眶。在奥运会这个千载难逢的时刻，中国告诉世界，21 世纪将属于中国！世界进入新时代。这百年盛宴就是我们的浪漫宣言。

我心中充满自豪，强迫老公赞同我。他说，这得花多少亿美元啊？我说，中国已经是一个富强的国家。

他说，西部边远地区还很穷……我说，这是我们中国的文化，中国要办的事都能办到最好。记得吗，前一段时间，好几个什么总统小丑似地跳出来对中国横加指责，还说什么不参加中国奥运云云。我当时就说过，不理他们，到时候就会哭着喊着要来。中国要办的事没有办不好的。

老公说，13 亿人齐心做一件事，那谁也阻拦不了。活字印刷太棒了，太精彩了！这个节目在美国根本不敢想象。我担心芝加哥申奥，上哪找钱去。他们哪有能力办成这样。

我说：英国也觉得面临挑战，很难超越。都说是无与伦比的，无法与伦敦相比？我看是伦敦无法与北京相比。

老公见我得意洋洋，想杀杀我的威风，一脸坏笑地说：“中国什么都好，中国的足球队是不是也不错啊？”说完，他赶紧逃之夭夭。

第二天我告诉老公，网上有些人认为开幕式不够好……

老公的回答是：“他们见过比这更好的吗，我从没见过。”

畅谈奥运

早上和弟弟在电话里畅谈奥运。

弟弟说："我一看游泳的连老四都破纪录，就知道准得量尺寸，说泳池不够长，果然，现在就有报道说经测量，泳池长度很标准，没有长度问题。"

我说："水立方太棒了，让他们都兴奋。"

弟弟说："他们吃得太好了。扬州炒饭每人吃三盘，烤鸭也吃得特多……给大师傅忙得够呛。不破纪录对不起大师傅，也对不起中国饭呢。"

我说："美国的菲尔普斯一人就得5块金牌，在出征前电视台都是访问他的节目，原来他是美国的功臣。"

弟弟说："现在已经不叫他的名字了，就叫他'飞鱼'。他的目标是八金，还真没人能超过他。"

我说："美国的电视台派到中国的人特多，主持人就有七八个，一大帮站在那里抢着说。电视台里至少有两个中国人被派回来，他们两个人表示，他们就是北京人，全团人有什么困难他们都能帮助解决。他们都到小胡同里去吃小吃。女主持人龇牙咧嘴地吃炸蝎子，炸蚕蛹，……西方人的餐桌礼仪，什么闭嘴咀嚼早就见鬼去了，美得他们都忘乎所以了。还一大帮人学做月饼，乱玩一气，接着是大快朵颐，大餐特餐中国月饼……"

弟弟说："他们都挺高兴来中国。这次奥运我真的觉得中国强大了，中国有了向世界展示自己的机会，这是一次成功的奥运！"

我说："他们忘了他们要自己带水，嫌中国的水污染，空气污染……现在他们就怕好吃的没吃着。”

弟弟说：“哇！北京这两天天也很蓝呐！老天也都帮咱们。开幕式那天，湿度特别大，打了1000多只火箭，就让憋着不让尿，直到第二天才下大雨。雨过天晴，天空特明亮，空气特别好。我们也得深呼吸呀。”

我说：“主持人都已经学会用中国话问好，电视屏幕上都写着中国字，几个主持人一起用中国话说‘周末快乐’。”

弟弟说：“语言这东西最是嫌贫爱富，以后全世界就都学汉语了。没准我还能给他们当个教授什么的。”

我说；“你知道吗，很多美国人都有中国梦。他们的梦想就是能去中国看看，正如中国人都希望到美国来看看一样。他们看了就知道了，中国的美好远远超过他们的想象。”

姐弟斗嘴

我告诉弟弟我把他的邮件贴在了我的博客上。

弟弟说："哎，我就知道有这天，贵州的驴，没招儿了吧？"

"谁说我黔驴技穷"，我反驳道，"我这是偷得浮生半日闲"。

"你那美女朋友白骨精，这样的大女人北京有的是，一大把一大把的。像我这样的好男人，他们连看都不看一眼，他们要的是成功人士。这样的女人，上帝也帮不了他们。"

"中国男人就是吃不到葡萄就说葡萄酸。"我攻击道。

"你别太勤奋了"，他转换了话题，"适当歇两天，多吃点铁丝。"

北京有句土话，"吃铁丝，拉笊篱，肚里编的。"他挖苦我没有铁丝编不出笊篱来。

"我肚子里铁丝多着呢，都缠绕上了，且得缕呢。"我一点也不示弱。

"肚子里有货就好。"

"我肚子里没货，只有铁丝。"我才不会被他绕进去。

这是一个小小的典故。说有一个秀才写不出文章，在家里唉声叹气，其妻子问他，写文章那么难吗？秀才回答说，当然很难了。其妻子又问，比我们女人生孩子难吗？秀才说，比那难多了，女人生孩子好歹肚子里有货，我这肚子里没货呀。

"你要注意了，文章里出现洋字码子了。别像北京的那些海龟、海带们一张嘴就带洋话，认识几个洋字码子，就嫌中文不够用了。"

"Yes，Sir。"嗨，又来了。

水立方

水立方是创造世界纪录的美丽圣殿。

这次比赛已决出32块金牌，破19项世界游泳纪录，菲尔普斯这个泳坛的神童，水中的‘飞鱼’，独得个人8块金牌，真是史无前例。在水立方不破纪录就别想当冠军，破了纪录也未必能拿到金牌。奇怪的水立方梦幻变身改为水魔方了。

澳大利亚的名将说身穿鲨鱼皮泳衣入水时，好象锋利的小刀切在黄油上。一个记者试穿了一下鲨鱼泳衣。他说："穿上鲨鱼泳衣很难受，所以运动员就拼命地向前游啊。"就像姜昆说的相声一样，如果每个运动员身后都跟着一只大老虎，他们就都攀上珠峰了。

水立方使用的钢结构被称为泡沫理论，在欧洲成为钢结构理论中"解不开的难题"，这种模式从提出到现在，已有数千建筑专家为之奋斗了100多年，今天在水立方完成了。一个德国专家称，若干年内，水立方将是世界结构泡沫理论的教科书。

水立方的水是用臭氧净水净化的，可直接饮用。依我看应该向运动员收水费，谁知道他们喝了多少水呀。这可能也是帮他们破纪录的因素之一吧。不管怎么说吧，"水里的鱼"都疯了。

各国运动员享受完了中国美味佳肴，就去兴高采烈地抢金牌，真是不亦乐乎！

我每天看比赛，也是不亦乐乎！

（注：这是弟弟当时给我写的邮件。）

今天休息

今天弟弟没发邮件给我，我就打电话和他聊聊。

我告诉弟弟，开博差两天就一个月了，我写了 24 篇。每天早上五点就起床，第一件事就是打开电脑，写出昨夜的思考，看网友们的评论。人家只问耕耘，不问收获，我不行。像小学生交作文，写得很粗糙，还是诚惶诚恐地等待老师的好分数。

弟弟说："你完了，走火入魔了，成网虫了，你不是博客而是极客。就是灵魂和生活都在网上的人。你得的是写博神经病。得这病的人一般都英年早逝。你歇会吧。老掉牙的事就别写了，现在谁还愿意坐在高高的谷堆旁边听妈妈讲那过去的事情啊。昨天是历史，明天是未知。活在今天，活在当下。看我，自从有了奥运，我就不开电脑光看电视，直接放眼世界了。"

好吧，今天是周末，咱们休息。上午在家榨葡萄汁。说起这葡萄，我又话多。我家后院四株葡萄就把两道篱笆墙盖得严严实实的，绿叶之中闪着一串串紫色的、绿色的、金色的葡萄，说是果实累累，绝不过分。我对弟弟说，我家的土地真好，种什么长什么……还没等我说完，弟弟就说："赶快告诉姐夫种点人民币，现在人民币升值快，等结果时，人民币就超过美元了。"我说："你不仅是一个财迷鬼，还是一个有发展眼光的财迷鬼。"

下午，我们去一家意大利餐厅吃饭。那里环境幽雅，我特别带了照相机。前几天看了朋友 Yan Kuhn 的结婚照片，又甜蜜又幸福，也想把老公的形象献诸网络。在等菜时，我就拿出相机，谁料到他老先生贞节烈女一般，誓死不从。从餐馆出来，门口的光景还不错，我举着照相机等着抢他的镜头。他出门一看我的架势，一个箭步躲藏在了电线杆子的后面，还用手捂住了露出来的左半边脸。我又好气，又好笑，不知道的人还以为我是狗仔队呢。他不给我机会，只好让他继续 Hiding 吧！

晚上，他看电视我上网，各得其乐。

闺蜜相聚

这是一个隆重的 Party，说隆重，不是因为人多规模大，而是时间长，节目多，内容丰富。整个活动分为三部曲，地点是三个不同的但都是有钱人消费的地方，于是乎，我也跟着享受了一次腐朽堕落的资本主义生活方式，方才知道，原来生活还可以这样。

今天的主题是庆贺云姑娘结束她一生最自由的时光，即将冲进婚姻城堡，去追求幸福，请这些亲密无缝的闺蜜友们共同帮她画一个完美的句号。

婚礼在海边的一个豪华饭店里举行。其豪华程度我不说，留给你们充分的想象空间，无论你怎样尽可能地联想，都不会过分。

第一部曲，在豪华的 Party 之前，先进行一个高贵培训和脱泥胎改造……尤其是像我这样土得掉渣的！吸着海风吹来的新鲜空气，轻轻坐在典雅的廊子里，换上雪白的浴衣等候按摩师请你。这个不太大的房间，有高大的窗户，两边挂着很有艺术美感的窗帘，一个巨大的吊灯，带来古典和高贵的气息。舒服优雅的沙发配着图案美丽的靠垫，颇有女人味。坐在那里，翻着名牌广告杂志，优雅地吃着小点心，轻声地交谈，俨然一个贵妇人形象。一个美国小姐叫我，我随她而去。楼上，一个独立的房间，里面有柜子，还有消毒柜亮着灯在工作，有一个挺漂亮的洗手池，微暗的灯光，舒缓动听的背景音乐。我在半醒半睡的梦幻中尽情享受美国小姐温柔体贴的推油按摩，感觉真是妙不可言。之后是室外热水冲浪，沐浴更衣，梳妆打扮，一晃，一下午四个小时就过去了，美梦总是消失得太快。

这个饭店是背靠喧嚣的城市街道，面临蓝色大海。她友善地敞开胸怀，热情地拥抱着大海。因为她直接坐落在沙滩上。从正门进入，乘电梯向下五层，才是餐厅，而酒吧，还要往下走一层。酒吧靠海的一边全是窗户，另一面墙全是镜子，映照出美丽的沙滩和蓝色的大海，更高明的是这半边有个阶梯，坐在这里，那半边的吧台和过道的行人一点都不影响你欣赏这 180 度的海景，也挡不住徐徐的海风轻轻地摩挲你的脸和身体。来一杯玛提尼抿着，空洞的眼光越过沙滩，向大海深处望去。向远方，向天堂……望去，望去，飞起，飞起，酒不醉人人自醉！

这是今天晚宴——第二部的前奏曲。姑娘们聚在这里喝着，吃着，自由畅谈，汇报着从上次分手后发生的各样新闻。

殿堂骤然一亮，难得的美丽风景。丽人荟萃，美女聚首，鲜花盛开，多彩风姿。红酥手春风飞扬，黄藤酒秋水浩荡。海涛滚滚，婵娟皓皓。历史性的 Party 主题曲已经奏响。

今日首席美女，准新娘云姑娘头戴白莎，聪明，智慧，美丽，又多了一份妩媚。云卷云舒，云漫云舞，这个当年以成都第二名的成绩考入北大的才女，如今仍旧是那朵美丽的云，自由自在地漂浮在美利坚的天空。高个子，高智商，高学历，高能力，高薪酬……花样年华白骨精，谁能与其试比高！

其他几位也不是花瓶裙带，各个 MBA！当然不包括我。我是这里年龄最大的，形象最丑的，英语最差的，举止最土的……我是滥竽充数的！

今天的领导核心是雪姑娘。她是这次活动的组织者、策划者，也是台前幕后的主持人。她生活在美国 20 年，像在没有污染的海水里畅游的鱼一样活跃，其能量呈放射状。她经常带领大家爬山、划船、吃饭……各种各样的活动，她基本是核心力量和饭局局长。她知晓美国社会各种成文不成文的生存法则。她是万事通，生活百科全书和咨询公司。

我和梅女士是第一次见面，但感觉却是似曾相识。她是一位优雅的文化女性。言谈举止，举手投足都透着成熟女性的优雅。我总是好奇地想，这份优雅是怎么培养出来的？我这等粗人，朽木不可雕也。

温柔可人的 Grace，她的父亲是中国人，母亲是韩国人，长着一张亚洲人的脸，骨子里比美国人还美国人。她是小学教师，专门教一年级，说话轻且柔，给人一种很亲切的感觉。可惜她不会讲中国话。

玲珑动人的 Olney，父母是越南华侨，她在美国长大，是药剂师。一张漂亮的乖乖女的脸，温婉娴雅，穿着很正式的小礼服黑裙子。还带来美丽的礼物。也是不会讲中文。

Nidia，打扮得非常漂亮的萨尔瓦多姑娘，26 岁的心理医生。她给我的印象是聪明漂亮，善解人意。她是今天唯一一个没有中国血统的朋友。

还有我们中国姑娘婷和丽。两位美女春华秋实，各有千秋。婷年轻饱满，踌躇满志，前程远大美好不可限量。丽历尽沧桑，苦尽甘来，如今母女团聚，尽享天伦之乐。一看就知道她是一个聪明幽默有内涵的女人。他们两个人都是云的 MBA 同学。

每个人都介绍了与准新娘相遇和相识的过程，之后是用答卷测验你对新娘的了解程度。这也是美国人Party常做的游戏。主持人雪姑娘把问卷发给大家，答完有奖励。因为要写字，我就对服务生说："把你的pen借我用一下"，服务生毫不迟疑地把笔递给我，惹得大家哈哈大笑。我的英文水平可见一斑，不过不耽误办事。我提出可否用中文回答，得到许可后，我迅速地答完了。

问题：

新娘的年龄？	答：妙龄。
新娘喜欢的颜色？	答：彩色。
新娘喜欢哪本书？	答：资本论（新郎的名字是"马克思"）
新娘喜欢哪款香水？	答：老公送的。
新娘的婚礼是哪天？	答：最幸福的那天。
新娘的婚纱是什么颜色？	答：最美的颜色。
新娘结婚后准备住在哪里？	答：新房。
新娘每日在何种情况下入睡？	答：美梦。

我的答卷有幸得到新娘的青睐和收藏。评价是"你太有才了"。我得到了比别人都大的礼物，好满足，好开心，好快活！

夜深了，天凉了，姑娘们加了披肩、外套等，又是一番新姿色！一道新风景。上一幕落下，下一幕开启。第三部曲在海边的别墅上演。

这是一所新房子，设计合理人性化。客厅、餐厅、厨房一体化，一个大空间，有一个半圆的岛，一圈是吧台椅，姑娘们转圈围坐，像是圆桌会议，没有主次之分。新一轮的休闲聊天，喝着果汁和咖啡，吃着干果，分享着我家后院的葡萄，互相关心着男朋友和老公的进展情况，我上学时留下一个病根，一听英语就睡觉，在他们高谈阔论的时候，我睡着了……

凌晨两点，姑娘们睡意阑珊，起身撤退。各自开着车，风驰电掣，一会儿就没了踪影。今天的Party落下帷幕，宣告结束。

剩下云姑娘、雪姑娘和我留宿别墅。你看了图片就能知道此处有多美，给人的感觉是离天堂很近。我在睡梦中果然见到了上帝。跟他老人家有一段对话：

我对上帝说："这离您很近啊？"

上帝："这就是天堂。"

我说："我一直想问您一个问题，今天有机会我就直说了。我的好朋友雪姑娘又聪明，又漂亮；出得厅堂，入得厨房。可是却没有中意的男朋友。好男人的眼怎么都瞎了。有人说好男人太少，少到什么程度？举个血腥一点的例子，架把机关枪在外滩扫射一个星期，也不可能误杀一个好男人。请您多派些好男人来吧。"

上帝："我已知道这些情况，正在帮她们。"

我问："你怎么帮啊？"

上帝："I have been googling for a long time."

我说："您得加速哇！"

上帝："布什总说给我系统升级，可他把钱都扔到伊拉克，留了一点，带全家老小到中国看奥运去了。我这系统从9·11以后就没动过，能不慢么？"

上帝发着牢骚，一股清烟就飞了。上帝走了我醒了，房间里明晃晃、亮堂堂，抬头一看蔚蓝蔚蓝的海水，高耸高耸的棕榈树，我走到凉台，伸伸胳膊踢踢腿，呼吸呼吸清晨安静清新的空气。那感觉呀，一个大字四个叉，爽！

待到二位姑娘起身，我们继续活动，这之后为Party的尾声。

三人徜徉在绿丛花草之中，不时做个鬼脸，拍个照片。这不是荒芜的海滩，这是极尽奢侈豪华的海滩。有建筑物，有艺术墙，餐桌摆在层层叠叠的绿色梯田上，餐桌上的酒杯和银餐具在朝阳中闪着金色的光芒，乳白色的阳伞下面，坐着天下最会享受的人们，对他们一掷千金的魄力我们不能不佩服。迎着朝阳，望

着大海，我们姐仨也奢侈了一把。

我们来到饭店的最高层，这是一个观景平台。整个一层楼通透开阔，面向大海那面墙压根儿没有，只有一米多高的栏杆。站在栏杆前俯瞰大海，检阅大海。有一种至高至上君主霸王人上人的感觉。大厅装饰的金碧辉煌，所有的东西都是超大号的，艳丽脱俗的地毯，巨大的沙发，巨大的钢琴，巨大的装饰物。放眼望去，天空碧蓝，大海碧蓝，世界碧蓝。我们的心也碧蓝碧蓝的。

走过美丽的沙滩，有人躺在那里晒太阳，有人游泳，有人冲浪，有人打球。这沙滩沙子柔软像筛过，海岸干净，连漂浮物都没有。在斜阳的照射下，海上有一道晃眼的银光闪烁，沙滩上则是金光点点，这是一种华丽耀眼的美丽，多么诗情画意的黄金海滩，多么美丽的黄金海滩！

当下决定追加一个节目，回去换衣服下海游泳。

青春，健美，大海，沙滩，游泳，嬉戏，海鸥，拍照……还有比这更快乐的吗？这还不令人陶醉吗？

天下没有不散之宴席。高潮过后是低谷，得意之后是失落。疯完之后还是柴米油盐，家庭主妇。大家一致同意让我记录下这次隆重的Party。你们有勇气让我提刀，我不胜荣幸。记下以上流水账一篇。好在我的秘书早把照片为我准备好。

好友云姑娘的婚礼

九月十三日真是个好日子。

我的朋友云姑娘的婚礼在这天举行。这是几个月前就定下来的。

邻居家办 Party，请柬已送来。

正觉为难时，老公告诉我他所在公司组织高级经理以上的男士们乘船去墨西哥钓鱼。

去年老公决定带我和他的两个儿子全家去阿拉斯加钓鱼，结果报名晚了，人家名额已满，我们只能望洋兴叹。老公由于膝盖受伤，很多活动都不能做，现在他最大的嗜好可能就是出海钓鱼了。而这次，他们是三十多个爷们，包一条船，他们可以尽情地在船上钓鱼，喝酒，烧鱼，吃鱼，唱歌，跳舞，聊天，打牌……

周日下午返回。我都能想象出那份快乐和疯狂。我毅然做出英明决定，老公去钓鱼，不要参加婚礼了。

当我把决定告诉他时，他却毅然决然地拒绝了。他坚持陪我去参加婚礼。我知道他是为了爱我才这样做。可我因为爱他，不愿也不忍剥夺他这么一次集体开心的机会。总不能像《麦琪的礼物》那样爱得让人流泪吧！

子在川上曰："此事古难全!"

收到婚礼请柬，看到婚礼所选的教堂，就知道非同小可，这隆重程度大了去了。

咱也不敢怠慢，也得跟着隆重一把，整个上一台阶。于是乎提前一天去美容店做了指甲，又约好了美发师第二天一早去梳头，做发型。为了保护花费重金做的指甲不被损坏，婚礼前一切家务劳动全免。比咱自己结婚可隆重多了，重视多了。婚礼这天，为了弘扬咱中华民族文化，咱穿上了千年穿一回的旗袍，打扮得像个晚清格格，还是那种嫁不出去的老格格。

举行婚礼的教堂是坐落于美国加利佛尼亚州的水晶大教堂。它是一个建筑奇迹，也是一个人间奇迹。由于20世纪著名建筑大师菲利普·约翰逊设计的这座教堂在宗教建筑中开天辟地，巨大和明亮的空间使所有教堂望尘莫及。水晶教堂的壮观、绚丽和通透，不仅在教堂中绝无仅有，就是在世界公共建筑中，也绝对称得上经典。

1968年春，舒乐牧师想在加州用玻璃建造一座举世无双的水晶大教堂，向著名设计师菲利普·约翰森表达了自己的构想："我要的不是一座普通的教堂，我要在人间建造一座伊甸园。"

菲利普·约翰逊被称为美国建筑界的"教父"。他多次表明："我的宗旨是明确的，就是不同于传统"。他将简单的几何图形浇铸成一种新颖而且不可思议的建筑。

这座建筑不仅是凝固的音乐，还是著名的音乐厅。我和先生曾在平安夜来这里聆听美妙的音乐会。我的先生对这个教堂也有着特殊的感情，他很骄傲地告诉我他曾参与此教堂的建设。

我们去得比较早，为的是在这个最现代化的水晶大教堂里面照相。水晶大教堂号称人间伊甸园。这是教堂的外面。玻璃墙的建筑是教堂和音乐堂。大教堂成立十周年时，这座钟塔落成。钟塔中包含了许多高刨光不锈钢菱镜，并收藏了一个带有52个钟的钟乐器以对阿维拉·舒乐表示敬意。为纪念约翰和多纳·克林，尖塔被命名为克林塔。尖塔的底部是一座名叫玛丽屋的小礼拜堂，在它的大理石墙上刻着这样一句话："此屋应称为——为所有人祈祷之屋。"里面的一切都是用石头围砌的。静谧，高贵，神圣。我进去时，有一人正跪在那里，无声地向上帝倾诉。我没敢出声，悄悄退了出来。

进入教堂内部，首先映入眼帘的是一架巨大无比，高可及顶的大型管风琴。它以其优秀的质量和超大的体积而闻名，它是世界五大管风琴之一。祭坛和道坛由花岗岩制成，17尺高的十字架被设计成18开书页宽的镶金的老式结构。一种特别的设备把讲道同声翻译为五种不同的语言。每次都像开音乐会，有唱诗班和乐队。教徒们也跟着一起唱。听起来飘飘缈缈，还真是仙乐呢。教堂内的音响系统可与金色大厅比肩，有国际性电视转播节目"动力时空"，重要的活动都向全世界进行直播。圣歌也是多种多样的，有古典美声，也有现代流行。

在这样的地方举行婚礼，有上帝亲自参与，这得多幸福哇！连我们这些受到邀请的朋友们都幸福得喘不过气来了。

蔚蓝色的美利坚天空，那朵来自远方的美丽的白云尽情挥洒，她时卷时舒，时漫时舞，终于飞着奔着进入了爱情的怀抱。

在这花好月圆的美好时刻，这对令人艳羡的年轻伉俪，从人间的伊甸园开始他们如花似锦的人生。

下午三点，教堂的钟声响了。

一对青年男女举着火种，庄严地走上圣坛，点燃所有的蜡烛。留下了中间的一个最主要的蜡烛未点燃。

牧师率新郎以及五位伴郎，从大堂的右侧走上圣坛。牧师和新郎站在中间，伴郎在右侧站成一排，等待接应五位美丽的伴娘。伴郎一水儿的高鼻碧眼的洋帅哥，伴娘个个是亭亭玉立的中国才女。

婚礼真是女人的舞台。只见伴娘在音乐声中一个一个单独从中间的花路款款走向圣坛，这时相应的伴郎则走下圣坛，挎着伴娘，与她拾阶而上。五个伴娘到齐之后，在左侧站成一排。

突然，一道银光闪过，高亢的婚礼进行曲响起，欢声雷动。全体起立，笑迎新娘。这是历史性的经典时刻。

无限优雅高贵的新娘身着雪白宫廷长拖尾的婚纱，刺绣镶银蜿蜒多姿光彩夺目，洁白的头纱薄如蝉翼充满浪漫情调。头顶缀着宝石的华美皇冠，天鹅一样美丽的脖颈上锦簇繁花铂金镶钻的项链，脸上荡漾着春天般美丽的笑容，优雅地走在洒满玫瑰花瓣的人间伊甸园的香径上，向全世界昭示着她的幸福时刻。倾注了爱的生命，柔情似水，青春芳华，鲜花怒放，绚丽多彩，灿烂辉煌。洋溢着幸福的新郎挽着他心目中最美丽的女神缓缓走向圣坛。在钻石流淌的瑰丽光华中回眸，蔓延一地高贵和奢华。

在鲜花和微笑的氛围中，新郎和新娘共同点燃圣火。

牧师传教，讲述圣经。庄严而神圣。

新郎和新娘面对面，手拉手，相互传递着幸福和喜悦，这个眉目如画的精致新娘是上天宠儿：她时而优雅，时而俏皮，时而妩媚，时而纯真。胸怀宽厚大度的新郎欣赏着自己的新娘，享受着自己的美妙时刻，陶醉在自己的幸福里。他们在牧师的带领下向上帝宣誓："我愿做你的丈夫（妻子），不论富裕还是贫穷，不论健康还是疾病，我都和你在一起，爱你，关心你，一生一世"。

上帝和教堂作证，蓝天和白云作证，执子之手，与子偕老。

站在圣洁的十字架前，在众人瞩目下，交换戒指，互相亲吻，许下恪守一生的誓盟。

珠联璧合，琴瑟合鸣的美满姻缘在上帝的祝福下喜结连理，永浴爱河。

感谢上帝，感谢宾客，民间的喜庆宴会在张灯结彩中拉开大幕。

首先由五对男女傧相用双手搭成拱门，新郎新娘手拉手簇拥着穿过长长的拱门，进入了婚姻的城堡。

身着黑色礼服的新郎气质非凡，与清新纯美中吐露奢华芬芳的新娘重温辉煌邂逅。在优美温馨的音乐声中两人翩翩起舞。用黑与白的经典旋律，舞出世界上最华丽的爱情舞姿。此时，爱升华到极点，已融入生命，那么浓，那么深。笑容那么灿烂，那么幸福。圣洁的婚纱在灯光下是如此美丽，婚纱的长摆在舞动中是如此的飘逸，一切都是行云流水的自然，一切都是可以触摸的真实。仿佛这一刻时空凝固了，让人不觉地屏住呼吸，此刻，美丽不仅可以欣赏，也是可以聆听的。

男女傧相代表分别介绍新郎和新娘。卓越的新郎是个胸中充满阳光的优秀律师。美丽的新娘是能歌善舞的才女。

大屏幕播放了新郎和新娘成长过程的照片和他们相识、相知、相爱、装满美好记忆的照片。

新娘换上了中国传统红旗袍，精致的亮片描绘锦簇繁花，缀满璀璨闪耀的装饰，尽显窈窕淑女的经典与性感。清纯的东方佳人此时仿佛那些缠绵故事里的贵族少女，美好剔透如同冰雪，浅笑间尽是天使般的无邪，纯真而优雅的气质如同馥郁盛放的芳华玫瑰，正演绎一场风花雪月的永恒传说。

回眸刹那，新娘又如同明星般优雅出场。又是一阵欢呼。修身的高腰线裹胸婚纱凝练着优雅华贵，美人鱼般的浪漫轮廓勾勒出高挑新娘的优美曲线，脖间的项链，呼吸着铂金的气质。不言而喻的高贵。美人鱼不仅仅存在于美丽的童话世界，她那与生俱来的优雅气质将一切不可琢磨的美丽就这样展现在你面前，犹如穿越时空了一般，演绎着不同时空的美丽！

宴会厅里，精致柔美的新娘全身弥漫着其浓郁淑女情怀，窗外，中秋皓月，美景良宵，谁能不陶醉在这片伊甸酣梦之中呢。幸福开始自由地荡漾，大家情不自禁地跳舞狂欢。何谓狂欢，即对酒当歌，把酒邀月，普民欢庆，狂跳不止。我的先生也被气氛感染，终于走下舞池与我第一次跳舞。舞会从九点一直持续到十一点半……

舞会结束后，这对幸福佳偶随即登上蜜月旅途。巧笑倩兮，美目盼兮，娇艳俏丽的容貌，娉婷婉约的风姿，优雅高贵的新娘永远像一片轻柔的白云在空中飘呀飘……

后记：以此拙作作为送给好朋友云姑娘的新婚礼物。

惊险赛车

这个周末又爽了一把。老公请我和我的朋友们看赛车。老公14岁就会开车，也曾经是个飙车的主儿，对赛车独有情钟，我和他已看过几次，但朋友们都是初次看，兴致很高。在老公的率领下，一干人轻车熟路，直奔中心看台。在上去之前，他照例要买点吃的喝的，美国人走到哪都忘不了吃喝，这点真是不服不行。在他买东西时，我们一行人已在最高处找好位置坐下。等他进来一看，整个一个望位兴叹。举着一个最大号的可乐杯子，迈着重而不稳的步伐，艰难地一节一节爬上六七层高的楼梯，其惨状目不忍睹。待到他抵达，他还故意夸张地大口喘粗气，做深呼吸，伸着舌头散热。我们大家哈哈大笑。你也锻炼锻炼吧！他因为年轻时踢足球把膝盖撞伤，不能走远路，更何况上台阶。也正因为此，根本不锻炼，还不停嘴地吃，能不胖吗？

赛车开始之前，全体起立，不是唱国歌而是听国歌。一个十岁左右的女孩站在指挥台上高唱国歌。人家不是假唱，连伴奏都没有。哇！唱的真是好哇。在唱到精彩之处，口哨声，叫好声，喝彩声连成一片，原来唱国歌时也可以这样轻松快乐，而不是庄严沉重热泪盈眶！

照惯例，首先直升飞机绕场一周，我不失时机地告诉朋友，上次我上这飞机了，看着朋友羡慕的眼光，我又虚荣了一把。大型消防车和各种参赛车辆一一亮相。有的车像芭蕾舞演员谢幕一样在观众席前表演绝活。只见青烟一缕，瞬间完成了360度原地转圈。观众欢呼哇，尖叫哇，鼓掌啊……整个一个自发啦啦队。

第一轮约有五十多辆车在领跑车的带领下已经热身好几圈。场地分里圈和外圈。大车跑外圈小车跑里圈。外圈一圈 800 米，跑 40 圈。在赛场的外围立着一个很大的灯柱，表示着已跑的圈数。领跑时不计数。只见领跑车离开跑道，霎时间，50 多辆 8 缸车同时开足马力，那雷霆万钧之势，震天动地之声，有心脏病的人可承受不了。幸好我事先给他们准备好耳塞，不然就震耳欲聋了。老公不愧是玩主，用手机一测，最快的车 18：02 秒跑一圈，也就是说时速是 180 多公里。每一辆车都疯狂地往前冲，拐弯也不减速。眼看着就要撞到墙上去，又转过来了，又紧张又刺激。那要撞上去，连车带人都得粉碎。像我这么大慈大悲的人能不为他们捏把汗吗？不过是杞人忧天，没有人会犯这么愚蠢的错误。

之后的复赛结果居然和第一轮一样，还是 5 号和 71 号。看来得冠军不是偶然的而是必然的。

第二轮是 4 缸小雅马哈。车很小不说，外形很可笑，像菱角似的。是模仿老爷车。里圈跑 35 圈。刚开始没两圈，三车撞一块，马上吊车前去整理战场，连人带车吊起来像是儿童玩具，送到场外去。然后继续比赛。很快，有车熄火，有车着火，车小毛病多，折腾了好几个回合才跑完这 35 圈。获此项第一名的是一个 14 岁的少年。

然后是小卡车比赛。车上装饰得花里胡哨，大标语，大牌子，像吉普赛的大篷车。看起来好开心。每当出现冒烟、撞车、火星飞溅等，观众都异常高兴，热烈欢呼喝倒彩。

最后是表演走横 8 字。惊险、刺激，把观众的情绪推向高潮。这个十字路口没有灯，谁能抢先过谁就是好样的！有一辆绿色的车，这小子不知是艺高人胆大还是胆大人艺高，惊险镜头屡屡出现，有一次竟在两辆疾飞的车中间闯过，带着金属相碰产生的火花，观众的心都提到嗓子眼了，他飞过之后，大家齐声吐出这口气。尖叫声，口哨声，此起彼伏，一险刚过，又是一险。一波刚停，又起一波。观众眼睛盯着，口里喊着，心里提着……不亦累乎！正在观众兴高采烈，忘乎所以，摇旗呐喊，全场沸腾之时，赛车结束。

又记下流水账一篇。

胆结石历险记

吃了东西之后几小时就肚子剧痛，几周来已发作好几次。后来发作越来越频繁，疼痛越来越厉害，先生就带我去了一家较大的医院看急诊。

挂号分两个窗口，第一个负责询问病情，之后在第二个窗口输入病人全部信息，用计算机打出来一个带条形码的纸条，像戴手镯一样给病人戴上。以便看病过程中验明正身，不张冠李戴，不会发生发错药、打错针的事。每个护士在治疗之前都会核对病人的“手镯”。

我当时肚子很疼，但也不得不在大厅等候一个小时。我说，看电视里，美国的急诊室是跑着把病人推到手术室。为什么让我等这么久？我的病不紧急，我都疼得站不住了，还不算紧急？我心里烦躁，只能冲自己的先生唠唠叨叨。先生安慰我，人多，等一会就好了。后来我才知道，要想享受加塞不排队，得打救护车这个的，当然如果没有保险则是一笔巨款。

轮到我之后，先是护士做常规检查，量血压脉搏，检查心脏跳动。接着又在候诊室等候。10 分钟后，护士把我带到一个很大的房间，用布帘分割成若干个小房间，小房间里有一个床和一把椅子，病人在床上躺着，家属坐在椅子上。我占据了其中一个。护士让我换上一件棉布长袍，躺在床上等候。医生询问完病情就走了。一会儿，一个护士过来，遵医嘱，静脉注射。护士扎静脉的技术值得称道，一针就见血，更可贵的是她给我留了预留针，我不必再受扎针之痛。对查病的患者都能考虑得如此周到，让我对美国的医院有了好感。另一个护士过来，拿了什么药让我吞下。

放射科的大夫亲自过来把我推到照相室，我的腿没毛病，自己走没问题。但医生不容分说，推床就走。他把病床与照片的床并排，用床单把病人抬过去。好在病床是液压的，可随意升降。大夫又亲自把我推回原处，让我等待发落。在医院里的病人基本是躺在床上或坐在轮椅上有护士推着，不让病人单独行动。因为病人在医院出意外医院必须负责任。

片子有了结果，问题出在胆囊上，但医生并不立刻下结论。医生决定用B超检查来证实他的判断。我的病是典型的胆囊炎急性发作，如果在中国，有经验的医生很快就能做出判断。而美国的医生要用设备检查的结果数据来证明他的判断。不主观，不经验主义。否则出一点差错吃官司受不了。

一个女医生把我推到B超的房间。这个房间经过弯弯绕绕的楼道，中间有好几个关卡，须用专门的磁卡开门。这样也就保证了里面没有闲杂人员。楼道里摆满了各种各样的设备，用哪个设备，就从楼道拉到屋里来，用完了就送到楼道存放。这倒是一个高招！又省地方又提高设备利用率。

B超本来是男医生，但他一看我是女的，马上换了一个女医生。人家避免单独与女病人同室，发生什么事说不清楚。

照例是检查正面、左侧和右侧。在中国每次检查完了弄一身湿了吧唧的，然后给几张皱巴巴的卫生纸，自己擦去吧。这里可不是，每做完一面，医生就用雪白的大毛巾仔细地擦干净再让你翻身。做完下一面时，又换了一条干净的大毛巾。做了一个B超检查用了三条大毛巾。三条毛巾虽然不算什么却让我深深体会到被尊重被爱护的感觉。美国的医院比中国的好！但是当你看到账单时那感受就截然相反了。那是毛巾吗？那是小刀子呀！

做完B超，护士小姐来抽血化验血项。接着验尿。在这个大房间的尽头是化验室。化验室旁边就有一个单人的并可供残疾人用的卫生间。这种设计方便病人，还真透着人文关怀。

一切检查宣布结束，我仍然疼痛，呕吐不止。护士终于给我注射了止疼针，在她拔针时，我觉得太幸福了。只用 30 秒，我一点都不疼了，灵丹妙药哇！我愤慨地说：“我一进来就应该注射这个！白让我多受好几个小时罪！”但是医生在没有确诊之前，坚决不做鲁莽之举。

医生认真地告诉我诊断结果，并建议手术切除胆囊。医生还详细地讲了什么食物可以吃，什么食物不可以吃等禁忌和注意事项。医生给了我完整的一套检查报告，几个相关的医学博士都签署意见并签字。还把书中有关此病的来龙去脉和如何处理等好几页都复印给我，让我对自己的病了解更清楚。

我们终于看完了病，前后一共用了 7 个小时。

出了大门，我才想起来还没取药呢。先生举着药方说去药店买。那我们也没付帐啊，原来要等到医院把账单寄到家里来再付。

我用惊人的毅力，忍住疼痛，在飞机上 12 小时不吃不喝直至 10 月 25 日（星期六）凌晨抵达北京。3 小时之后来到北京某医院看急诊。这就拉开了我在北京求医的大幕。

急诊室的大夫首先问发病多长时间了，我说，约一周。大夫马上挥手指向门诊挂号处，“上门诊看去！”于是乎，我弯着腰，捧着疼痛的肚子，提着美国医生提供的各种胶片和诊断资料来到挂号处，小心翼翼上前询问挂号，“没有！”里面的回答的既响亮又干脆。只好又回到急诊室，大夫死活不给看，理由是已一周不算急诊。看到医生那种丝毫没有同情心的样子，激怒了妹妹，“不紧急能刚下飞机就来医院看病吗，病人都疼成这样难道你们看不见吗?”

其貌不扬的年轻外科住院医生终于非常不情愿地接下我这个病人。递上美国医生的片子和诊断书。该医院的医生英文应该不成问题。我始终认为该医院是最好的医院，该医院医生都是最棒的！

照例，按肚子，照片子，做 B 超，化验血项，打点滴，把我在美国急诊室的节目都重演一遍。美国的急诊室是采用了排除法，检查之后，排除了胃、肝、胰、肾，确诊为胆结石。B 超的片子是一组一组的，像 CT 的片子一样，共有 3 大张。（后来有大夫告诉我，这个片子真好，真先进，中国现在还没有这样的。）经过一系列的检查和亲自临床，尤其是在急诊 B 超报告中明确胆结石和胆囊炎时，这位尊敬的大夫非要认定我的病是胃溃疡。他自信能推翻几位美利坚博士的共同结论。他请了另一位大夫帮助会诊，以证明他的诊断正确。那位大夫不置可否，并未发表意见。该大夫让我星期一继续检查胃，化验大便，并且再做一个 CT 检查看看肚子里是否有血栓。（这个费用是 1400 元左右，我没做）他给我开的药是铝碳酸镁片和法莫替丁片。回家之后仔细阅读说明书，方知道这两种药是不能同时服用的。需间隔一段时间才能服用。

历时 7 小时的急诊结束，花费中国人民的币 4000 多元。

10 月 27 日（星期一）

妹妹起了大早，挂了专家号。专家就是专家，看了国外和急诊两次 B 超的片子，说我的胆结石已经急性发作，应把胆囊养好了再做手术，一两个月之后最佳。我请大夫安排我住院并预约手术，大夫说，急诊没收你住院，我不能安排。大夫又开单子让我做 B 超，有了 B 超结果之后才能预约手术。不是他本人开的单子，B 超结果无效。

于是到 B 超室约做 B 超，人多，排到星期四。

由于医生怀疑是胃溃疡，又看了消化专家的门诊。被要求做胃镜检查，我不愿意做人力物力的无谓牺牲，只同意做造影检查。

10 月 28 日（星期二）

空腹作了胃肠造影，结果是完全正常，没有一点问题。

10 月 30 日（星期四）

看了B超结果，专家说他给我排上队，大约一个月，他尽量提前。

我问专家："是摘胆好还是保胆排石更好。"

专家说："我们医院全是摘胆，如果你不愿意，可去其他医院。"

我又问："胆摘除后会有哪些影响，比如容易得糖尿病等……"

专家回答："这个课题没人研究，不知道。"

我说："我的病况很严重，等不了，且疼痛难忍。"

专家回答："只有中药利胆消炎片。你可去药店买点颠茄止疼痛。"

一般的人都知道胆囊疼痛是多么严重，多么可怕，而身为胆囊专家的医生起的作用只是给我的手术排上队，他看了我的前后3次B超报告，他知道我的胆囊发炎已经到了什么程度，他没有给我任何医疗建议，像是坐在那里彬彬有礼地和我谈生意。在我的要求下，他开了2瓶消炎利胆片给我。他留下我的电话号码，让我回家等通知。

在接下来等待手术通知的日子里，仅仅一周时间，我的胆囊炎已经越来越重，开始时不吃东西就不疼，到后来不吃东西，不喝水都不行，照样疼得天翻地覆的。体重从58公斤一下子降到了53公斤。一周未进水米，还是哇哇吐，全是绿豆汤（胆汁），我已经被折磨得不像样子了，到了非常危险的地步。

11月5日

妹妹果断决定去另一医院。该医院大夫一看片子就明白病情严重，表示明天安排病床，有病情可先去急诊处理。当天下午收到医院通知，明早住院。

11月6日

凌晨3点，我疼得浑身大汗，满床打滚，妹妹赶快陪我去医院看了急诊。因为有该医院大夫的住院通知书，并告之大夫说可要求急诊给病人注射止疼针。

打了针，止了痛，我们回到家里准备东西去住院。

早上8点，去医院的路上，我手提一个塑料袋，不断地吐着胆汁，浑身痉挛，不能站立和行走，妹妹把我连夹带拖，把我扔到了一张空床上，我像一摊烂泥在那里抽搐。

先注射了杜冷丁，然后几个护士马上忙碌地为我准备手术，这些工作原本应在换药室进行，因为我是急诊手术，在病房就做了。大夫推了一台很小的B超机，亲自给我做了B超检查并决定在今天已定好的6台手术之前又增加了我这个急诊手术。我的胆已经烂了，造成器官粘连。我已失去做微创手术的机会，只能开膛破肚了。

手术进行了2个多小时。医生说，再延迟下去会影响胰脏，那麻烦就更大了，受的苦也就更大了。

大约过了3天，我终于可以坐在床上环视我所在的整个病房，与我同日做手术的胆结石病人都已经出院，只有我还绑着绷带在这蹉跎着煎熬着。

我们的主刀医生，每天早上不到8点就来查房，星期六星期天也不例外。他知道每个人昨晚的情况，他带着笑容问候每一个病人。医术高明，身居高位的这位大夫这样满腔热忱地对待病人和工作，现在实在是很少见了。医德高尚啊！

护士小姐个个长得娇嫩漂亮，说话甜甜蜜蜜，一看就是独生子女。当她们给我扎静脉时请原谅俺实在不能恭维。三个小姐把俺的老血管扎得像糟糠似的，忍受疼痛让你们练技术不说，我还得为三位小姐手中用过的未成功的为数不少的预留针头埋单。我提出能否找一个高手，三位小姐不满意地撅起了小嘴。我说错了，对不起，护士小姐！

一个大病房里外间，共住着15人左右，里外各有一个洗手池，刷牙漱口，洗脸，洗碗洗饭盒都在此排队解决。且水龙头一开，管道震动的声音巨大，全屋的人都不得不洗耳恭听。没有电视机这种最基本的设备，卫生间在外面的楼道里，虽然很小，但是很干净。每张床配备一个床头柜和一个圆凳。病房宽敞干净，最恐怖的是蟑螂，不知医院应采取什么措施。我们能忍受设备简陋，却不能忍受蟑螂的肆意横行!!

住在离水龙头最近的大姐，不仅承受着全屋病人和家属从早到晚洗洗涮涮来来往往的骚扰，还主动让别人先来用水，自己排在最后。多好的大姐！全屋的病人有几位是做甲状腺手术的，有几位是做结肠癌手术的，还有做胆结石和阑尾炎手术的。病人都互相关怀，家属也帮忙照顾其他病人，连别人的护工都主动对我说，需要帮助请说话……病房很舒适，很温暖，我看到人们的真诚和自敛。我要写出来，告诉所有的人，中国人在公共场合所表现出的教养和素质真的是很高！真的令我非常感动。

11 月 14 日

在病友们的关怀问候祝福中，带着五花大绑的绷带和疼痛，我出院了。

“开封”人说点“开封”话

有一阵子了，不知咋整的，染上 H_5N_5 病毒，俺就痴呆了，嘛也记不住了，且不说英文，就连四个字一组的中文成语都一并忘光。还写嘛博客呀，天生的懒惰，趁着雅虎博客关闭，有借口不交作业。正好躲进小楼成一统，管他冬夏与春秋。——俺封笔了。

俺这人虽说懒，可俺重情义。提起这雅虎博客，俺可是放不下总惦记着。

天空知道风雨的冷暖，心灵洞悉文字的悲欢。雅虎博客是俺的思想大课堂，雅的和俗的，高调和低调的，都在博客的文字里狂耍。才男才女们的博大精深，悲天悯人，旷世奇才，似水柔情娓娓道来，常让俺唏嘘不已。占地理位置的优势，北美著名作家顾月华大姐的大作俺总能先读为快，俺用崇拜的心情仰视顾大姐和她作品中的名人朋友们。

俺的同龄人对酒当歌和金陵大侠才高八斗，学富五车，博客写得呼风唤雨，嬉笑怒骂，信手拈来，才气逼人，俺就被他们给毙了，码不出字来了。俺惭愧呀，俺虚度光阴那！俺无地自容啊！俺多希望俺也能有腾云驾雾踏雪无痕的真功夫啊。德高望重的王正方老师，瞧！名字都这么规矩，循循善诱地开导俺，莫要太虚荣，博客是一交流园地，坦露心扉，真诚就好。俺那铁杆妹妹团的印子，梅忆，风筝飞舞，Kit，秋叶星空，残荷听雨，Susan，Sansan，Shirley，Sohpia，俺称他们 4S 小姐，时事政治家异乡人，美女作家沁心橘子水，才女月泊西湄，好人阿华头……大家给俺的支持和鼓励，俺像珍惜青春那样珍藏在内心最柔软之处！俺终生不忘的幸福是俺百年才有一次的手术，所有的好朋友，好同学，好老师都来关怀俺，安慰俺，嘘寒问暖，都是不曾谋面的兄弟姐妹呀，感动地俺老鼻涕老眼泪不断纵横。

俺尊敬的常春藤老师，睿智幽默，斯文腼腆，说话可不像其博客文字那样汪洋恣肆滔滔不绝。电话里听到她像小姑娘一样美妙的声音，顿时让俺心头温柔涌起，想起同一轮明月照耀下的望不见的故乡。她那年轻的一串串的像银铃一样的笑声，真真声声倾俺的国，串串倾俺的城。俺愿做一头温柔的小羊，让常春藤老师的教鞭轻轻地打在俺身上……

常春藤老师教鞭一指，不容分说，令俺跟随大部队转移，亲自帮俺把家搬过来了！俺还得继续耕耘劳作，作业还得交，俺很高兴居然也能像名人余秋雨那样做个“开封人”了。

谁能与你同醉，但愿相知年年岁岁。

可婜之处

如花美青春，似水流经年。

在离我家大约1.5英里的地方有一个中餐馆，这是汤姆在认识我之前吃了十年饭的食堂，他自己不开火，民生问题都是在这里解决。

久而久之，老板娘成了汤姆的好朋友，而汤姆也成了老板的御用秘书。内容包括英文、法律和网络信息。吃饭当然付账，秘书却是免费的。

老板娘曾给汤姆介绍过两个女朋友，一个三十多岁，一个四十一岁，个子高，皮肤白，长得挺漂亮，但是都被汤姆拒绝了。现在我们去那餐馆吃饭时，老板娘总是不平地问汤姆，为什么选我这个老太婆而不选那两个年轻的。第一次，汤姆的回答是，她把家里打扫得很干净。——这太没有说服力了，是个女人就能做到！第二次，汤姆的回答是，她有幽默感，我很开心。——老板娘仍不以为然。

后来，老板娘不再问他这类的问题了。汤姆却主动地告诉老板和老板娘，她在网上写博客，文章写的好极了，还有很多粉丝呢。其实，他哪知道我的文章写得好不好，只是觉得很多人没做到的事我做到了，很值得让做丈夫的感到骄傲。

我也终于用博客为自己正名，虽然不年轻，虽然不漂亮，但还有一点可娶之处。

恋爱时节

在水一方，有一大妈。望穿秋水，觅她无踪。

看到年轻的朋友为选择男朋友而苦恼，可又帮不上忙，觉得很遗憾。知识可以传授，生命的阅历却难以传承。每个人都用自己的脚步踏出自己生命的足迹。从前有个电影叫《张铁匠的罗曼史》，我的恋爱过程称不上罗曼史，充其量不过是一段经历，一段心路历程而已。

我们的相遇是上帝的得意佳作。上帝发现两个这么匹配的人却居住在地球的东西两端，于是派了天使把我们撮合在一起。这个天使就恰恰是我们两个人的好朋友。我们分别认识她已经很多年，在她去中国的时候和我聚在一起，谈天说地讲自己，忽然灵感飞至，说“我有一朋友与你相配，我看挺合适”。不容分说，她当即发一个邮件给汤姆介绍了我，并发了一张她电脑里存的照片。

接下来就是汤姆连篇累牍的邮件，讲人生，讲哲学，讲历史，讲艺术……知识丰富，见解独到，滔滔不绝，侃侃而谈，还不时地笑话典故，幽默自嘲，……一下子就令我折服，令我敬佩。令我喜欢。

把自己家的房子、院子、花草树木，还有养的四只鹅，都拍了照片发给我，就是没有他本人的照片。在我再三要求下，才把他 18 岁时去欧洲的护照发给我，说个人出生信息和照片全有了。可那时是英俊少年，几十年的光阴早就满脸车道沟了，蒙谁呀！最后被逼无奈，现去照了一张相片发给我说：“别以为我多老，看吧，头发都长在头上，牙齿都长在嘴里。每个零件都不仅好使，而且还闪闪发光呢！”

接着他小心翼翼地向我索要家里的电话号码。第二天，他就打电话给我，我很惊讶，他很惊喜。我惊讶的是声音好听而且年轻。他惊喜的是：“哇！你在中国居然能说这么好的英语！”从此后不必写冗长的邮件，写那么深沉的思想，写那么高深的学问。每天开始在电话里耍贫嘴。外国人习惯，张嘴就说天气，他说：“啊！我这里阳光明媚！”我回答：“我这里暗无天日。”有时他说：“这里满天繁星真美丽！”，我回答：“我这烈日高照，晒的人都要流油了”。他那带有金属音质的男高音拿腔拿调地说：“这是来自充满阳光的加利福尼亚的问候。”我也装腔作势地说“中国人民向美国人民摇着绿色橄榄枝，和平的问候。”——贫着贫着小半年过去，有了见面的愿望。十月中旬，我向公司请了年假，买了一张飞机票就悄悄飞到美国相亲去了。

在得知我就要来美相亲，聪明的汤姆马上下起毛毛雨，给我打预防针。说，你不能想象每天写邮件，侃电话的这个人居然如此丑陋，你会觉得是一场恶梦……我和我的两个朋友在一家泰国餐厅等待汤姆共进午餐。只见汤姆身穿 T 恤，短裤，凉鞋，一副休闲满不在乎的样子，迈着重而不稳的步伐，晃晃悠悠地就过来了。先冲我一个坏笑，就在我旁边坐下了。什么丑陋，他故意制造悬念，然后让你有喜出望外的感觉，如释负重。他们三个人同心同德，希望促成这件好事，马上相约明天一起去拉斯韦加斯玩。

我和汤姆开一辆车，一路上大侃特侃。他有个邻居的老婆是泰国人，总跟他说泰国好玩。所以他很想去泰国玩玩。我告诉他泰国我去过三次，的确很好玩。尤其受欢迎的是欧美单身男人旅行团。他问，为什么单身男人旅行团？我说："去森林还用自带火柴吗？……"快到拉斯韦加斯的地方有很多美女广告，我说看那些美女，没想到他的回答是："不用，我自带火柴了。"——好哇，这就回敬我了。我领教了他的聪明。

我们在 Wing 楼下的精品店闲逛。看到一个斗型瓷花瓶，正反两面都是那幅著名的油画《吻》。我和朋友一起议论这幅画。就在我们去洗手间的时候，汤姆出重金买下了这个花瓶。他把这个有产品号码，有产品证书和说明书的收藏珍品送给我作见面礼。这幅画是清晨一对男女着睡衣拥吻在一起，男人很投入，女人很沉醉。最醒目的是男人的睡衣，两人的睡衣都是黄色的，只有一点点颜色的区别，男人的黄色睡衣上有更鲜艳的亮块，很是夺目。整个画面的主题是你中有我，我中有你。这个见面礼意义深远呢。

我的见面礼也是一件精品。东西很漂亮，谁见谁喜欢。我把他送给汤姆时，他非常高兴，仔仔细细地看了一阵，感觉又贵重又有品位。他欣赏这个礼物，当然也欣赏我的品味了。

这是我在拉萨八角街摊上用两块人民币买的一个婴儿手镯，看起来像是银质的，非常西藏，我当时就想如果装在镜框里，银色卡纸边不是卡在边上，而是在古朴蓝色的背景上，这样更显高雅，留出一定空间来，不光有立体感，下面的垂链还可以摆动。

有生气不死板。肯定是个非常好的艺术品。回到北京花了 50 块钱订做了镜框，我把自己的构思和要求一并写出来，请人家按我的设计做。然后就有了我的这个精致的作品。

汤姆知道了这个故事，更加珍爱这个礼物，很佩服我的创意，他担心人家会不会按照我的创意成批生产，我说你别忘了，这个手镯是我从西藏带来的。这个礼物绝对是独一无二的，能有这个创意的女朋友也绝对是独一无二的。

能碰上我这样的女朋友，你偷着乐吧！

地球人都知道，花言巧语，甜言蜜语，殷勤体贴是老外谈恋爱时的拿手好戏。女人在谈恋爱时，智商早已下降为负数。因此上当吃亏的女人绝不在少数。

我们每天游山玩水，吃喝玩乐，开心快活。但是汤姆只字不提感情，他说，这么短短一个月的接触，根本谈不上相互了解，更谈不上感情，这仅仅是开始。而在恋爱的开始阶段，都像孔雀开屏一样，把自己最美的一面展现给对方，时间长一些了才发现对方不如自己认为的或是自己想象得那么好，也许还更差，还有你无法接受的缺点等等。时间长了，都看明白了，想清楚了，再提也不迟！带着哲理性的花言巧语更能迷惑人！

我十一月中旬回到北京，转眼一个月后就是圣诞节。圣诞节再去美国，间隔时间太短，显得过于主动；另一种想法是趁热打铁，一举拿下。想到汤姆十年孤独，现在有了女朋友，应该带给他温暖，送给他节日……我一定能感动上苍！于是，一个月后，我又返回美国。

当汤姆知道我又要来的消息时，他激动极了。不是吃饭时间就跑到中餐馆去，让老板娘分享我要来美与其共度圣诞节的消息。而当时老板娘正在指挥卸车。汤姆一直等在那里直到老板娘完事，好告诉她。他高兴的样子是后来老板娘告诉我的。我是在临走之前才发邮件通知他我来美的。他从收到邮件后直到见到我，始终未能入睡。用他自己的话说，像鱼一样翻来翻去。最后没办法半夜起来洗车，打扫卫生。

我的英明举措一举攻克了堡垒。很多美国人一辈子都没出过国，他们都不能想象在这么短的时间内去两次中国。就像富僧未能至蜀道而贫僧至一样。汤姆对我的行为钦佩不已。他说不能想象一个中国女人有这样的魄力做自己想做的事，自主自立。汤姆要替我付机票款，我拒绝了。我说，我一个月的工资就足够我飞两次的。这让汤姆和他周围的人都对我这老白骨精更加刮目相看。

我开拖拉机在后院除草，邻居的孩子发现一个陌生的女人开拖拉机，马上喊爸爸妈妈出来看，汤姆家有新闻了。于是一条街的邻居都知道了汤姆有一个中国女朋友。汤姆脸上泛着喜悦，心里美滋滋的。他主动告诉儿子和妹妹有关女朋友的情况。第一个圣诞节我们就是在汤姆妹妹家共同度过的。

从这以后的两年里，每分开一个多月，就相聚一次，不是我来美国就是他去中国。辛苦并快乐着。我回去之后，堆积如山的工作忙得我一塌糊涂。给公司写质量管理体系文件，枯燥繁琐无味，累得我焦头烂额。理出眉目之后，就又出国了。循环往复。我总结了一下，回到中国，整个一个焦裕禄——焦急，郁闷，忙碌。到了美国，就是高露洁——高兴，露宿，过节。每次来美国汤姆都带我去大山、大峡谷等自然景区游玩，住浪漫的小木屋，像是露宿，总是送我礼物并且大吃二喝的，如同过节。我们两人都喜欢高露洁。享受高露洁。

我家后院有两棵巨大的桑树，枝繁叶茂，交叉在一起，形成一个很大的华盖。汤姆说，我们两个人就要像这两棵树，上面枝叶连在一起，地下的根长在一起，但还是两棵独立的大树。既互相支撑又谁也不依赖谁。你要有你的思想，你的见解，你可以和我争论，平等对峙，而不要稀里糊涂跟着我，人云亦云。不能藤缠树，那样树很快会死掉。

我对汤姆说，你无疑是贵重金属，但我是稀有金属，只有这两种金属镕在一起，才能发出奇特的声音，放出异样的光芒！

读书与收藏

旗鼓相当，指两军对垒势均力敌，就是棋逢对手，将遇良才，用在婚姻上则指双方门当户对。旗鼓相当，是婚姻之基础。这表明双方实力均等。此处的实力不单指经济实力，但包括其中。这个实力是一切优势资源的综合，林林总总，各方各面。我和我的先生的婚姻基本上符合这个原则。首先，我们有相同的爱好：酷爱读书和收藏。他的书柜上书类很杂，包罗万象。为了提高英语水平，我曾阅读了其中一本《安徒生童话》，一本《我的路》。

书柜上面还堂而皇之地摆着名为《SEX》的书。我告诉先生，这种书在中国只能扔在床底下，不能登大雅之堂。

我们之间讨论读书，只能说有交集的那部分。美国作家，我酷爱马克·吐温和欧·亨利。法国的作家我喜欢左拉和莫泊桑等。先生马上找出他们的书给我看，原来这也是他的最爱。有的书名用中文和英文来表达并不一致，有的作者我只知道中文名字而不知道英文的发音，于是就介绍其中的内容，这时对方恍然大悟般说出它的英文名字。我问他是否读过卜迦丘的《十日谈》，他说不知道我讲的是什么书。于是，我开始给他讲这本书里那些有点黄又很有意思的小故事。他是老色鬼，尤其爱听这些故事，总是要求我讲给他听……后来，他告诉我其实他看过这本书，因为喜欢听我讲，就佯装没看过。一天，他给我讲故事，刚说几句，我就说："我看过，这是《威尼斯商人》！"他很惊讶地说："你连莎士比亚的书都看过?!"我说："那当然！四大悲剧四大喜剧我都看过。"这有什么新鲜的！原来，英文的莎士比亚作品一般人根本看不懂，是古典英文。我告诉他中国有一个著名的大翻译家朱生豪，中文翻的特别好，中国一般的中学生都可以看懂莎士比亚的作品。现在他更加对我的“学问”刮目相看。为什么加引号，因为只够骗老外的。

虽然我们俩人都喜欢收藏，但有很大区别。我喜欢的是晶莹剔透的波西米亚水晶制品和世界名牌香水。在我家里，个几面都是玻璃的大柜子，摆满了多年来我从世界各地搜罗来的美丽的高贵的水晶艺术品，令人——尤其是男士，很容易联想到女主人那颗高尚纯洁的玻璃心。还有一个精致的酒柜，上上下下几百瓶不同形状、不同颜色、不同品牌的香水簇拥在一起，香味扑鼻。灯光一照，宝蓝色，绿色，香槟色，白色，黄色……神秘高贵的颜色，设计美轮美奂的水晶瓶，交相辉映散发出的氤氲气息，高贵，唯美，令人陶醉。朋友见了无不为之倾倒，不倾倒的不是朋友。

他的收集像他的书柜，很杂。我统而概之，称之为收集破烂，雕塑作品，赝品（名画临摹），娃娃，各种小玩意……

当然也有好东西，有四百年历史的瓷器，二百多年的手绘玻璃酒杯，还有中国的象牙屏风红楼十二钗……我对他说我们家everything，like you，is pretty 然后大喘气，吐出最后一个字old。（每件东西都像你——相当老旧）

在我们谈恋爱时，他就如数家珍地告诉我他的收藏，并且“威胁”说：你不喜欢我的收藏就是不爱我！嗬，还上纲上线哪。第一次到家里来的时候，他把自认为好的画作，桌上，椅子上，地毯上，洋洋洒洒摆了一大屋，像个展览。虽然一看就知道是赝品，还装着喜欢，指着评着，这个是毕加索年轻时的作品，这个是毕加索后来的作品，这个是莫奈的荷塘，但颜色不够好……就知道他对我的答卷很满意。我也很得意。

达·芬奇说：“微少的知识使人骄傲，丰富的知识使人谦逊，所以空心的禾杆高傲地举头向天，而充实的禾穗却低头向着大地，向着它们的母亲。”

我就是那个微少知识的人，所以我总骄傲着冒充文化人！

提起读书和收藏，我有很多难忘的事情。这也是我很不为人知的一面。

我是一个从小就酷爱学习的人。在上小学之前，我已达到了小学三年级的水平。那时父母只提供起码的生活资料，从不问学习，他们太忙了。我上学时，父母从未光临过家长会，可能上几年级都不知道，老师是男是女都不知道。我一直遗憾地想，如果父母再多关心一下，我就能跳级，我还能多学点知识。考大学的基础会更好一些。糊里糊涂就到了“文化大革命”，停课了……在停课到工作的这段时间，是我们的文化沙漠。我只能从小报上学习。我每天在家抄报纸，练习写字。现在都用电脑了，字写得再好也没用了。我买了一些我认为比较好的报纸，印象最深的是《红卫兵评论》，仿当年毛泽东的《湘江评论》，是我一个同学的哥哥办的。我把这些报纸放在一个旧留声机的箱子里。

1973 年，批林批孔，我在单位里管宣传，刻钢板，出小报。领导给我一个小册子——《三字经》、《名贤集》，让我刻出来油印，供批判用。在此之前，我从未见过这些文字，自己偷偷读起来。有一种久旱逢甘雨的感觉，心中大叹，真是好东西呀。其中很多话是我们常说的，却不知是出于此。像“三人同行，必有我师”；“人无远虑，必有近忧”；“路遥知马力，日久见人心”。“酒逢知己千杯少，话不投机半句多”。“贫居闹市无人问，富在深山有远亲”。还有一句令我恍然大悟——“量小非君子，无度不丈夫”。总是听人说“无毒不丈夫”，其实是以讹传讹。此话的真正意义是，度量小或没有度量就不是真正的君子和大丈夫。这句话在我一生中起了很大的自我修养的作用，让我学会宽容待人，理解别人和原谅别人。当时我就多印了一本偷偷收藏起来。一个外地的朋友，他书法很好，为了让他看我刻的魏碑体，拿出来给他秀了一下就一直收藏在旧留声机的箱子里。（现在再也没有人刻

钢板了）

一直存了几十年，我视为我的历史，我的宝贝。不料，两年前，家人装修房子，把破箱子给扔了。

我心痛，我无语，想发火，我忍着……我难过。这简直就是“焚书坑儒”哇！

眼珠子又要出汗，打住。

先生的收藏没有我这样悲壮，是开心有趣的。请仔细看图片，拐棍的下端，有一个伸出去的小镜子。貌似端庄的老绅士，拄着此拐棍，跟在穿裙子的女士后面，观看西洋景。这哪是绅士，整个一流氓。拐棍上还有一个标牌，上面写着：Beware Dirty Old Man！谨防老色鬼！哈哈。所有来我家的人都喜欢这根拐棍，喜欢他的创意，认为值得收藏。我总是戏称先生 Dirty Old Man。现在他已会用中文说老色鬼这个词。和中国朋友在一起时，我问他，你叫什么名字，他用字正腔圆的北京话告诉人家，“老色鬼！”

“食＋性” 文化

中国传统是食文化，美国是性文化，他也没什么传统，才二百多年历史。现代中国的食文化应该是“食＋性”文化。每次和朋友一起吃饭，人家一劝我老公吃什么，他立刻就说：“That makes me power.”（壮阳）连吃韭菜都不例外。他知道中国人食和性永远连在一起。不光如此，平常我们说话讲故事打比喻都爱用食物。我曾给老公讲过一个小故事。

某男找女生只在意其胸如何。媒婆说：“此女胸大如桃。”该男见面后不满意，不过扁桃而已。

第二次，媒婆说：“此女胸大如橘。”该男见面后还不满意，嫌是金橘。第三次，媒婆说：“此女胸大似鸡蛋。”该男见面后仍不满意，原来是摊鸡蛋。最后媒婆推出胸如馒头的女生与其成事了。此男感觉上当，到处疾呼，旺旺小馒头，也算馒头?!

美国人则表达什么都与性有关。最直接的，如果好，好看，可爱，喜欢，等等，都用性感这个词表达。比如照相，我们中国人会说：“茄子”；美国人说：“SEXY”（性感）。中国人见面问：“吃了吗?”美国人当然不能见面就问：“做了吗?”他会夸奖你：“你好性感哪!”中国男人见女人不好意思直视，一般都是躲为上计，美国男人看到漂亮女人，主动前来搭讪。我跟老公说邻居老头在开拖拉机除草，我没与其打招呼，怕影响他。老公说，你一过去他就会主动停下来与你打招呼，男人都是色鬼。美国男人打电话，一听语调就知道对方是男是女，那语调和声音 very different!（非常不同）异性相吸引在美国表现得似乎特别充分。

语言天才

对于一个中西合璧的家庭，首要问题是学习对方的语言，当然同时发生的还有文化背景，传统教育，生活方式与习惯等等，这是一个巨大的课题，我解决不了。光学外语这一条，就让我重新认识了自己，简直就是笨得无药可救。

我老公是个绝顶聪明的人，他尤其具有学习语言的天才，我看中文电视剧时，他在旁边学电视里的人说："皇上，此事就交奴才处理吧"。我惊讶地说："你知道说的什么吗?"他摇摇头说："不知道。"可能是他会音乐，善于模仿，这么复杂的一句话他都能学上来，而且字正腔圆，发音地道没有外国味儿。我不仅惊奇而且不得不佩服。我看英语电视，老觉得人家像吃面条吐鲁吐鲁就完了，我一个字也没听懂。我学一个词死念活念若干遍，最后落得个隐隐约约曾记得。

老公很想学中文，刚开始也买了书，买了光盘，大册子小册子不老少。但是毕竟年龄在这，学起来很容易记住很难。我的评价是：学时容易记住难，色鬼无奈才华残。春蚕到死没学会，蜡炬成灰墨水干。

他说当年学西班牙语时，他去墨西哥旅行，雇一个男孩子同行，一路下来他就学会了西班牙语。现在来了好多趟中国，还是学不会。难免灰心。就是这样，他已经能用电脑打出中国字我的名字、北京等字样，已达到了会说、会认、会用的水平。

因为我老嫌他胖，肚子大。所以他学会的第一句中国话就是道歉："肚子太大了。"

我把双脚叉开，双手平伸，告诉他，这就是大字。

他也学我做同样的姿势，说："大"，

我说："不对"，你这样念"太"字。

"为什么你念大呢，我就念太呢?"

"你是带枪的人啊!"

"我要做大，不要做太！我是泰国男孩。"

"那是人妖。"

"中国也有。"

"那就是伺候皇上的那种，你就可以说，皇上，此事就交奴才处理吧，这位大名叫太监。"

……还是姓太!

你就是"太"字一边的，怎么也挤不到"大"字这边来。哈哈。

不装孙子

一个长周末，去参加了两个 Party。周六的 Party 老公也去了，一来因为是我们的老朋友家，二来是一车人等着他当司机呢，别无选择。周日的 Party，人较多，且多数他不认识，于是他婉拒了。——瞧，我这一上来就带着流水账的架势。——怎么改不了了？

美国的生活有道是：好山好水好寂寞。老公知道以前咱们在北京的生活多丰富多彩，所以老怕我寂寞，总是鼓励我，并用经济实力支持我出去和朋友玩。开始我总希望他和我一起去。后来我理解他了，也很同意他的想法和决定，就不勉强他了。

他不愿意在很多生人面前像戴个面具，正襟危坐，装谈笑风生派，也不愿意言不由衷，拿腔捏调，整肉麻恭维事，他不愿在人面前西装革履，风度翩翩，高谈阔论，嫉世愤俗……摆个样子，端个架子……事实也如此，他既没有样子可摆，也没架子可端。总穿最便宜的衣服，最简单的装束。去多高级的地方都这样。

俗话说，不是一家人，不进一家门。我就喜欢他这个派，这个牛气，这个土气，我管这个叫“不装孙子”。从一开始谈恋爱时，我最中意他这条“不装孙子”，换句话说，不装阔，不虚荣。他对我说，千万不要改变你自己，做你的本色，实实在在，活得要轻松自由。

于是两个不装孙子的人，他光着脚丫，穿着短裤，我蓬头垢面不施粉黛，每天在家里，活宝大耍特耍，段子大讲特讲，荤素搭配，色彩鲜明，相互开心，共同快乐。我们结婚以后，年龄成反比，我越来越老，他越来越小。我像一个碎嘴唠叨的妈妈，从室外进来，一定要洗手。每次我都问他："你洗手了吗?"刚开始，乖乖洗手，后来，不耐烦地说："已经洗啦!!"，再后来，那就大喊大叫地说："我洗了!"之后一个大喘气："很久以前!"再后来：昂起脖子，理直气壮地说："不，我不洗，我就是一个老脏（色）鬼!"

美国人的生活很简单，走到哪里都是老头老太太手拉手，只有去公厕时才分手，人家不允许。正是这样生活方式使夫妻密不可分，一分开，半边天塌了。在中国说妇女能顶半边天，其实依我看，顶多四分之一。在美国，够上四分之三了。上次周末Party，溜溜去了两天，回来后看到他一个人无精打采坐在那里看电视，冰箱里有很多吃的东西，就是不吃，等你回来。嘴上说支持你去玩，可一个周末没人问，就表现得可怜兮兮的，整个一个埃塞俄比亚孤儿。我一回来，脸上有了光彩，眼里也有了神气。哈，老婆很重要！我心里得意洋洋。

肉已经炖好放在桌上，我去打电话，半个小时后，他仍旧看电视，我说你怎么不吃饭，他理直气壮地说："没有服务生提供服务"！我说："你可以自助，不必付小费。""这样的服务我压根不想付小费。"好吧，今天免费服务，我给他把肉盛到盘子里，他开始进餐。第二天吃饭时，我发现菜里有一小菜根，我赶紧挑出来，说："先生，这道菜我们免费相送。"他装得非常高兴的样子，夸张地说"太好了。不过还得道歉。"所谓道歉就是趴下让对方打屁股。他要做错了事，主动趴下，还把裤子扒下来让你打屁股……有时吃完饭，他还坐在那，我就把灯关掉，"对不起，先生，我们打烊了。""我想和美女多聊一会儿"……我们两个就是这样逗着贫嘴过日子。

朋友建议，写博客就写你老公，我说怕只怕写出来成黄色小说了。朋友说：不色能叫老色鬼吗？其实黄故事都是我讲给他的，我比他还有过之，大家一直都说我是小猫吃柿子——涩咪咪。老公说我是 Dirty old woman，色老太。公平地说，我只不过是个口头革命派。他才是真正实干家呢。偶尔穿个漂亮衣服，我让他给我照个相，他说："把衣服脱下来!"我说："老色鬼，等你儿子来我告诉他，你这样给我照相。"他摇头摆脑，稳操胜券地说："你告诉他吧！我们都一样，他知道我。"他和儿子经常互发黄色邮件。这一点上，他也不装孙子。不像很多中国人那样既要当什么又要立什么，封建，虚伪，道貌岸然。我讨厌装孙子，实实在在活得本色比什么都强。星星就是那个星星，月亮还是那个月亮，装孙子的人装了半天，还不就是个孙子。

色胆飞扬

我开车，他指路。走到一个岔口，应走右岔，他说“直行”，我理解成走左岔，这时他大叫“不对”，同时我也觉得不对就转过来了。我就抱怨，该说右行为什么说直行？他挺不高兴，嘴里嘟囔着：“Bad Girl!”

这事就过去了。回到家，像平常一样，两人一起把买的东西安顿好之后，就坐在沙发上休息。

老公说：“你过来，趴在我腿上!”我还没反应过来他要干什么就照做了。他打我屁股。要求我说“我再也不对你大喊大叫了。”我头如捣蒜，“Yes，Sir!”“Yes，Master!”后来我急中生智，说：“I’ m exciting! 我要兴奋了!”“OK!”两人哈哈大笑起来。小小不愉快很快在恶作剧和哈哈大笑中得到了化解。如果当时吵起来，就会一声比一声高，越吵越生气，矛盾升级。老公用打打闹闹开玩笑的方式告诉我，他不希望我对他大喊大叫。但我也不能像小学生那样赶快认错。于是两人半真半假，嘻嘻哈哈，开个玩笑就过去了。

人一生，童年似梦，少年如画，青年是诗!如果说奋斗的人生是波澜壮阔的小说，那退休的生活就像飘逸的散文。而老年人的思想和经验就应该称为闪光的哲学喽!我们正在从中年人向老年人迈进，我们的浪漫散文很快就变成闪光的哲学了。我们要加油哇!

我每天晚饭后出去散步一小时。现在天黑得越来越早了。老公看我天黑还没回来，不放心，就拿起探照灯去找我。回到家后，又嘱咐我晚上太阳下山以后不要出门上街，你如被坏人掠走，让我上哪找你去。听着是关怀爱护的意思，心里挺感动。

他告诉我网上说中国现在女孩子非常性开放。我说，是呀，贞操向金钱投降，道德被物质击毁。女孩自愿做二奶和小三。有点权势或曰成功的男士，巴不得中国也可以一人娶四个老婆。夜店，酒吧，歌厅，发廊……有色情的地方风起云涌，有男士形容那些地方：波涛滚滚，惊心动魄，逼良嫖娼。

我们给那些小姐起了个名字叫“松下库带了”；给那些嫖客起了个名字叫“朴万昌”。

倒退30年，在我们年轻的那个年代，一个女人如与丈夫之外的男人有性关系，那就是伤风败俗、作风不好，人前抬不起头。女孩在结婚前有性行为叫失足女青年，就嫁不出去。一失足成千古恨，这句话像警钟一样永远长鸣在耳旁。现在不一样了，没有失足悔恨，只有尽情享受。连女人吃亏的观念都已经被彻底颠覆了。说是用棉花棍掏耳朵，棉花棍舒服呐还是耳朵眼舒服，当然是耳朵眼舒服，这不明摆着吗？老公却说：“对棉花棍和耳朵眼来说都很销魂呐。”

当初，我非常希望老公能在中国定居，于是画了一张美好的图画给他。我告诉老公我有个朋友在中国办了很多所学校，专门请外国人教英语。你可以到北京工作，当英语教师。你往讲台前一站，讲台刚好挡住你的大肚子，学生看见的是你那张俊朗的脸，你那种面部表情丰富夸张和带有戏剧性的幽默，还有你那美声男高音，一定迷倒一片妹妹。上课时她们用崇拜的眼神看着你，下课后她们围着你问长问短，你那感觉别提多好了，早就忘记自己的年龄和其他，巴不得艳遇一把……瞧，哇塞！他一人独坐，举着葡萄美酒月光杯，洋洋得意地晃着杯中物，双眼迷离，陷在去中国当老师的遐想中了，憧憬着被妹妹们包围的甜蜜，很有些自鸣得意。老色鬼嘴脸暴露无遗。见此状别提我有多后悔了，我怎么就那么心甜口快呢，还调侃人家呢，这不是搬起石头砸自己的脚吗？……

嗨，人家也没干什么，不就是做做美梦吗，就让他的色胆随着思绪一起飞扬一回吧。

看谁牛

我和妹妹乘旅游大巴归来，汤姆张开双臂迎接我们，把两个资深中国美女拥在怀中。妹妹说："哇，你理发了，真精神！"我马上告诉妹妹，汤姆自己理发。妹妹表示非常惊讶。汤姆马上得意起来，把下颌往上一扬，眼睛半闭，骄傲地说："以后看到我做什么事都请不要惊讶。"言外之意就是我会做的事还多着呢！别以为是什么丰功伟业，不过就是修修家里的吸尘器，破旧设备，偶尔烤烤蛋糕点心，给我染个头发，整个恶作剧，再就是上演一出话剧或者歌剧片断……有什么可牛的，可让人惊讶的呢？

我们中国人要是吹起牛来，可比你牛多了。老百姓吹牛，说："我往你家院子里尿一泡尿，你家就成了波澜壮阔的太平洋。"当官的吹牛还有策略，讲究业绩做实事，落实到项目工程上。于是就有了伟大的宏伟蓝图、世纪工程、千秋万代工程、新里程碑工程——给长城贴瓷砖、给太平洋安栏杆、给大地刷绿漆、给珠峰安电梯！看咱们这放眼世界纵横历史的胸怀和魄力，谁比得了？

我们中国的特色就是人多，凡事都采用人海战术，用最朴素最简单的办法除四害。有道是给苍蝇戴手套、给蚊子戴口罩、给老鼠戴脚镣、给蟑螂戴上安全套。具体情况具体对策实在是高！你们美国人有这么丰富的想象力吗？有这么高明的计策吗？你们有什么可牛的呢？

我们的伟人说，"敢教日月换新天"！是呀，把北京灰蒙蒙的天空换成湛蓝的天空，老外再也不能攻击我们空气有污染，那才真牛呢！那才叫换新天！

绅士风度

所谓绅士风度，一般人的理解就是男人在女人面前温文尔雅，文质彬彬地表演。具体体现在给女人开车门，提箱子，穿大衣等。女人觉得被重视，被照顾，感觉良好，很受用，甚至还有一点做女人的小小优越感伴随产生。于是乎，西方男人的绅士风度把东方小姐们迷得不亦乐乎。其实，即使在西方，有绅士风度的坏男人也不在少数。

所谓绅士风度，在西方司空见惯，是自然的普通的举止行为。他们从小受的教育和耳濡目染都是如此，也就不足为奇了。朋友每次都看到我先生为我开车门，我坐好以后他把门关好，再走到车的左侧去，就问我，在没有其他人在场时，他也这么做吗？我的回答当然是肯定的。不论白天黑夜，不论何时何地，不论是哪道们，都是他开门，我先进。时间长了，习惯成自然了，也不觉得什么风度了。男人刹车时，一般都会用手挡住女士的身体，防止被惯性碰伤。我先生每次刹车时也会这样做，只不过是手臂抬得稍高，趁机用手探视胸前一把，之后还夸张的哼哼……

我先生在我家居住时，每天出门都是我开车。我不想让小区的人看到老外向我献殷勤，总是快走两步，待到我已坐进车里，他才晃到车前。低着头，很惭愧得说："It' s my job."（这是我的工作。）

绅士风度是有所必为、有所不为的浩然气概，但却以一种非常自然的毫不张扬的方式不经意间自然流露。所谓绅士风度，应该是优秀男人的本色。在灾难来临时不惊慌失措，镇定自若，危难中先人后己！日常生活中，热情帮助周围所有的人，认识的和陌生的。他们把帮助别人看成是自己的责任，不论白天黑夜，不论何时何地！

十多年前，一次在佛罗里达出海钓鱼。一个 7 岁的男孩在我旁边钓鱼。那天我钓了六条鱼，那个男孩一条也没钓着。他都为我服务了。我每钓上一条鱼，鱼都是挣扎着，非常不情愿。小绅士赶忙帮我举竿收线摘鱼，把鱼放入冷藏箱。又帮我在鱼钩上放上新的诱饵，开始钓下条鱼……下船时，我给他拍了一张照片，谢谢他帮助和照顾我。他说：“I’ m a man.”（“我是一个男人。”）他一定会是一位真正的绅士的。我想。

也是十多年前，在俄罗斯一个机场大巴上，我带着沉重的箱子，就让同团的其他人先上车，我最后上，就不用挪窝了。这时车里就有人喊：“你们中国男人怎么让妇女提箱子!”臊得我真想钻地缝里去。其他男士怎么想，我不得而知。

我还有一次提着箱子上飞机，一个外国人走上来就提我的箱子，把我吓了一跳，以为要打劫。原来是帮我提到飞机上去。

助人为乐，活雷锋式的绅士们还是越多越好。尤其是对于老弱妇残。酸文假醋，专为讨女孩喜欢的伪绅士风度就免了吧。因为其他人，尤其是老年妇女根本享受不到。

手术开刀年

联合国每年都有一个工作重点，于是有了“国际和平年”、“世界环保年”……等等，按照此理，俺家今年是“手术开刀年”。人一辈子开一次刀不算难，难得的是一家子一年开 N 次刀，且不双开门大容量悲伤，仍欢欢喜喜开刀年。今年俺家的被开刀日程是逢单月开刀，也就是一、三、五、七、九月。要强调的是“被开刀”，不然人家还以为是医生的工作日程表。

一月和三月，老公作了两次手术，双腿的膝关节都换成人工膝关节了。

在做手术之前，老公说：春天来了，我们去踏青吧，这膝盖还有两天就到期了，趁作废前好好用一下，增加他的使用价值。医生给他做手术时，他还郑重麻烦医生把锯下来的骨头切成一片一片的，好喂我家的狗。医生笑笑回答：“Sure。”（好）做完手术回到家，老公对我说：“旧膝盖像丰田车已被召回，现在是全新美国造了。”

五月份，老公的腿刚可以开车，俺就发生了意外，像平常一样，俺和俺的爱斯基摩犬跑着过马路，远处来了一条大狗，忠于职守的爱斯基摩犬立刻冲上前去保护我，但是他抢了俺的路让俺无路可走，于是绊倒。起来一看，老骨头拧成了麻花，心里一惊，麻烦大了。最近俺有一口头语，说北京的房子太贵，就是打个粉碎性的骨折也买不起。买不起就不买呗，没想到给应验到这了，俺的手腕爆炸性粉碎性骨折。这不一语成谶嘛！

老公闻讯立刻赶来，找了一本杂志作托板，用绳把胳膊掉在肩膀上，开车送俺去医院急诊。路上他对俺说，英雄救美应该刮脸换衣裳，打扮英俊些，没来得及做这些，对不起。

老公一点都不慌张，这个加州最好的医生给他开了两次刀，已经成为他的朋友，直接给医生打了电话，约好第二天早上见。我是自己买保险，看病费用还是很高，加之俺又是那种舍命不舍财的主，讨价还价到哪都忘不了，俺厚着脸皮对医生说，俺家的骨头都送来给你锯了，还不买二送一。不料医生告知我的手术要复杂困难很多，讲价钱当然是不可能的，但是医生还是尽量提供了方便。我接受了4个小时的手术，里面放了一块板打了九个钉。手术结束后我仍睡了5个小时。麻醉药使然。弟弟说，把给牛的药量用在了羊身上，就会这样。

俺成了残废，每天什么都不能做，只能像自由女神那样高高举着右手。于是俺们决定坐船去阿拉斯加旅行。

本来今年的手术计划是做4个，老公和俺各做两次。手腕骨折是意外，于是俺整了3回。老公说俺凡事都抢先，做手术也要多抢一个，好像俺傻的都不知啥叫受罪了，冤不冤哪！

俺的脚上长了一个骨刺，冰冻三尺非一日之寒，多年忙于工作不予理睬，结果积劳成疾，脚趾变形，就在上星期作了第二个手术。

虽然俺自己不在意，医生可特别重视，手术后给俺穿上一个大棉靴，直捂到腿肚子，而真正做手术的大脚趾头还在外面漏着，看照片你就知道：奇傻无比。俺问老公，是医生 stupid 还是俺 foolish。俺就这个形象每天去康复中心做手的康复治疗，俺一进去大家就笑，说俺 funny。不过黑手套挺酷的，像神枪杀手似的。

俺不能做饭了正合老公意，可以名正言顺要求下馆子。但他的意愿全部被俺驳回。他发现原因就在鞋上。老公说："你不愿去餐馆吃饭是嫌鞋丑。"丑归丑，臭豆腐效果不可忽略，把脚放在5公分高的硬塑料的巨大的托板上面，不受任何冲击和挤压，当然就不疼了。做过此类手术的人都说疼痛无比，俺没事，由此可见这紧腿靴功不可没。

之前老公担心俺紧张怕痛总是安慰俺。俺说："俺是谁呀，俺是阿Q，俺有法宝，那就是一不怕苦二不怕死。""苦不苦想想红军两万五，累不累想想革命老前辈"，再不行还有"下定决心，不怕牺牲，排除万难，去争取胜利"。

弟弟用一幅对联安慰我：上联：该吃吃，该喝喝，遇事儿别往心里搁！下联：泡着澡，看着表，舒服一秒是一秒！横批：不能白活。嗨，和俺的精神胜利法相反，这哥们一点不讲精神层面。

做了手术往床上一躺，看电视，侃大山，光说不练，还享受超级甜蜜待遇。老公扮成一枚帅男，举着玫瑰花前来慰问。老婆手坏了，不能打电脑了，老公偷着乐。老婆可以天天给他讲故事了。

俺最大的优点就是超级诲人不倦，就爱给人讲故事，"文化大革命"时被戴了帽子——宣传封资修。江山易改本性难移，直到现在还那么执着地好为人师。和老公一起看电视，新闻里说克林顿的女儿正在筹备婚礼，已向总统发出请柬。老公不满意了，冲着电视就喊起来，"为什么没通知我?"，那样子好像他是切尔希的大舅。看俺连理都没理他，就问俺"通知你了吗?"俺不动声色地说："昨天晚上希拉里打电话给我说这事了，我说，这些事你们自己决定就行了，以后不要为这些小事老打扰我。"俺心里话说，吹牛你哪是俺的对手！

俺不光给老公讲故事，还给大夫讲故事，俺们每天去康复中心就像说相声一样。

俺说：现在章鱼哥是最准的预言家，于是有人问中国足球队何时能拿冠军。你猜章鱼怎么说。这时，俺老公接着说：只见章鱼哥泪流满面，静静地爬上了烧烤架……，哈哈，大家笑做一团。

另一个故事是一个人向上帝要了九条命，就不怕死了，当火车过来前他就躺在铁轨上，火车过后他就死了。为什么，老公回答说，那火车有十节车厢……哈哈，哈哈，俺成了康复中心最受欢迎的人。

此文写到一半的时候，俺去看脚科医生，医生给我换了药，重新包扎，之后给俺套上一条长筒丝袜。俺一看丝袜就来了灵感，俺说这袜子劲可大了，女人穿在脚上可以征服男人，男人套在头上可以征服银行。医生点头说："对对，电影里是这样。"

美国做手术和中国不一样，相当多的手术都是不住院的。俺做的这两次手术，虽然医生不同，医院不同，但却是在同一张手术台上做的。

这是一个没有住院病房的手术中心，条件和设备都非常的好，并配备麻醉医师，各种护士。因为五月刚做过手术，所有的护士医生都认识俺，俺就像回母校看望大家一样，挥着自由女神的手向他们问候。

在美国做手术很"享受"。一进准备大厅，医院就给你一间用布帘隔成的病床，你躺在床上，三个护士专门负责伺候你，由此你就知道为什么护士老不够用，全世界的护士都可以直接全家移民到美国。三个护士围着你团团转，一个检查血压、打点滴、做心电图，一个给你拿枕头、盖被子、穿袜子，连你去洗手间验尿她都领你去。全程笑脸伺候真温馨，在中国哪享过等待遇，跟慈禧太后似的。一个护士负责写病历，开药方，她说有一种药上次俺过敏了，写了一个红牌牌栓在俺右手腕上，提醒所有相关的医生护士注意。麻醉师看到后问俺过敏症状，俺答不上来。护士马上把俺老公提进来问。原来上次手术过后用这种药，俺有轻微发热和长疹子，于是俺老公打电话通知护士，马上记录在案。俺老觉得中国人比美国人聪明得多，但不得不承认美国人做事比中国人认真得多，他们决不让自己在职责范围内出错。每个围在俺身边的人都亲自问我一句："Anyquestion?"我都回答："No question!”这时，拜拜了您哪，护士大妈们，我被医生助理推到手术室。手术室的门是紧锁着的，按电钮自动打开。当我的床和手术台并排时，俺扭着蠢笨的身躯爬上了手术台。里面另有护士伺候。俺两手平伸，被护士用尼龙带固定在台子上，大腿和小腿也分别绑了两道，俺像耶稣一样被钉在十字架上，几分钟后，俺就义了。

在一个老拿人权说事的国家，尊重生命，尊重人权，让俺觉得医生护士都是最可爱的人。在美国，人命关天，医生护士出一点差错，病人马上告上法庭，后果不堪设想。而上次在北京住院，护士把俺的静脉扎成筛子了也扎不进去，俺不仅必须陪着笑脸还得为他们浪费的据说是进口的高价的针头买单。呜呼！

手术中心是像饭店那样的一个经济实体，连同麻醉师、医师助理和护士一起出租给医生。手术中心每天都有不同的医生来做手术，利用率很高，只有赚钱绝不会亏本。医生的钱来自病人付款，一般都是高额款项，病人自己多数承担不起，生一个小孩要花 10000 美元，中国叫“千金小姐”，美国是“万金小姐”。当然主要由保险公司买单。如果没有保险，生一次病，就是中产阶级也会倾家荡产。俺在 2008 年生那场大病，在美国看了一天急诊，费用是 16700 美元。回北京做了手术住了 9 天医院（请看俺的旧文《胆结石历险记》）整个费用是人民币 10000 多元，俺个人承担 1000 多元，单位还补助营养费 2000 元。看看，享受在美国，生病还得回中国。到底哪好这不明摆着吗？低价格当然低质量服务，也没什么可抱怨的，不是么？

X 光中心也是如此，他不属于医院，属于投资方。因为俺的毛病都是老骨头，每次看医生之前都必须先去 X 光中心照了片子，刻成光盘，拿着去看医生。

X 光中心同医生的关系就像中国的医院和火葬场的关系，是上下家，不是谁求谁。

实验室中心也是独立的。手术前一周，病人自己去实验室中心抽血化验，化验结果直接传给大夫。

俺认识的这位大夫与其他大夫一样，有好几个工作地点。周一，他去给俺做手术的这个手术中心给病人做手术。周二，他在医院的门诊看病。周三，他去医院的住院部做大手术。周四，在他自己的办公室接待病人，周五在哪里，俺尚未摸到情报。住院部和手术中心一样是租用。医院的门诊部，有简单的设备，有点像中国单位里的医务所。而他的办公室不在医院里，也比较简单。门诊部和办公室都是几个医生合租，时间是岔开的。有了门诊为什么还要办公室？俺猜是租金问题。医生自己雇有贴身护士，护士有时在门诊部，有时在办公室，服从医生调遣。护士的职责除了通常那些外，还做秘书工作。比如跟病人电话联系，安排预约，病人有事找医生也是通过这个护士。在这里，你一来护士就给你一个名片，随时你可以打电话咨询。你还可以给医生发邮件讨论病情。

不知道别家医院如何，俺去的这家，规模很大，有很多栋楼房。妇科一栋楼，心脏科一栋楼，小儿科一栋楼……每栋楼都是一所独立的医院或说独立经济核算实体。每栋楼相隔不算太远也不近，因为楼的四面都有停车场。医院把楼房和设备租给医生。医院没有药房。取药去社会药房，医院不会利用药赚黑钱，这一点是和中国某些医院最大的区别。

过年的记忆碎片

1. 一提过年，耳边马上响起在木墩上剁白菜剁猪肉的声音。这个是我童年中的经典节目。年三十晚上包饺子，那时都是白菜猪肉馅，我不会做其他的事，最简单的就是剁馅，于是我义不容辞地承担了这项艰苦的工作，并且一干就是很多年，从十几岁干到二十几岁。在我心里，过年是什么，过年就是包饺子!! 那时包饺子兴师动众，全家动手，又忙碌又喜悦，那气氛那精气神儿，几十年忘不了，总是怀念。在我心里过年就应该那样!

2. 一年到头，每户居民供应半斤花生，三两葵花籽，凭证购买，过期作废。这也是我的任务，和同院的孩子们成群结队去排队，这家副食店没买上，赶快到更远的副食店去排队，生怕失去购买机会。同时还供应芝麻酱和带鱼。带鱼分粗细两种，一种3毛8一斤，一种2毛5一斤，这也是我的抢购任务之一，这样的美食我们也只能在过年时才能享用。那时还没有对胆固醇高的担心。

3. 1980年的春节更是终身难忘。在这以前我从未参加过宴会，总是在报纸上看到什么什么设宴招待云云，我很想知道宴会什么样，恰逢此时父亲有一张春节招待会请柬，古代花木兰替父从军，今天我就代父赴宴了，反正吃宴会的人谁也不认识谁! 宴会的地点是新侨饭店。（那时候饭店老百姓是不能随便进的）我穿上自己最好的最正式的一件化纤材料的西服，是一个上海朋友给做的。从家里出来走15分钟才坐上1路公共汽车，花一毛钱到东单下车，又走到崇文门。等我找到门进去之后，人家已经开始讲话了。别人都是坐小汽车去的，当然不会像我一样迟到了，再说这种场合迟到很不礼貌。本来就是冒名顶替，还迟到，我扭扭捏捏很不好意思。

这是一个一百多人的小型宴会，每个人都有桌签，位置是事先安排好的。我因为迟到了，父亲的位置空着，所以当我一进去人家就知道我是谁了。讲话的人恰好是父亲的朋友，看到我进来，马上中断讲话，走过来把我揽过去，说："给大家介绍一下，这是 XX 同志的女儿。"接着响起热烈掌声表示欢迎。我窘得不知如何是好，低头看着艳丽的大花地毯，实在没有老鼠洞可钻。

我坐在那里低着头，不敢与人说话，也不好意思吃东西，同桌的人对我这个唯一的家属都特别关照，我难受得不得了，恨不得宴会马上结束。没想到宴会结束后，主持人坚持要派小汽车送我回家……唉！小老百姓只是想开开眼，没想到窝头翻个现了大眼！

4. 以前过年只放三天假，每年的初二或初三，父母请所有的亲戚朋友到我家团聚，用现在时髦的话说就是一个大 Party，有二十多人。过年前一个多星期就开始准备，在物质匮乏的年代，好吃的东西都留在这时一并享用，后来生活水平不断提高，吃的东西也就跟着丰富和讲究起来。母亲是烹饪高手，粤沪名菜，南北风味，每道菜都博得满堂喝彩，于是每年都高朋满座，高谈阔论指点江山，内部新闻小道消息，幽默故事政治笑话，还说一些在外面不可以讲的话，在那恐怖的年代，一句话就会带来灭顶之灾，可全国人民都知道北京人不关心时事政治就活不下去。虽说是谈笑风生，但绝对没有黄段子。宾主开怀畅饮，节日气氛浓郁。后来母亲身体不好，这样的劳作太辛苦。于是在 80 年代初期，亲朋好友在我家团聚过年，酒饱饭足之后，父亲就像外交部发言人那样正式向所有的客人宣布："礼宾改革！从今后，凡是住在北京的亲戚朋友请一律饭后来访。"换句话说就是不管饭了，美味佳肴的过年没有了，吃饱了饭再来侃大山吧。虽然大家都觉得很遗憾，但为了减轻母亲的负担，都欣然同意。二十多年过去了，家里再也没有那么红火的 Party，也再没有人到家里来吃饭，连我的亲叔叔也是如此。当然现在我们有客人来，或是想聚会，都去饭店了，很简单很方便，但我还是怀念以前过年的美好温馨热闹的氛围以及那种虽然穷但幸福指数很高的生活。

厨房舞台

刷锅的时候发现有一个针头大的眼，我告诉老公，锅漏了，该换新的了。

老公瞪大眼睛，惊讶地大叫："啊！锅漏了"！像话剧屈原问天的动作一样，高举双手，扬起脖子朝着天空，念着高腔的台词，"这是我家的传家宝哇，当年我奶奶的奶奶留给我们的！"

"怎么能让它漏了呢？你是如何对待它的?!"义正词严的质问之后是有形无声的抽泣…… 嘴里唠唠叨叨:"价值连城的电饭煲哇,你是我最中意的收藏品呐,那年古董展览我都没舍得拿出来!"

"你让我愧对祖先呐!"

如果厨房是舞台，这就是话剧独白的重头戏！

哼！少来这套！你奶奶的奶奶那会儿有电饭煲吗？连电还没有呢！这破饭锅我早就不想用了，今天就买新的！不容分说就连锅带盆，电线都扔了。玻璃锅盖还挺好，可留下用于其他地方，没舍得扔。

没想到人家革起命来可比我彻底，慷慨地说："都扔掉，不要了，买新的!"那决心下的，那叫一个掷地有声，铛铛的，豁出去了。就像我们中国人砸锅卖铁送孩子上大学一样。

挑了一个我喜欢的电饭煲买回家来，把说明书、保修单和发票一起放在盒子里，收藏到储存室。保修一年呢。老公抓起盒子连同里面的票据一并扔倒垃圾箱。然后搂着我说："坏了再买新的！这种东西还修？不够来回的油钱。"

我愤慨地问："是谁大叫痛失传家宝的?"

"哈哈!"他一脸坏笑。

秋风肃杀

2010 年的秋天来得比以往更晚一些，2010 年的秋风来得比以往更强一些。

秋风肃杀，满地黄花。一声巨响，老树劈叉。一夜狂风把我家后院五百年老树劈掉一半，成二百五了。打电话请伐树公司来伐树，说好价格 550 美元。这个价钱是什么概念？就是一个五口之家一个月的伙食费。小小自然灾害令俺家损失惨重。

看看美国工人如何干活。安全第一，用绳子的中间部分绑在工人身上的安全带上，绳子的两头延伸到不同方向挂在固定的建筑物或树上，这样如果工人从树上掉下来，就会像打秋千一样，不会落地。看他像个淘气的孩子，骑在树干上，得意洋洋的。工作着并快乐着。

谢天谢地，是树的南半部分倒下而不是北半部，这树早已高过 2 层楼，很多枝干越过房顶，如果是北半部分断裂，那整个房顶都得被砸塌，那后果不堪设想了。工人将树干一小截一小截地锯下来，如果从根上锯就会砸到房子。他们还用绳子把伸向房顶的树干拉到房外边来，拉了一个 90 度大拐弯。

锯下来的枝干堆满了院子。工人把大卡车和粉碎机开到院子里，把树枝等直接投入粉碎机，粉碎机把木屑扬到卡车里。老美干啥事都机械化，又快又完美。这点的确比中国先进。

工人用鼓风机吹干净所有的树叶，木屑等，把环境打扫干净。前前后后一共工作了一个多小时。

老树虽说被锯了一半，却如同人刚理了发，看起来很精神。

整个院子一下子显得空荡起来，也亮堂起来。屋里也亮堂好多。华盖没有了，萧瑟秋风今又是，看见蓝天。

生日瞎过

一提起生日，脑子里就像电脑立刻闪出礼物、蛋糕、蜡烛、聚会、大餐、跳舞等关键词。

接下来就是瞎张罗，瞎联络，瞎采购，最后落实到瞎花钱，然后是大家瞎闹腾……过生日都这么劳命伤财地瞎过。

日月那叫一个如梭，光阴接茬那个荏苒，转眼老公的生日又到了，嗨！老过生日可不好，这人不老得快嘛！

可这生日就是生命中的节日，不能忽略，该有的仪式必须有，人们通过这个仪式相互产生物理反应，如果有了化学反应，那效果就出来了，意义也就深远了。但是这个仪式如何举行呢？我独自坐在窗前，披挂着眼前俯仰皆是的寂寞，想着物欲横流的花花世界，物质的洪水淹没了精神的孤岛，物质文明远远超过精神文明，沧海横流难敌物欲横流，落花流水全变成餐饮流水。精神在干瘪，物质在丰盈，生日、纪念日、假日、节日都成了商业吉日。生活在边缘，思考在高处，表达在当下！我决定今天就从金融危机的中心地带开始改革，过一个革命化的节俭浪漫不浪费的生日。“我要用一点点水，一点点阳光，一点点柔软的慈悲，在我的房间里泛起洪灾。”

灿烂的水晶灯下，桌子上用玫瑰花摆出我爱你的图案，中间还点着了大大小小香喷喷的印度蜡烛，优雅的古典音乐作背景，生日大餐是摆在绿菜花中间的一圈油焖大虾。一张偌大的餐桌，一边坐着“蓝白金”，一杯马蒂尼；一边坐着“中发白”，一杯马格瑞特，我这个中年发福白领首先祝福我那蓝眼睛白皮肤金发的老公生日快乐，蓝白金不失时机地表达他的爱和赞美，表示非常享受这个安静的、梦幻的、美丽的、难忘的私人宴会。

过去我们是生日瞎过，今天我们是生日“虾过”，只差那么一点点哎，节省好多银子哪！

圣诞搜狗

我家共有四口，老公和我，两岁的多多和六岁的麦克斯。兄弟俩都是纯白色的爱斯基摩犬，麦克斯总是昂着头，气质高贵的派头，多多聪明调皮，精力特别充沛。多多来我家时只有半岁，还是一个“处男”，因为怕它会跟女朋友出走，我们残忍地剥夺了它的性权力，手术之后它显得垂头丧气，不如以前活泼了，让我难过了好长时间。麦克斯是半年前刚从宠物中心领养的。兄弟俩都很爱我，每天不错眼珠地盯着我，我一开前门，它们立即冲到前门，我开后门，它们马上赶到后门。我开车出去，它们俩像坐牢似的，扒着栅栏门站着，眼巴巴地看着我离去，看得我很不忍，真想把它们都放到车上带着。每次从外面回来，车刚进自家道，多多已经守在栅栏门向我摇着尾巴，表示欢迎，当车快停下时，麦克斯才缓缓地从屋里走出来，哼，架子拉叽的。看出来吧，我更喜欢多多，但我对它们绝对是一碗水端平。

圣诞节这天，我和老公去朋友家过节，欢天喜地地离开，哥俩照例在门口送行，满眼的渴望，多么希望能和“爸爸妈妈”一起去呀。我们在朋友家又吃又喝，又说又唱，兴高采烈，回味无穷。回到家里天已经黑了，我看到电话记录，常春藤给我打了两次电话，于是就回电话给她，一聊就聊了一个多小时，这期间老公进来多次，像是有话要说，我放下电话去找他，他沉着脸，缓缓地说：“我有一个坏消息。”“什么坏消息？”我顿时就紧张起来。“‘男孩子们’都跑了！”轰的一下，我脑袋就大了，一下子就摊在那里了。真是乐极生悲呀，因为今天太高兴了就会发生这样的事？

于是乎我家的轰轰烈烈的搜狗运动在圣诞夜掀起。

我先是到外面大喊兄弟俩的名字，当然我没说回家吃饭，因为它们不懂网络语言。接着老公开车绕着约两英里半径的面积，找遍了每条街，每个巷，把我的嗓子都喊破了，没有回应。只好回家，一夜无眠。老公把玩具都捡在一个大盒子里，把它们的饭碗也一并收起来。用吸尘器打扫它们的房间，说是趁它们不在家给它们大扫除一下。我脑子里全是它们俩。每天早上"爸爸"训练它们，把食物放在碗里，冒着香味儿，但不许吃，必须乖乖地趴在那里看，"爸爸"下令以后才能开动。因为大家都知道只要一根骨头就能让它们兄弟刺刀见红，相煎太急。平时我如果抚摸麦克斯，多多就满脸幽怨："'妈妈'，你明天是否依然爱我？"我抚摸多多，麦克斯一点不客气，把多多往旁边一挤，就把自己的脑袋放到我的手下面，我是哥哥，我要妈妈爱我多一点。多多虽然抢不过哥哥，但是会做可爱状讨人喜欢。每当看到"爸爸"或"妈妈"进来，多多马上跑到自己的床上规规矩矩地坐好。可爱可以得到更多奖励，有时是一下抚摸有时是一块饼干。它们都觉得有责任保护"妈妈"，每天晚上都兢兢业业地上班值岗，一有风吹草动，它们就冲出去狂吠不已。老公说，他说英文，我说中文，咱们的"孩子"就成了百伶狗了（bilingual）。圣诞节的夜晚太安静，一狗也不狗了，没有他们的狂吠了。

第二天上午，老公用电脑制作了三十多份精美的被北京人称做"牛皮癣"的小广告。上面有兄弟俩的照片，题目是：请帮助我们！内容是："如果您看见我们，就请按照下面的电话号码给我家打电话通知我们的'爸爸妈妈'。"

我从家门出来，把在路口的每根灯杆都贴上我的小广告，我正忙乎着呢，老公开着车找我来了，他忙不迭地告诉我好消息，有人打电话给他，找到麦克斯了。原来麦克斯的项圈上有一个领养中心的小牌牌，上面有领养中心的电话号码。而领养中心有我们的领养记录和电话...... 废话少说，我们赶快去找麦克斯。

麦克斯，你怎么没和多多在一起呢？

我们看到爸爸妈妈过圣诞节，我们也想过节，就一起使劲摇晃侧门，忽然门开了，我们就决定去找爸爸妈妈。我们沿着妈妈每天带我走的路一直往前走，我们看到很多人去教堂，我们想爸爸妈妈肯定是去教堂了，我们就跟着人群过了马路，来到教堂，可人家不让进，我们就躲在教堂前面的路口看热闹，突然我看见两个小哥哥，跟我是一个家族的，长得一模一样，找不到爸爸妈妈和哥哥们玩玩也不错，我就跟他们回家了，我一心跟着他们走就忽略了多多。妈妈，对不起！

麦克斯还以为多多在家里，一回来就冲进房间，想找多多，没找到，就又跑到院子里去找，还是没有，麦克斯黯然失色了，弟弟丢了。他难过地蜷在墙角不吭声了。

把麦克斯接回来，我继续贴我那图文并茂的小广告，把每个路口都贴上。

星期天就这样在贴小广告的忙碌之中溜过去了，多多却一点消息都没有。

星期一我们又开车在方圆两英里的范围转来转去，希望能看到可怜巴巴的多多，可就是没有。会不会什么人把它送到动物收容所去了？我们应该上那看看，事不宜迟，马上就去。到了收容所门口突然电话响了起来，我们两个人神经立刻绷紧，血压上升......好消息，多多找到了!!

多多，你一点都不乖，你跑哪去了？

我很乖，哪儿也没去，在教堂门口，不知道什么时候麦克斯跑掉了。我自己很害怕就躲在车后面，一个好心的大姐姐把我抱回了家。我可想妈妈了。

我老说你是耗子扛枪窝里横，在家你老捣乱，出门你就洋鬼子瞧戏——傻眼了。平常你跟我出去，看见别的狗啊猫啊就跟人家挑衅，你怎么不害怕呀！你就是狗仗人势！

妈妈你别生气。大姐姐对我可好了。她还给我照相，做了很多小广告，写上了她家的电话号码，贴上了我的照片。这样我就能找到妈妈了。巧的是大姐姐和妈妈的想法一样，贴到路口的灯杆上，还没贴就看到了妈妈的广告，就给你们打电话了。这个大姐姐真是一个活雷锋。不光东北人是活雷锋，美国人也是！对吗？妈妈！

12 月 27 日，哥俩阔别两天，重新回到家，欢欣鼓舞，又亲又吻，又打又闹，好不开心。我说："别玩了，咱们还得收拾残局呢！"我们仨一起把我贴的小广告一张一张撕下来扔到垃圾箱里。

三天的搜狗行动把我累得成了一滩烂泥。

这还不算完，凡事都要总结经验。会不会还有下次呢，亡羊补牢犹未为晚。于是老公花了大价钱在宠物商店给它们定制了名片，名片是钛合金的，用激光刻印机双面刻印姓名、地址、电话。哥俩像戴项链一样美滋滋地佩戴上了。

失去让你知道可贵。爱与不爱，喜欢不喜欢，失去了，你就知道了。

妹妹访美

欲指点江山，志大才疏。
想激扬文字，胸无点墨；

自从九月份，妹妹的宝贝女儿进入大学，妹妹如释负重，终于轻松了。汤姆怕我寂寞，每次打电话都向妹妹发出访美邀请。妹妹要办签证时发现护照过期了，还得先办护照，于是访期往后推了。

汤姆着急，就对妹妹说："现在美国经济不景气，找个工作不容易，浇水的活我给你留着呢，你要再不来我就雇别人了。竟争很激烈啊!”你看，美国人讲话也会拐弯抹角旁敲侧击。

正在无期的等待之中妹妹来电话，明天就到。这倒让汤姆感到有点突然。见到妹妹他就直接问妹妹，怎么突然决定来了？妹妹的回答让他忍俊不禁。妹妹说：“喝牛奶来了!”从第一天起，汤姆每请妹妹吃一样东西，都声明“No Plastic!”妹妹学了一个新词 Plastic。我告诉妹妹 Plastic 原意是塑料，引申出假的、人造的意思。整容手术就叫 Plastic 手术。妹妹一吃东西就不自觉地大笑，她说：“一想到要喝塑料牛奶，吃塑料奶糖，吃什么什么塑料食品，我就忍不住想笑。”我对妹妹说：“别以为美国就什么都好，为什么人都长那么胖，还不是雌激素催的！所有的牛饲料和鸡饲料都有激素!”

妹妹来美带了一箱子好吃的东西。美味的月饼是汤姆的最爱，没想到他居然带到办公室去与同事们分享。大家都说好吃，汤姆很骄傲，好像他是一个 Chinese。

妹妹比我能干多了。不仅给院子里的花草树木浇水，还下厨房给汤姆做美味佳肴。汤姆自然非常高兴。我对他说：“你要付给人家工钱。”汤姆对妹妹说：“你别做太多工作，我担心付不起这么多的工钱呐!”妹妹包的饺子让汤姆吃得手舞足蹈，他还异想天开地给邻居打电话，请他们吃饺子。把邻居一家人的馋虫都给勾出来了，三个男孩子，老大 9 岁，老二和老三是双胞胎，7 岁，都抱着妹妹不撒手。妹妹去年曾来访，所以大家都认识。看到他们这么喜欢中国的饺子，妹妹在临走的前一天，又包了饺子请邻居吃。并告诉他们下次再吃要等到明年了。晚上，三个孩子送上自己的礼物给妹妹，每人画了一张画儿，还在画上写上“我们会想你的!”画虽稚嫩，但很有意思。

妹妹和我逛商店买东西，买衣服，买鞋，开始都是汤姆付账单。妹妹给他钱被他拒绝，于是后来吃饭买东西他们两人抢着付账单，我在旁边观西洋景。

在和妹妹告别时，汤姆很真诚地说：“感谢你这么远来看我们。”妹妹客气地说：“给你添了很多麻烦。”

汤姆：“你给我们带来很多欢乐。盼望你再来，并带你女儿来。”

汤姆爱我，也爱我的家人。我心花怒放，像歌里唱的，雅鲁藏布江再长也有源，我的幸福啊没有边！……

大洋荡舟

妹妹来美国已经十趟八趟的了，我得给她整点新鲜的节目，不能老让人家重复昨天的故事。

划船对我们这些人来说，手到擒来。什么船我们没划过？手摇的、脚蹬的、撑篙的、摇橹的，都不在话下。想当年在昆明湖上乘风破浪，面对五级大风，我们挑战自然挑战自我，至今仍回味无穷。可在美国是在海里划船，窄窄的小舢板，长长的两头浆，一船两人，一人一枝浆。划的时候，前后两人步调要一致，左边划一下，右边划一下，有节奏有韵味。这对妹妹来说还是一个新体验。

上船的地方就像是一条河，离对岸很近。船可以向左右，也就是东西两个方向划。我们先向东挺进。海湾如镜，碧波荡漾，阳光灿烂，无风无浪。充满温馨，满载激情，小船像箭一样穿过窄窄的港湾，绕过半岛，一下子豁然开朗，天高海阔，一片巨大的海域，平静安宁，温柔地迎接我们。我和妹妹不约而同地说："山重水复疑无路，柳暗花明又一村"！我说还有"沉舟侧畔千帆过，病树前头万木春。"

小船在海上荡漾，我们的心，我们的思绪也跟着荡漾起来。遥想当年，在玉渊潭的夜空下，我们唱"让我们荡起双桨，小船儿轻轻推开波浪，海面倒映着美丽的白塔，四周环绕着绿树红墙。小船儿轻轻，飘荡在水中，迎面吹来了凉爽的风"……

那时我们漂在水上憧憬未来，描绘我们的美好人生。我们泛舟念诗词，先是"明月几时有，把酒问青天，不知天上宫阙，今夕是何年……""大江东去，浪淘尽千古风流人物。""故垒西边，人道是三国周郎赤壁。""乱石穿空，惊涛拍岸，卷起千堆雪。""江山如画，一时多少豪杰……"

当有人念到："江山如此多娇，引无数英雄竞折腰"，立刻有人和道："美人如此多娇，英雄连江山都不要！"

有人念到："数风流人物，还看今朝！"马上有人接到："把酒高歌须欢笑，谁还管明朝！"

我问妹妹，是否记得这些，妹妹说当然，就像是昨天。是呀，"谈笑间，强虏灰飞烟灭"。"故国神游，多情应笑我，早生华发。""人间如梦，一樽还酹江月。"时间像小船，像利剑，穿过空间，转眼间我们从早上八九点钟的太阳变成夕阳红了。

东边的水域有些像过去北京郊区的野景，荒芜、空旷、自然，也只有在这样的地方才容易让人回忆过去，回忆是人生的电池，可能只有这样的地方才能充电吧。

现在咱们向西划，让你领略另一番景象。西面海湾的岸边，豪宅别墅连成片，那房子修得像城堡，像宫殿，房前房后，屋里屋外设计得美轮美奂，极尽奢华，都是几百万几千万美元的豪宅。每家门前都有私家码头和水域，泊着巨大的豪华游船……这里住的不是贪污腐败的官员吧，心中不由得这样想。

我们迎着斜阳划船，检阅了富人世界，到了海湾的尽头就折回来了。上岸之后，自己把船抬上来冲洗干净，再放到架子上，救生衣也按大小号码挂好，浆也洗干净立在放浆的架子处。妹妹说她浑身湿透，我告诉她我早就湿身了，常在河边站，哪有不湿鞋。这里有很好的淋浴设施，不光有热水，还提供洗发香波和浴液、润肤液。美国的服务永远是人性化的，但这么大的划船馆只有一个工作人员上班，他就管收钱，其他的事情一切自助。

问妹妹，对今天的节目满意吗？妹妹的回答是："除了飞翔，没有一个运动能像漂流泛舟这样让人感到如此自由、惬意、梦幻和陶醉。"

哈！满分！

参观教堂

水晶大教堂是加州的建筑奇迹。我也在博文《参加婚礼》、《婚礼》中作过介绍。在此无须赘言。

下面介绍下克林塔。尖塔的底部是玛丽屋小礼拜堂，在它的大理石墙上刻着这样一句话："此屋应称为——为所有人祈祷之屋。"里面的一切都是用石头围砌的。中间是一个很大的水晶，在不停地旋转。里面有个人，她的手已经伸出来了。水晶大教堂是一座全部由玻璃盖成的革命性教堂，气势宏伟，可容纳 2700 多人。讲台后方两侧的玻璃墙可以电动开启，以调节空气流通，内部未安装冷气设备。整个建筑由一万多块长方形玻璃用有机粘合剂粘合而成，每片玻璃长 6 英尺，宽 2 英尺，厚 0.25 英寸，整个建筑能抵抗 8 级强震及 200 英里风速的飓风。教堂周围有关圣经故事的雕塑，如“五鱼二饼”“迷失的羔羊”等，还有一大片水瀑布，从旁边楼梯下则去是一个小的墓地。

周末，总是有一拨又一拨的浓妆艳抹的穿着隆重的人群，都是举办婚礼的。看电影一样，一场一场的。这也是教堂收入的一部分。

碰巧的是今天大教堂开窗了。这巨大的窗户像两扇大门，从楼角两个侧面向两面墙打开。你见过一座房子而它的两面墙可以打开的么？这就是建筑奇观，很多加州人只是知道却从没见过这个奇观。

好多年前我第一次来这个教堂，是一次场面很大的音乐会，当时就开窗了。这与早年中山公园的露天音乐堂还不一样，这窗开在舞台的两边，每个人都能看到蔚蓝的天空，不仅欣赏美妙的音乐还随着音乐浮想联翩，乘着蓝天上的白云，自由翱翔。

请看照片的上部，房檐下还有一小截墙，由此可以看出墙是怎样打开的。

妹妹的感悟是美国一切都现代，连古老的教堂也改头换面成为现代的音乐厅了。

做义工

做义工的地方叫 Someone Cares Kitchen。实际上就是一个餐馆。

这是一个慈善老太太于 1986 年开的，宗旨是救济穷人，吃饭不要钱。她说："我们的使命就是提供有营养的食物给那些无家可归的人、失业的人、正在工作的穷人、大脑或身体有残障的老人和儿童，帮助那些处在困难中的人们。"现在老太太已过世，但革命自有后来人，这个餐馆还照常营业，只有几个人专门在此工作。经济支持来源于大公司大企业的捐助，每天大量的工作也全靠各大公司的员工和中学生做义工。我的一个朋友的公司定于周末安排员工到此做义工，我和妹妹也来看个新鲜。

我们早上七点抵达，套上公司发的大白 T 恤衫，戴上塑料一次性手套，听从指挥，开始工作。

我们是餐厅里的义工，厨房里是另一个公司的义工。一拨是一拨，互不干涉，各司其职。他们先让我们把整袋整袋的面包扔到垃圾箱里，说是昨天的，过期了。我对妹妹眨眨眼睛，上礼拜的面包我还吃呢，不舍得扔啊！然后拿新的塑料袋装新的面包，每包放四个，还有蛋糕布丁等，夹杂着放在里面。一会儿，我们就装了二百多包，集中放在门口的一长条桌上，客人吃完后还可带走一些干粮。因为本餐厅一日一餐。

负责人又拿来好几箱的蛋糕点心，让我们切成块，等下拿给客人吃。这都是很高级的蛋糕，又新鲜又好闻，我们一边切一边说，真想吃一块，太馋人了。

餐桌摆成四行，桌子的两面摆好椅子。桌上铺上干净的桌布，放上用小碗盛的黄油块和用大杯子装的牛奶，佐料罐等都均匀分布摆好。最后一排的餐桌上有牌子，写着“家庭用餐区域”，还有小孩的专用椅子，考虑得多周到。后面有一个挡板，把今天拿来的很多衣服用图钉定在板上供客人选择并带走。

食品在最前面的横条桌上摆成一大排，有培根火腿、摊鸡蛋、炸鸡腿、土豆条、麦片粥、蔬菜沙拉、水果沙拉、锅饼、蜂蜜、果酱、拌菜、番茄酱、辣椒酱、面包、蛋糕、甜点……跟我们经常吃的自助早餐差不多，一个人约 10 美元。不同的是这里不自助，让我们这些义工站在那里服务，客人要什么给拿什么。因为有些是无家可归的人，不能保证卫生，可能会影响其他人，不让他们动手。

妹妹负责拌菜和牛奶。那拌菜做得很有味道，她说：“味道真不错，很有食欲啊。”牛奶的需求量很大，给妹妹忙得不亦乐乎。我负责番茄酱、辣椒酱，人家要得少，我比较清闲，就观察左右，互相说个笑话什么的。左边浇蜂蜜和果酱的朋友，像推销产品一样，老是介绍人家吃这个好，还每次都傻子卖豌豆——猛多给。我右边的女士很客气，见面先问好，然后建议人家吃最新出炉的点心，给人递上餐巾纸，还说上一句祝福的话。我说：“看来你卖点心很专业啊！”

大门一开随便进，什么客人都有，从小到老，也有年轻的、中年的，男男女女，有的人很斯文，有的女人珠光宝气，举止挺高雅。都是穷人吗？蹭饭的吧，我心中怀疑。中国人有句话说“要饭吃还嫌馊？”来此吃饭的客人还真讲究，挑挑拣拣的，我心里有些不接受。可人家也有人权，必须尊重人家，要亲切友好地提供食品给客人，客人应该享受和我们一样的早餐，不能有一点威胁和恐吓的气氛，不能像中国人说的，打发叫花子，也不能有施舍的味道。

开完饭就打扫卫生。那卫生搞得彻底，餐桌椅都擦过之后，地毯也用吸尘器打扫过，每个旮旯角落都不拉下。刚才我们放食品的台子都用开水烫过。脚下的垫子全部拿到院子里用自来水冲洗干净晾干。这卫生比我们一般的中餐馆可讲究多了。

工作持续到中午，站了一上午，还真把我们累得够呛。

我回家对汤姆说：“我们也可以去吃免费早餐。”汤姆说：“不，我有钱。”“那些人也不一定没钱呀!”汤姆说：“记得我对你说的卡门吗?”“记得，我当然记得，卡门的意思就是中国人说的‘善恶有报’。”多数美国人都像汤姆一样淳朴，有自己内心的道德底线。他们不愿意占便宜，有机会就会尽量帮助别人。

餐厅的创始人说：“如果你把食品送给饥饿的，需要帮助的人们，即使在黑暗的包围中，你也能看到月亮的光明。”

妹妹说：“头一回在美国做义工，也算行了一回善。”

饺子宴

这是妹妹的告别宴会。

主持人自然是饭局局长雪姑娘。她提前一周就用邮件向各位朋友发出邀请，当愿意参加的朋友回馈消息之后，她就分配工作和职责。

在美国，一般都是买速冻饺子，顶多是买饺子皮包饺子。这次我们是全体动手，彻头彻尾包饺子。包的是“三聚氰胺”饺子。为嘛说是“三聚氰胺”呢，因为这饺子里的大虾，虾仁是在美国人超市买的；肉馅和蔬菜是在中国人超市买的；而面粉是在韩国人超市买的。三国的东西聚在一起，还不叫三聚氰胺吗？不过，请放心，No Plastic！

我和妹妹负责饺子馅。上半天先在家里忙活，把猪肉、大虾、虾仁、韭菜和芹菜都做成了半成品分别装在盒子里，还自带了一个调沙拉的大不锈钢盆拌馅用。

按时抵达的有八个人，女主人雪姑娘，我们家三人，新娘和她的新郎，丽和她的女儿。新郎是个香蕉人，黄皮白芯，不会说中国话，他和汤姆正好一组，看电视，聊足球，自己解闷去吧。

我们六个女将拉开架势，开始干活。在美国的白领精英姐妹们，在厨房里也同样是好手。架不住都在中餐馆培训过。我们说说笑笑，高高兴兴，忙忙碌碌，不长时间就包了好几百个饺子。

一张长桌，正好八仙，座无虚席。啤酒和各种饮料一应俱全，是丽的女儿用冰镇拉杆箱拉来的。大家高举酒杯，气氛热烈，我赶紧说：“来来来，欢迎品尝“三聚氰胺”的饺子！”

酒过三巡，吃兴正酣，门铃一响，史丹利一家驾到。这个史丹利也不是一个含糊的主儿，人家是零签证进入美国的，就是杰出人才签证。高中一年级就考入清华，研究生毕业后有自己的发明创造和专利。绝对精英人尖子！在美国，从清华北大摇篮里摇出来的能人真不少！是金子总会发光，是镜子就只能反光。

吃着美味的“三聚氰胺”饺子，大家边喝边吃边侃，说是且将半生灌满二锅头酒，也不让后代沾上“三聚氰胺”奶粉。从奶粉、假酒，到行业垄断、企业关门，从雪灾地震到贪官腐败，从改革开放到今日浦东……慷慨六十年中国，指点万千山河。虽然插洋队，打洋工，穿洋装，住洋房，我心依然是中国心！

正餐之后的甜点是新娘买的最大号的苹果派和史丹利太太自己烤的蛋糕。

小资们在一起，就有小资情调，就有美利坚的优雅生活，就有美好时光。每人调了一杯比利酒，举着，喝着，聊着，乐着，享受着……

灯光在眼前朦胧起来，一张张纵情开心的脸，突然模糊起来，我看到了每个人身后的路。想起一首歌里唱的：“谁没年轻过，谁没荒唐过。”我给他再续上：“谁没失落过，谁没彷徨过，谁没蹉跎过，谁没奋斗过，上下求索，何惧坎坷；痛苦折磨，坚决不说！经过风雨洗礼，才知彩虹瑰丽！”

是呀，只有这些有理想，有追求，有品位的人，才能如此静水深流……

天下没有不散之宴席。

妹妹说：“现在是牛奶落花秋去也，我也别在美利坚高速公路上瞎徘徊了，赶快回去准备储存入冬大白菜吧。”（跟人家比起来，咱们还真是俗！）

独立日看赛车

7月4日是美国的独立日。独立日与平常不同的地方有两点，一个是家家户户挂国旗，另一个是看烟花。不像我们中国国庆，人人露着喜悦的笑脸，山岗也显得年轻，天安门广场人山人海，游园狂欢热血沸腾。这里有一种拔剑四顾心茫然，野渡无人舟自横的寂寞，也就是看赛车能激发人的热情，体会一种美国文化。俺们去了赛车场，今日票价加倍，因为赛完车后放烟花。

赛车场和保利剧场一样不允许自带饮料和食品，剧场是凭自觉，大讲人权的美利坚进门时却要排队接受翻包检查，如果是为了安全也就罢了，只不过是保护自己的商业权利和市场。在入口处最近的地方，有一巨大的商档，吃喝穿戴，玩乐装饰，一应俱全。走到哪都忘不了吃的美国人都在此解决晚餐，之后抱着二尺多长像睡枕一样的爆米花边吃边看赛车。还有人举着大串的黄黑两色气球，喜气洋洋走上观众席。这俩色在一起，看着心里怎么那么堵得慌，让我想起北京的人西去后的丧车前面用黄黑绸子挽成的花。

虽然是七点开始，但下午就可入场。场内有直升飞机可参观照相，各种赛车集中在那里，观众可以近距离观看抚摸，甚至可以和车手交流。车手在比赛之前先举着国旗，浩浩荡荡，绕场一周，国旗猎猎，国威赫赫，尽管联邦政府的债务总额已经高达65.5万亿美元，超过了世界年生产总值，美国人的妄自尊大一点都不收敛。

今天的赛车是初赛和复赛各跑100圈。场地是长250米宽150米，受到场地限制老得拐弯，危险度加大，速度减慢。车与车之间空隙小，很容易相撞，看这辆车不知被谁撞冒烟了，马上黄灯亮了，领跑车出现，减速，为了制止在此时后面的车超位，每辆车都以左右之字形匀速前进。

场地清理完毕，领跑车一撤出，所有的赛车又都开足马力疯狂地往前冲。要不是受这拐弯的限制，撒起欢儿来跑，不定有多快呢，好像给我一付翅膀我就能飞的感觉。京津塘高速要是这速度，一顿饭功夫就能跑个来回，那天津肯定早就繁华得跟北京一样了。

场内设有灯塔（我给起的名字，因为一来它是塔形，二来它是灯标示意图）。最上面的数字显示的是已跑的圈数，下面的数字是车号，按前后顺序排列，并且动态随时更变，很科学很现代。

赛场有个人扮的卡通吉祥物，他用射枪把背心帽子等广告宣传品射向观众席，他走到哪里，哪里就引起一阵骚动，不劳而获总是令人向往。

无论结果如何，只要能胜利跑下来就是好样的！独立日看到的就是这种独立精神，拼搏精神！这才能振奋人的精神！

特牛小餐馆

陈晓卿老师这样描绘他经常去的一家小饭馆：翠清的服务员是我见过的最有“气节”的服务员，宁为玉碎不为瓦全的那种。打电话订座，她们会理直气壮地告诉你“包间只留到六点半，人数不够按最低消费收费”，一点商量余地都没有；如果你想上个拍黄瓜或者花生米下酒，得到的回答永远是不卑不亢的“我们不做凉菜”；上菜时，她们也会大声命令你“把转盘转一下”，十分威严，不容置疑……

很多餐馆都以名人做广告，把来过此地的名人，包括各级领导、体育、影视明星、歌星、传媒名记与本店老板合影的照片挂得满墙，在中国尤其是这样。一次在上海一家店用完餐，买单时我开玩笑对老板说：“来这吃饭的人都上墙了，下次再来是否能看见我也挂在墙上?”

在离我家不太远的地方有一家老饭店，曾是总统俱乐部的活动场所，于是，墙上挂着各位总统的巨幅画像，还摆了一把大太师椅，说这是总统们坐过的，供客人参观照相。其实也是广告。把人家的粉抹在自己的脸上，以为自己就像人家一样美了。星星总是沾月亮的光。

今天我要讲的小餐馆，恰恰相反。这是一家特殊的、特牛的、彪悍的、霸道的小餐馆。这是一个专门吃鱼和螃蟹的小餐馆。开办于1936年。美国的餐馆菜量都很大，一份就够你吃三顿的，而这家菜量少得像上海小菜，一碟两碟是不够的。

美国的餐馆一般都很便宜，这家餐馆则是别家的三倍以上的价钱。此餐馆最大特点是很小。由于地方小，厨房就在入口处柜台的后面，厨师的工作状况客人都一览无余。由于没有地方洗盘子，所有的餐具皆为一次性的，从餐桌上撤下后直接进入垃圾袋。由于厨房小，不能提供别家餐厅那样热烘烘刚出炉的蒜蓉面包，只在塑料瓶子里放些干点心，供客人在等菜时消遣食用。餐馆的服务生都是年纪不轻体重更不轻的负苗条大妈，写个菜单还要把挂在脖子上的老花镜支到高鼻子之上。就是这样一个小餐馆却是餐馆中的LV。食客们趋之若鹜，马路边上若干条长凳一字排开供排队者等候。

在到处都是会员制、VIP等为权贵服务的新举措之时，这家老餐馆还是坚守"人人平等"的原则。经常可以看一些老态龙钟，走路颤颤微微的老人们带着孙子们来此地享受，他们有些落魄，有些穷酸，但在这里，他们仍可继续享受美食并回味起年轻时来此用餐的情景，那时他们也许春风得意……现在美食依旧，服务依旧，平等依旧，涛声依旧……一切依旧。

在尼克松总统当政时，想来这家餐馆用餐。白宫的工作人员打电话给餐馆要求订餐。接电话的服务生毫不惊喜，也无任何如中国人能感到的那种幸福之感。仍以平常回答其他客人的方式回答他，请登记排队。白宫的工作人员还要求清场，但是餐馆的回答是：客人平等。什么宫的人都一样。白宫的工作人员无奈，只好让其登记，没想到服务生还照旧问："First Name?"白宫的工作人员说："总统!"服务生还是不卑不亢地说："每个订餐排队的人都是问First Name，没有人例外。"

待到总统用餐时，超长的黑色礼宾车把小餐馆周围的马路挤得水泄不通，白宫的工作人员、保安人员无可奈何地守在外面，而总统正和其他同时间抵达的客人们一起挤在狭小的餐厅共同享受美味呢。

和陈老师的服务生那种宁为玉碎不为瓦全的精神相比，这个服务生应该被评为最有“气节”服务生，和陈老师的服务生那种粗暴态度相比，这里的服务生是捍卫美国崇尚的人人平等原则的旗手，也应该是有史以来最牛最彪悍的服务生！说这个小餐馆为最牛最彪悍的小餐馆一点不为过吧。

黑桃 K 和红桃 Q

正在老公十分热衷于整理其家谱的时候，传来威廉王子大婚的喜讯，老公顺便也 google 了英国皇家家谱。石破天惊沧海桑田，自家的族谱和皇家的居然有三代重合，若干代以前的老爷爷竟然是英国皇室的驸马爷！却原来咱也是皇亲国舅有贵族血统的！咱也应该是王子王妃世人瞩目的！顿时间，像暴发户似的，喜出望外的，喜难自胜的，喜形于色的，溢于言表的无限膨胀地憧憬起来。那嚣张气焰直冲霄汉！老案百年千年也得翻！与头顶英王室 N 代光环相比，什么富二代，富三代！粪土！

老公眉飞色舞地告诉我这个刚从空气中捕捉来的好消息，我不屑一顾地说："我不早就是王妃吗?"因为他一直用 Princess 称呼我。而这个字就是公主、王妃的意思。他把打印好的家谱指给我看，证明他说的毋庸置疑。我马上借坡下驴行个大礼，说："是！King！我要帽子！没看见婚礼上每个女人都有一顶独一无二的帽子吗?""你说的对!"老公一边说着一边抓起一顶破草帽扣在我的头上。老公立即下旨：从今后，我是 king，你是 Queen。听到我被从"妃"升成"后"，激动万分感激涕零，立刻行咱大清妇女万福半蹲礼，口中喊着："喳！老佛爷！遵旨!"King 和 Queen 都感觉很过瘾，抱团大笑。

老公的儿子来我家搬木头，干得满头大汗，站在那里喘息一会儿，老公马上不失时机地递上重点收藏的皇室族谱，告知其儿子本家的光荣历史，儿子理都没理又回去搬木头。什么血统不血统的管屁用，该干嘛干嘛。不干活没饭吃，这儿又没有什么钱粮胡同！只是在告别的时候本 Queen 温柔地对儿子说："开车小心啊，王子!”

早上起床，老公看见我尚未整理床铺，就质问我：“为什么不整理King的床铺?”我也不是吃素的，理直气壮地说：“我贵为Queen当然得有整理床铺的佣人，打洗脸水的佣人，做早餐的佣人!”哼，有名分就得有权利，有职位就得有待遇。

我催促老公快穿衣服我们出门去。他仰着脸看着天蛮横霸道地说：“我想穿衣就穿衣，不想穿就不穿，我是King。”“对对对，你可以穿皇帝的新衣，人人都夸赞你的衣服好看，出去体验一下吧，那心里多美呀。”仰天大笑出门去，只有不穿衣服才是King!

K：“你的午餐太晚了，我抗议!”

说着转身就走，我高喊：“你回头!”他一扭头看见我正举着碗要往他头上扔，他赶快下蹲，说：“好吧，服你了。”

我说：“能做你的Queen，就不是省油的灯!”

Q：“你觉得晚餐怎么样?”——餐馆里的经理都这么问。

K：“为什么没有熊掌在里头?”

Q：“你着急用餐，猎人还没回来呢。我巧Queen难为无掌之炊呀。”

K：“你怎么单手就递给我盘子？我是King!”

Q：“是！King!”——然后双手递上。

K：“你怎么能站在我前面？要回避，站到旁边去!”

Q：“是！King!”

老公心满意足踌躇满志，体验着做王侯的横行霸道和自由风光。

Q：“你做了King，吃东西要讲究，不许乱吃，尤其不能吃零食。”

K：“我是King，我想吃什么就吃什么，想吃多少就吃多少，吃都被限制了还算什么King?”

K：“倒酒!”

Q：“是！你老 K 是中石化茅台千杯都嫌少。俺小 Q 是红十字宴会天天不觉多。”

与没进入皇室做后之前一样，俺管包饺子，老公负责煮饺子，他不盖锅盖总在那里搅和，我说：“把盖子盖上！”他说：“那我还怎么搅和呀。”我急了：“再搅和，皮和馅就分家了！”他不听还理直气壮地说：“你别管，这是 King 的工作！”我让他学习包饺子，他振振有词地拒绝说：“那是 Queen 的工作。”

你哪是 King 啊，你是“墨索里尼”！总是有理！

Q：“下周一我有一个约会，你可以乘机找三个女朋友，谁让你是 King 呢。”

K：“不，我不找。”——喘了一口气，说：“我要找四个女朋友”。

Q：“那你从这周就开始吃六味地黄丸，强身补肾。西药伟哥什么的不能用，伤身体。”

K：“我不能吃中药，他还没有被实验证明的数据。”

Q：“中国人几千年上亿人都吃过证明有效，非得写个假报告盖上你们 FDA 的大印才算数？”

K：“是！Queen！我错了！”——看见老婆要急了赶快打个圆场。

Q：“你说 King 和 Queen 谁更权威？”

K：“当然是 King！King 是首脑。”

Q：“错！Queen！Queen 是脖子，脖子让头往那边转头就得往那边转。”

K：“有时是这样。现代的脖子都有颈椎病，他自己都玩不转！”

我看到外面阳光明媚，就坐在廊下看报纸。此时，老公正在给狗梳理毛发。我听见他一边梳一边对那两条狗说：“只有打扮得漂漂亮亮的，Queen 才会喜欢，看我每天都把头发梳得整整齐齐的。咱们三个比比看，看 Queen 最喜欢谁。”我在一旁偷着乐，谁是权威不是挺明白的吗。

Q：“你说什么是浪漫的生活?”

K：“就是送给 Queen 珠宝和玫瑰花。”

Q：“错！是手拉手缠缠绵绵卿卿我我甜甜腻腻地生活，足对足进进退退磨磨蹭蹭慢慢腾腾地变老!”

K：“可惜我们老得太快了。

Q：“是呀。你瞧你，自称是皇室后裔，到现在都无人关注，无人加友，无人评判，无人喝彩，就是吃拌豆腐都不稀罕你这根葱。别指望你死后英国王室会有大动作，充其量也就是本 Queen 在咱家降半旗三天。Anyway，你可以安息了。”

当俺把俺家的喜剧生活告诉妹妹时，妹妹给予很高的评价：超级梦工厂！

人物篇

怀念父亲

2011年1月13日，虎年岁末最寒冷的冬天，三九的第四天，北京的气温零下十几度，365天中最冷的那天，父亲走了。

在度过艰难的13年半身不遂不能自理的岁月，他生命中最后的一天凌晨，他用一只胳膊最后一次为自己穿好了衣服鞋袜，叠好被子，抻平床单，坐在椅子上，焦急地等待弟弟从家里赶过来，为他叫救护车，送他上医院。在去医院的路上，他在极度的痛苦中挣扎着闭上了双眼。

当我接到电话，立刻冲到机场，连行李都没带，急赶当晚的飞机。回来之后，世界冰冷，天气冰冷，我们父女已是阴阳两界了。离我计划回来只差两个星期，您怎么不等等我呢？您说："早回还见面，晚回看相片。"一语成谶呀。您忘了咱们的约定语了吗，"坚持！"您为什么撒手而去了，不再坚持了呢？没有父母，我不成了漂泊海外的游子了吗？

我不能接受父亲已走这个现实，我不相信他已经远离我们了

父亲去世半年多了，但每天我都在梦里见到他。他坐在太师椅上，或说笑，或打盹，或看电视，或忍耐痛苦，或因病而发脾气，那一个个表情就像刀刻的一样镌在我心上。我常常错觉，认为他仍旧坐在那里，不时地说两句俏皮话，或帮谁拿个主意。我想为他写文，一直不能下笔，今天刚刚写了三行，我已不能自己，眼泪夺眶而出，哭得嚎啕汹涌。父亲，我想你！我最终也未能实现自己的夙愿，接您到我家里来住。

我收拾父亲的遗物，整理父亲的房间，想到这十几年，父亲被走马灯似地换来换去的保姆对付着生活，生活质量太差了，悲

从中来，忍不住泪水涟涟。这样刚强的人、智慧的人却如蛟龙被困地过着如此无奈的生活。

因为没有下乡，因为没有结婚，致使我得天独厚，与父母相处的时间最长。母亲去世后，我更是经常去父亲家，和他像平辈人、像朋友那样地交流谈天，使我受到了更多的思想恩泽和教诲。

小时候我家是典型的慈父严母，母亲比较严厉总是唠唠叨叨数落我们，而父亲则温和幽默地就化解了矛盾。下班回到家里，看到弟弟哭了，他并不问原因，而是说："为什么你的眼珠子出汗了?"弟弟一下破涕为笑。妹妹的东西被哥哥抢走了，妹妹哭了，父亲并不哄妹妹也不骂哥哥，他对妹妹说，"你哭什么呀，你应该感到庆幸啊，你有好哥哥好姐姐，他们都知道你最小，知道照顾你。"在旁边的哥哥听出话音，赶快把东西还给妹妹。干戈化玉帛了。我六岁时和父亲吵架，还写一个通牒给父亲，写的是老师教训同学的话，有的字不会写则用拼音代替。父亲不但没生气还在纸条的后面批注："这是萍上小学三个月时所写"并写上日期。三十多年之后父亲把这个纸条拿出来示我，我笑着含泪接过来，透过纸背，我看到了父亲对我的欣赏、期待和爱。

父亲是个思想新潮前卫的人，给家里营造了一个平等、快乐、民主的氛围。我和弟弟都是 16 岁就当工人，而且是又脏又累的工人，父亲总是说，越是艰苦的工作越能锻炼人，给我们打气，外界条件不够好但内因努力不能放松，而内因是成长奋斗的主要因素。鼓励我们做有文化、有能力的新工人。当然父亲也很心疼我们，每个星期天上午都给我们两个人洗工作服，那时哪有洗衣机！他还安慰我们，你们干六天才休息一天，我干一天休息六天呢。家里每天的晚饭餐桌成了全家人交流思想的平台。父亲洞若观火看形势，清茶一杯论古今。带领我们在家里讨论国家的前途，形势的发展以及政策等等。我们在外面遇到什么事、什么人也都讲给家人听，父亲总是循循善诱地告诉我们应该如何面对和处理。我所在的工厂领导让我替工厂给上级单位写一个报告，我哪懂什么叫报告啊，回家问父亲，于是父亲口述我写，第二天报告递上去了。领导突然发现我是一个人才，提拔我做宣传工作。回家向父亲汇报，父亲说："你的秘书过硬啊！"

父亲是一个极其睿智的人。一辈子帮人解难排忧，有高招，有点子。母亲不说他是孔明诸葛，说他是摇羽毛扇的人物。不夸张地说，下到学生、工人，上到高级领导干部都曾向父亲求教。大院里不相识的人有麻烦自己解决不了都慕名前来请教。"文革"时，贴了满墙的大字报，给他的头衔是"黑高参"。"黑高参"像臭豆腐闻着臭吃着香，照样总有人来家求教。改革开放以后，国家百废待兴，人们面临更多的诱惑和选择，向父亲请教的人就更多了。父亲对我说，思维就像洋葱头，一般人总是剥一层看一层地剥下去，不知道最终结果是什么，也不知道该怎么做，聪明人当中一刀切下去，一下子就看明白实质问题。父亲给我讲过《中庸》里的一句话，"博学之，审问之，慎思之，明辨之，笃行之"。意思是必须广博地学习，审慎地询问，慎重地思索，明晰地辨析，踏实地履行，才能真正达到理想的完美的境界。父亲勤思索且寡言，是个严肃的人。在右派还未平反时他就多次告诫我，孔夫子说，君子欲讷于言而敏于行，遇事你想一百遍再张口。像你这样信口开河、快言快语就是"右派嘴"。那些右派就因为心直口快，好心提意见，结果受到不公平的待遇。父亲对我说，要做坦荡荡的君子，莫做常戚戚的小人。你记住，永远不要背后说别人的短话，那是典型的小人行为，会得到最愚蠢的报应。如果你有以德报怨的胸怀，你还怕谁呀。刚刚改革开放，父亲出国考察回来，他认识到由于国家的发展趋势和未来市场需求，英语在今后将是一个非常重要而且非常需要的技能。他苦口婆心地劝告年轻人努力学英语，在他的鼓动下，我们全楼的青年和中年知识分子都去附近的业余英语学校学英语。当时他觉得自己年龄太大了没去学英语，在后来的这些年里，他不知后悔了多少次。

改革开放以后，父亲和全国人民一样迎来了自己的第二个春天。他的才华受到赏识，他的能力得到赞扬。他一直工作在改革开放的前沿阵地上并参与了一些国家政策的研究和制定。

父亲是个坚持原则的人，无论大事还是小事。

“文革”期间身陷囹圄，他咬紧牙关坚持原则，不写揭发别人的材料，不乱说话，绝不波及无辜。人称李玉和。“疾风知劲草，板荡识诚臣”。我到机关工作以后，才知道父亲大名鼎鼎，人人都翘大拇指。“文革”结束后，有一位老同志还因曾经打过父亲，到我家里向父亲道歉。父亲笑呵呵地说，你也是形势所迫嘛，我理解。当年在干校有的干部子女被充当打手，后来羞愧难当，向父亲道歉，父亲都敞开胸怀原谅他们。

上个世纪八十年代中期，父亲开始在东三环上班，他的上级领导每天上下班路过我家，就要求父亲搭他的三排座奔驰车一起上班。父亲不同意，提前半小时就离开家。第二天，他的领导只好提前半小时就来我家，而他又提早半小时离开了家……为了不坐领导的顺风车，他早上 5 点就上班去。父亲在单位里算是年龄大、资格老、级别高的同志，上世纪八九十年代，各单位都会安排这样的同志随代表团出国访问，但父亲坚决不接受不是自己业务的出国安排。尽管他一直想往去巴黎、去纽约。我曾开玩笑地对他说：“你是怕贪了一次小便宜，毁了你一世的英名。”

大概是 1995 年，一个大银行超高薪聘请父亲做顾问，每天下午两点到四点去银行工作，“大奔”接送。没多久他就辞职了。我问他为什么，他说：“顾问顾问，雇我就得问我，去了几天，什么事都没有。我无功不受禄。”父亲就是这样，“不戚戚于贫贱，不汲汲于富贵”。

父亲得病之后，唯一的娱乐就是周末我们子女陪他打麻将，也可以锻炼脑子、活动手。为了让他开心，我们合伙制造机会让他赢，但必须做得不露声色，不能露马脚，如果被他发现了那结果将是非常的愤怒。因为父亲一生做事光明磊落，憎恶弄虚作假。

父亲是个幽默的人。当年我在国外花重金买了一个大钻戒，但家里人对这种虚荣不实用的东西没兴趣。父亲因此取笑我说："萍买钻戒——打一电影名。"谜底是《无人喝彩》。后来我一戴这戒指，大家就会说"无人喝彩"这句经典的话。

一段时间女孩时兴把头发帘用发胶喷得立起来。父亲说："啊，女孩子都长高了。"

我同他谈起一个人，他说："啊，这个人了不得，被窝里放屁——又能文又能武。"逗得我哈哈大笑。

父亲是1998年患的脑出血病，昏迷40天，醒来就已经瘫痪。生病的前一天，他还在工作。那时他已经七十多岁了。由于他工作经验丰富，领导不让他告老回家，让他继续发挥余热。他回家对我说："今天领导跟我谈话了，让我死在岗位上。"对于他这种高智慧的逆向思维我一直钦佩不已。

父亲是个坚强的人。他的病很重，大脑做过两次最先进的手术，都是与死神擦肩而过。他右半身根本没有知觉，走路拄着拐杖都很困难，走得很慢但他不气馁，坚持每天锻炼，明确规定自己每天上午走楼道几圈，爬楼梯几趟，下午几趟。累得呼哧呼哧的，浑身都湿透，不完成规定的运动量，绝不收兵。这得多么大的勇气和毅力呀，也正是这种钢铁意志让他顽强地坚持活了13年。我们见证了这13年来父亲与病魔所作的殊死博斗，我知道父亲多想通过自己坚持不懈的治疗与锻炼再活13年啊！他舍不得离开自己的儿孙，离开这个世界！2011年的元旦，父亲特别高兴，儿女、孙子、孙女、外孙子、外孙女都来看他，他感到很欣慰，高兴地说一定要好好地活着！没想到仅仅过去了12天，父亲就与世长辞了！

父亲一贯平等待人，君子之交。前来参加遗体告别者之众是我们没有料到的。有曾经受到其教诲和帮助的朋友们，有在他领导下教育下成长起来的年轻人。上到国家高级领导干部下到二十多岁的晚辈，许多肝胆相照、志同道合的老朋友老同志冒着天寒地冻前来八宝山献上一束鲜花，站在覆盖着党旗的父亲遗体前做最后的告别。曾经的同事们也前来告别，献上心中的尊敬和爱戴。

父亲一直在国家机关工作，经历过不同政治导向的争斗漩涡，有过人脉派系的升迁机会，面临过大笔一挥即可流入巨额财产的诱惑...... 他从不为之所动，他依旧执着地追求真理，坚持信仰，是非分明，大公无私。

一身正气,两袖清风，实事求是，铁骨铮铮是他一生的写照。

父亲的命运紧密地与共和国的命运联系在一起，他追随共产党走过了激情燃烧的岁月，默默地奉献了自己的青春和热血，度过了无怨无悔的一生。

父亲是巨人，父亲是高山。在北风呼啸江河呜咽中，父亲离我们而去。父亲的品德，我们会血脉相承发扬光大。父亲英名永留，浩气长存。

父亲，我们爱您，您永远活在我们心里！

父亲语录

耄耋之年的父亲，身患各种老年病，且已偏瘫 12 年，大脑做过两次大手术，患有抑郁症。他用冷幽默来对付抑郁症。

我与父亲远隔重洋就约定好固定时间通电话。他把我的电话命名为“美国之音”，按时准备收听。

一次我问候他：“你好吗?”

他的回答是：“一切都好，没有烦恼。”

“都这样了能没烦恼吗?”我问。

他又回答：“一切都好，不缺烦恼。”

下次再问候他：“你好吗?”

“风前烛，瓦上霜，说灭就灭，说没就没。”

还说：“罗京都死了我还活着，上帝也有弄错的时候”。

偶尔在约定时间我不方便打电话给他，就在次日给他打电话。

他说：“过时不候，补考无效。”

我刚从北京回来一周，他就在电话里问我何时回去，我觉得很可笑。他却说：“早回还见面，晚回看相片。”

去年我做完手术，在父亲家里住了一个月。他心情好时我就与他古往今来，天南海北，国事家事瞎聊天。他的思想之睿智语言之幽默是我辈所远远不及的。

我告诉他养老金提高了，他说：“把我的‘生死卡’拿来我看看!”

“别说得那么恐怖好不好?”

“好！那把我的‘生活卡’拿来我看看!”

我说："现在咱们这里地皮涨价了，好几万块一平米。"

父亲不温不火地问："是找到金矿了还是探到石油了？"之后他就对弟弟说：："周游世界的钱只够买个厕所，你在厕所里转一圈就等于周游世界了。"

他每天看电视总结出结尾的高论："唱戏怕敲锣，电影怕人多，电视剧怕唱歌。"

正值60年大庆，电视里有个节目叫《光辉灿烂60年》。父亲说："60年光辉灿烂，唱了那个灿，烂也要好好总结一下。"

他说："现在的人视觉是广角的，思想是超薄的。"

他对我说："说话写文都要言简意赅，像超短裙越短人越爱看。"

邻居姓刘，是中科院的科学家。他每周末做家务也事先做一个日程表。父亲评价他："刘科（学家）过的是有计划有纲领的科学生活。"

他把经常吃的菜称为："常委。"吃饭时他问保姆："常委怎么没出席？"保姆丈二和尚摸不着头脑。

一天他眉飞色舞地给我讲了一个故事。80年代初期，他曾随一个几十人的政府代表团访问日本。在分组活动时，汽车和翻译就不够用了，一些人只能呆在饭店里，他主动对大家说，我带你们去采购吧。有人还怀疑地问他认路吗，他胸有成竹带领大家转乘地铁去购物中心。买东西时大家都不会说日语，他就替人家翻译。

说到这里，父亲得意地笑了："我一说日语，全体同志都趴下了。"父亲一贯为人低调，以至于一起工作几十年的同事们都不知道他会日语。看来他很享受当时同事们惊奇、惊喜、羡慕、佩服、喜出望外、五体投地的目光，让他至今回忆起来仍很得意啊！

"全世界无产者联合起来"是他年轻时的理想并为此奋斗终生，直到今日仍是无产者。虽然已经风烛残年，却依然关注国内外新闻大事，政治经济，金融危机……身为中国无产者，关心世界五百强的沉浮。我说你这是吃着长工的饭，想着地主的事。挣着买白菜的钱，操着卖白粉的心。本来我想挖苦他呢，没想到他一句话令我肃然起敬。“位卑未敢忘忧国啊！”

慈母高堂

按照和父亲的约定，每周此时他等我的“美国之音”。我替先生向父亲发出访美邀请，父亲马上客气地说：“谢谢，谢谢!”我知道父亲是不会来的，他是绝不会给别人添一点麻烦的。

由父亲联想到了母亲。母亲去世已经快二十年了。漫长的时间并不能减弱我对母亲的怀念。

母亲是一个善良、慷慨、大度的人。她总是把自己最好的食物、衣服和有限的钱财送给别人。她曾是全楼老少三代人的免费理发师。她免费为大家打扫楼道。她在两座楼之间的大院子种了一个挺大的花坛，长满了各种鲜花。花坛一岁一枯荣，持续了好多年。人们看到花就想起了种花人。大家封她为楼长。她总是无私地帮助别人，她希望别人活得更好。三年自然灾害时期，我上小学。亲眼所见母亲蒸了一锅馒头送给一个乞丐。那时国家困难，家家困难，我家也困难。她却能自己不吃而帮助别人，这是一种什么精神?!

“文化大革命”，满墙的大字报，给父亲冠以“黑高参”的罪名。而母亲泰然处之，在家里叫父亲：“黑高参，吃饭了。”听她的口气无异于“亲爱的，吃饭了。”有句话叫化悲痛为力量，化腐朽为神奇。母亲则化罪名为昵称，化愚蠢无知为黑色幽默。这是一种什么胸怀?

母亲在临终前一周，让我给她所在病房所有的护士每人送一件礼物，感谢大家对她的临终关怀。完美谢幕。这是一种什么境界?

母亲，两周前是您的忌日，我远在大洋彼岸，不能前去看您。没跟您商量我就走出亚洲冲向世界与美国佬同流合污了。虽说是臭味相投，但自我感觉良好。美国佬赚钱养家，天经地义。女儿我请客吃饭做文章，绘画绣花，那样雅致，那样从容不迫，文质彬彬，那样温良恭俭让。没有硝烟战火，没有民族冲突，中美合作幸福之花已在我家生根发芽，茁壮成长，提前实现环球同此凉热。您放心吧，安息吧。

母亲在我心中永远是一个高尚的人，一个纯粹的人，一个毫不利己专门利人的人，一个脱离了低级趣味的人。

老公妹妹的幸福生活

老公的妹妹，用北京话说就是我的小姑子。她五十多岁，是一个资深护士。今年 4 月 8 日刚做了第十二次大手术，换了一个股骨头。休息了两个多月，六月中旬刚找了一个新工作，现在每天高兴地忙碌着。

她结过两次婚，都离了。第一次婚姻的一双儿女都已成家立业。第二次婚姻的一对儿女都刚刚进入大学。第二次婚姻结束到现在已有十多年了。她自己供养这对儿女并培养他们进入了大学。最小的女儿只有 18 岁，现在租房自己单独住，儿子患有自闭症，和母亲同住。虽然儿子在一家宠物食品公司打零工，女儿在花店卖花，收入都很有限，主要靠母亲支付他们的费用。看到这里，咱们中国人眼里马上就会出现一个含辛茹苦、满脸沧桑、不堪负重的母亲。错!!! 不仅错，而且大错特错!

小姑子的名字叫玛尼，长得很漂亮，还很会打扮。我去过她的卧室，在穿衣镜旁边的墙上挂了一块厚绒布，上面一排排整齐地挂着一对一对的耳环，在绒布的下面钉了一大排木钉，挂满了各式各样的项链，每天早晨穿什么衣服，配什么首饰，一目了然，快捷方便。心中暗暗佩服，真够聪明的!

她很爱读书，对美术作品欣赏很有品位并且还收藏自己喜欢的作品。她的家从来都布置得既传统又现代，古董、装饰物随处可见。让人觉得有历史，有文化，有品位，又很温馨。

她是一个热情开朗幽默的人，每次通电话都笑声不断，她叫我的先生："新郎，过得怎么样?"她对我说："你看我的孩子长得都非常漂亮。""是"，我说，"因为像我"，她接着说，然后哈哈大笑，笑自己自吹自擂。当她知道我家有人是拍电影的，马上问我，“认识李安吗，我太崇拜他了。”她喜欢一个摇滚乐队的音乐，名字叫“Green Day”，她让我写中文字“护士”，她要把它们分别纹在两个小腿上，夏天穿七分裤，则可显露出来。她活得不仅开心还很时髦呢。

她是一个伟大的母亲。对孩子讲话口气温柔，总是称他们“亲爱的”。她对有病的儿子更是倍加呵护。因为自闭症的孩子不爱讲话，刚开始只有妈妈能与他沟通，然后在妈妈的帮助下，同家人讲话，同亲戚讲话，慢慢地同其他人讲话。她带他乘邮轮去欧洲旅游，开阔他的视野，让他自己克服自己的缺陷，现在他已经有女朋友了。对于儿子的病，她不像其他母亲那样焦虑，而是乐观自信，科学对待。从儿子小时候就观察他的思维，他的爱好，了解他的想法，现在儿子学的药物学就是他自己选择的专业。

她出生在富裕人家，小时候，父亲工作忙，经常不在家，母亲忙于社交应酬，她是由保姆带大的。她丝毫没有大小姐的坏脾气和作派。相反，她既善良又能干。她关心周围所有的人。老公家里所有的亲戚有事全找她，外地来的还住在她家。谁生病她都会前去看望。她的母亲四年前去世，活到 92 岁，最后的 5 年变成老年痴呆症，都是老公和她妹妹照顾的。我老公当年做了手术也是住在她家休养，由她照顾的。在没搬家以前，每年的圣诞节前几天，她都会请同事们到他家聚会，她自己烤肉，烤蛋糕，做甜点、沙拉等等，厨艺不一般呐。然后圣诞节再请家里的人聚会。2005 年的圣诞节我就是在她家过的。她请了我们两人和住在西雅图的堂弟夫妇，还请了一位他们的朋友，七十多岁的孤寡老人，她向我解释说，因为他孤身一人没有家，每次都请他并且由我老公负责接送。这位老人也是她经常照顾的对象。我夸奖她说：“你真能干!”“我是女强人嘛!”她笑着说。

她自己做了一个迁徙的决定，把家从一个城市迁到另一个城市。于是她辞了工作，卖了房子和家具，当我老公得到消息准备前去帮忙的时候，她已经把不需要的东西都处理了，其余的已装好一百多个纸箱，叫好拖车，第二天就启程了。这么大一个事，她一个女人，就决定并且实施了。我们不能不佩服美国女人的自立和能干。

她供养两个孩子负担已经很重，她还给他们分别买了汽车。她是如何理财的呢。原来多年来，她炒股票，收集古董并在价格好时出手。2006 年年底，她在房价最高时把房子卖了一个很好的价钱，只用其中少部分钱买了一个公寓。现在房价下跌，她又考虑买一个海边的房子等着升值，然后再出手。她用智慧赚钱，她靠能力生活，她不靠任何人帮助，也从不求助于人，相反，她总是帮助别人，她在养育儿女的同时享受她自己的生活乐趣，她追求生活品味，她过的是精致的幸福生活。她很爱孩子们，但并没有把自己牺牲给儿女。

这就是美国女人和中国女人的不同。

老公的两个儿子

汤米和捷夫，一个是能人（Power Man），一个叫超人（Super Man）。哥俩都是小老板，各自有自己的公司，都做高压水枪清洁这一行。做得都挺成功，让父亲感觉很安慰。至于他们如何“能”，如何“超”且待我慢慢道来。

汤米在梅因这个小城市是名人，人家都知道他。他个头不高，刚刚1.8米，跟父亲差不多，看见他就知道老汤姆年轻时的模样。说话并不高声，下雪天也穿短袖T恤，眉宇间，谈吐举止都让人觉得极其富有活力，极其年轻。他有四家公司，最近又与一家公司商谈建立合资公司，要面向中国市场，做中国生意。雄心勃勃，锐不可挡。一股子舍我其谁的气概。他不是能人，谁是能人！

在商业区，他租了一栋建筑，他的几个公司的营业执照都挂在他的办公室的墙上。办公室的家具很简单，各样电器都齐全，电脑像电视那么大，先进得我们都没见过。刚出去吃顿饭，回来就有15个电话留言，人家生意真火呀！参观完汤米的办公室和高压水枪设备，感觉就是现代！就是Power Man！

汤米的家和父亲的家比起来，不是差一代人的距离，三代都不止。他家的电视机像黑板一样。大约高一米，宽二米，我没有见过这么大屏幕的等离子电视。生猛不是吹的！汤姆看了儿子的卫生间，大喊大叫非让我进去看人家的卧室和卫生间，就是豪华，气派，生猛！老汤姆见都没见过，更别说用了。参观儿子家，就是刘姥姥逛大观园。父子之间的差距怎么就那么大呢！

他家的车库里有房车，还有一排摩托车，两轮的、三轮的和四轮的。电冰箱一大排，不知道是几个。还有很多东西说不上来。

他在自己家还有一个单独的大房间，有卫生间，有酒吧，还有一个台球案子，墙上装饰有霓虹灯。俨然一个酒吧台球俱乐部。这小子活得够滋润，够生猛！从一个一无所有的19岁的男孩到现在这么大的家产，可想而知他多能折腾！

他家院子里停了好几辆SUV和卡车，他平时都开马力很大的烧柴油的大SUV，跑起来声音巨响，好像赛车。据汤姆说经常吃罚单。不过父亲也承认自己年轻时开车比儿子有过之而无不及。

就是这个汤米从小就聪明过人，淘气过人，坏事干绝，篓子捅尽。高中学校都不收他。送他到私立学校，他也不好好学习。由于恶名在外，只要一有坏事发生，人家就认为汤米是肇事者。当然多数都是他干的。不上学，在家里游手好闲，父亲让他出去找工作，他就离开家了，父亲还以为他出去自立了。没想到他搬到家里的船上住，还把船上另外的房间租给别人，当上房东了，这样他就有钱花了。父亲知道后自然很生气，请他离开家自谋生路。

如今看到儿子这番成功，父亲很是欣慰，经常主动来看汤米。汤米并不嫉恨父亲，还很关心父亲。现在两个人之间的关系是两个男人之间的关系。两个朋友之间的关系。只是在电话中，汤米在结束时会说“爱你！”而父亲回答：“也爱你！”。见面时从不说此类的话。连见面和告别的拥抱也只是汤米抱抱父亲的肩膀。我突然觉得美国人中国人都一样，父亲牵挂儿子，儿子爱戴父亲，血液相通，并不是以前我们所听说的儿子大了就不管父母。吃饭时父子俩还抢付账单。男人之间的爱表达得很深沉很含蓄。但是美国的父亲和儿子是平等的，不像中国，父亲就是父亲，有架子，有威严。

有这么棒的儿子，汤姆欣慰之中带着得意，还担心儿子野心太大而文化水平低会受到局限，居然面授机宜，教儿子如何管理公司，如何进入金融行业等等。人家是 Power Man，还用你教?！中国人说话，老不省心！

捷夫是老汤姆的小儿子。Super Man。两米高的体魄，绝对超人！

这世上谁能经历死亡而复生？只有超人!!

几年前，捷夫得了白血病，移植了别人的干细胞，但还是失败了。顽强的生命力让他坚持着直至科学进步，在科学上来说是进了一小步，对捷夫来说是一大步，是 100％的大进步。可以用自己的干细胞进行培养和移植，捷夫越过死亡的边缘再生。这世界上没有神仙皇帝，也没有救世主，全靠自己！只有 Super Man——超人!!

捷夫虽然身高体大，性格却温和、宽容，也没有太大野心。毕竟是在大城市，经常接到大订单，每天工作 16 小时，很辛苦，收入也很可观。他不太考虑太多发展，只是尽情享受生活。每个周末，开着大卡车，带着不同姓的家人们到迪斯尼乐园大玩一通。一有时间就去卡拉 OK 唱歌开心，每个星期天都在家里开 Party，吃喝玩乐一番。他说话经常妙语连珠，张嘴就逗人乐。汤姆说，捷夫的确是超人，他的境界是超人的境界，他对生与死的认识比我们深刻得多。他对爱情家庭的理解,他对人的包容,和我们是不一样的。他的幽默无处不在,带给大家的是无尽的快乐。

走在迪斯尼乐园，捷夫走几步就要看看父亲，问父亲膝盖能不能走，问父亲渴不渴，问父亲要不要吃东西……这种关怀也很令我感动。捷夫生病，汤姆花了大部分积蓄，而且可能要失去一个儿子，精神上也受到打击。去年捷夫结婚，老汤姆不避讳前妻的光临，也亲自前往。父亲爱儿子，儿子也很爱父亲，总是邀请父亲一起吃饭或到家里来。爱能融化一切。老汤姆嘴硬，当儿子面从不表示爱甚至说相反的话，实际上每个周末都在等捷夫来电话，好一起去迪斯尼乐园，简直就是一个老小孩！

父与子血脉相承，爱流淌在血液中，哪国人都一样！

弟　　弟

弟弟，英俊、幽默、没文化。这是他的纲，下面纲举目张。

弟弟从小就长得端正可爱。当时有一本著名的小说《三家巷》，开篇第一章的题目就叫“长得很俊的傻孩子。”这个傻孩子的学名叫周炳。弟弟因此得名“傻周炳”。他长的俊，但是不爱学习，让父母操了不少心。1966 年“文化大革命”开始，学校停课，他解放了，不用读书了。当时他只有小学三年级，之后再也没有进过学校。填个表什么的，文化程度一栏总填“初中”，连“毕业”二字都不敢多写。

他的模样如何英俊我必须拿出例子来证明。

他在年轻时曾碰到“星探”，问他有什么文艺特长，他过于谦虚地说：“我什么都不会。”人家遗憾地说：“可惜你这形象了。”当年美术作品都是反映工农兵，一美术工作者画一个工人，曾请他做模特。我的闺中朋友见到弟弟也恨未相逢在他未婚时。我公司里的未婚女大学生也曾垂青于我这没文化的弟弟。帅哥人见人爱呀！帅哥帅大发了，前两年发生这样一件事。他经常去办事的一个单位，那里的人与他半熟不熟，问他多大年龄，他如实告知。与对方估计的出入很大，对方很意外，于是又问他爱人的年龄，回答是一般大。对方马上建议弟弟离婚，他们可介绍一个年轻很多的女大款给弟弟，女大款可付一大笔钱给他老婆作为离婚代价。看来英俊是有价码的。英俊诚可贵，道德价更高。若有大款爱，二者皆可抛！可惜弟弟这种爱家好男人没有魄力成为新时代陈世美。只造就一段笑谈而已。

他以前在家附近的小区负责电梯维修。随叫随到。用他的话说，一天25小时，一个礼拜8天，全上班，但经常是在家等着人来找。那时家里还没有电话，更别提手机了。电梯一坏，就有人到他家楼下喊他。他到那看看，拍拍……电梯就恢复正常，等他一回家，电梯又坏了，他又去。……就这样每天来来往往。他让电梯给拴上了，不能出门，不能离家。

有一著名电梯专家招聘两个助手，他在几百应聘者中脱颖而出，被专家老太太慧眼识珠，当即聘用。他跟专家一起工作好多年，学了很多专业知识。当别人有难题向专家咨询时，他经常替师傅解答问题。有一个工程把电梯的坑挖得太深了，考虑用土方填上怕影响地基坚固，如用水泥填则成本太高。请教专家，弟弟建议，搭一块板，下面可做储藏室。来者恍然大悟。其师傅得意洋洋。盖高级高层写字楼或饭店，应有多少部电梯既可保证够用又节约成本为最佳，经常有人来咨询电梯专家，他师傅就让他给人家设计并讲出道理来。十年前我从法国回来，大侃巴黎的地铁，无人驾驶，停车位置极其准确，一点都不差。弟弟说，这不跟电梯一样吗？有什么新鲜的！

他给父亲的住所安了一个门铃，是鸟叫的声音，他告诉父亲，这样可区别于电饭煲、洗衣机和其他电器的声音，一听鸟叫，就是有人叫门，你就问是什么鸟哇？有孩子觉得好玩，按着门铃不松手，鸟叫起来不停，弟弟赶快对孩子说："快松手，把小鸟累坏了。"

有一次我和弟弟等去划船。是那种手划的，最老式的，这容易使我们想起年轻时经常一起划船，在船上念诗，讲故事……这次在船上我又给他们讲了一个故事：

话说有一个美国人、一个日本人和一个土人聚在一起。只见日本人把手掌贴在耳朵上就打电话。日本人伸出手掌说芯片已植入手掌。这时美国人伸起胳膊就查看邮件，原来芯片也植入胳膊。他们在炫耀他们的先进。土人刚从卫生间出来，没穿裤子不说，屁股上还粘着一张纸，美国人和日本人同时嘲笑土人，问他屁股后面是什么，土人一摸屁股，发现那张纸，随即就说：“啊，来传真了。”正在大笑时，船撞上大石头，把我们都重重地颠了一下，这时弟弟高喊，“传真机撞坏了！”你看他机智的幽默灵感来得多么及时！

上周我打电话给弟弟提及我家的葡萄长得特别好，可惜你吃不到。他马上回答：“酸”。我们俩哈哈大笑。吃不到只能说酸了。伟大的阿Q精神。

一次我说：父亲是睿智，弟弟是机智……还没等我说完，弟弟就说：“你是弱智。”

自从我来了美国，弟弟也开始写邮件。有时写得像散文，有时写一首诗，无论写些什么都透着幽默，我看完总要开心大笑。我有一朋友要求我每次都把弟弟的邮件转给他分享，他评价说：“你弟弟写得比你好！”我也觉得奇怪，我怎么不知道他这么会写呢，我打电话问他，他回答：“你的光芒太强把我盖过去了，就以为我是不发光体。其实我也发光，没你强就是了，不过小学三年级。”

把你恨成钢

朋友的孩子，三十出头的小伙子，忠厚老实，尚未婚娶。20岁出国，六、七年后才有机会回家和父母团聚。说话谈天自然而然谈到其父母，那父母绝对都是人中精品，不论是才学、人品、能力以及地位。孩子说，父母永远是严肃的，见面就是批评，有时还是严厉的批评。我说，他们是要把你恨成钢呀。其实他们在和朋友们在一起时，也流露出对孩子的爱、想念和希望。

曾看到张艺谋说到其父亲，就是父子相见，相对无言。大凡中国的男人似乎都是以无言来表达其内心波涛汹涌的感情的。朱自清最难忘的也不是父亲的教导而是父亲的背影。只能意会，不能言传。须不知，现代社会经济科技突飞猛进发展，下一代人的生活环境、生活方式、思维方式都大大改变了，那代沟也就越来越深了。现在的孩子怕是不能从父亲的背影中悟出父辈的艰辛和慈爱了。

优秀的父母，身居高位的父母，你们为什么要把你内心的那份温柔和爱藏起来，给孩子凶巴巴的印象呢。这种似乎深沉的感情不容易让孩子感到温暖，只能感到压抑。

读了王正方老师写的博客文章《公开向儿子道歉》感慨良多。像王老师这样学富五车的教育家也曾想用棍棒把儿子恨成钢，在儿子心中留下芥蒂，直到儿子自己成为父亲才理解了父亲从而释怀。可贵的是父亲经深刻反思后，郑重向儿子道歉。

回想自己，的确幸运，父母提倡全家人平等、独立、畅所欲言。家中的氛围温暖、幽默、快乐。也因此养成了我们很阳光的性格。感谢父母！

美女霓裳

她在我们眼里始终是一个传奇人物。

她的公公婆婆与我家是世交，都住在一个很大的机关大院里。

我们叫她大姐，其实她比我们大得多，大概生于1934年或1935年。她去世已好几年，死的时候是72岁。

我们叫她的婆婆魏妈妈，老太太是老北京，满清旗人后代，有文化有见识，也是非常讲老理儿的人，见谁都能挑出毛病来，唯独对这媳妇喜欢得没法，百分之二百的好。每礼拜天都是她家的节日，大早起来就把家里打扫干净，鸡鸭鱼菜备好，欢迎儿子、媳妇回家吃饭。邻居也都偷偷张望，二人骑着少见的英国风头车，翩翩而至，那简直就是电影里的镜头。男人英俊，女人漂亮，用现在的话说，帅男靓女。有时我甚至听到邻居喊，“快看，霓裳来了!”霓裳就是大姐的名字。全院人看霓裳就像看电影明星。

霓裳给那个以土八路为荣的院子带来一股子新鲜空气，一道靓丽的风景，一种神秘的美丽。

在我还是一个孩子的时候，她让我知道了什么是美丽动人，什么是聪明可爱，她成了我们女孩的偶像，羡慕她，喜欢她，早就忘了她的大资本家出身，因为她颠覆了我们心目中的资本家大小姐形象。

那时候，她只是穿一件中式小褂，像天涯歌女里的小红，模样当然比小红更俊。她并没有穿时装，化妆什么的，很平常很自然，不普通的是她的出众的气质和风度。她性格开朗，面对老北京的婆婆也不拘老理，新式新派，照样让公婆接受。她幽默，爱说爱笑，跟公公婆婆开玩笑，逗得他们开心不得了。公公婆婆也极其喜欢这个儿媳，总爱向人炫耀。但有一点他们闭口不谈，就是霓裳结婚时带来一个好几岁的男孩。邻居们揣测，从年龄来说，她不像结过婚离婚的，那就是上中学时风流后的产物了。要不怎么她只身来北京了呢？而这么讲规矩的老北京怎么这么容易就接纳她了？

霓裳是上海人，高中毕业后没有上大学就来北京了。她来北京后一直当老师，她住在城里的四合院里，“文革”前我上中学时去过好几次。房子很小，生活水平中等，小房子里布置得新潮美丽，她用废弃的彩色胶片做成样子精美的灯罩，用塑料玻璃丝编制漂亮的玩意儿，她不像一般主妇那样在家里忙碌不堪，形象疲惫，她把头发高高地挽起来，挺滋润地坐在那里，很享受地端着一只样式奇特的杯子喝着味道奇香的咖啡，那时我们一般别说喝连见都没见过咖啡。她跟着留声机唱歌，学电影明星，说出话来妙语连珠，别人只有捧腹大笑的份，没有还嘴的能力。她的小屋里充满了欢乐温暖的气氛。我当时就想，她真会生活呀。

她后来得了严重的肾病，每周透析，连续十几年。后期又添了糖尿病，实在是痛苦不堪。就这样也看不到她愁眉苦脸，永远乐观。她每只手都被锯掉了三个手指，两只手只剩下四个手指，还每天高高兴兴地教别人弹钢琴。因为有小时候的童子功，现在四个手指照弹不误。已经不能自理，走到哪里都得保姆随行，还照样走到哪里就把欢乐带到哪里。人们照样高兴地大叫：“霓裳来了！”

她去世后，大家总是谈到她，怀念她，大家说，她才真正是一代名媛！

原来她是上海巨富的三小姐。旧上海的大资本家往往被称为“面粉大王”“茶叶大王”“纺织大王”等等，霓裳的父亲也是被称作 XX 大王的资本家，和荣毅仁是世交。在上海还有兄弟姐妹七八个。五十年代，她的二姐夫误打误撞，去了国外。当时这种情况都视为叛国投敌，其妻子受牵连，刚生下孩子就被关进监狱，没多久就过世了。在当时的政治背景下，二姐的孩子的成长之路肯定会非常艰难，霓裳为了二姐的孩子健康成长，毅然决然带着他远走北京，背着有风流债的罪名，把他作为自己的孩子养大成人，直到生活在瑞士的二姐夫回来寻孤，儿子已经四十多岁。霓裳替二姐完成了遗愿。

“文化大革命”刚刚结束，根据国家政策，霓裳家获得了一笔巨额赔偿，她的兄弟姊妹全家老小集体移民美国。而她就像真的划清界限了似的，丝毫不为之所动，仍然快乐地生活在北京。

她是过过好日子的人，她是见过巨大财富的人，一辈子过的生活也和北京的老百姓一样清贫，不同的是早已看穿财富，所以无怨无悔，高高兴兴过自己的快乐生活。

霓裳死后，她的丈夫无法单独住在家里，到国外住了半年，回来后只能住亲戚家。实在伤心过度，在大家的安慰下勉强过了两年，还是随霓裳而去了。

俩白骨精

认识她俩是在 1983 年郑州一次会议上。她俩都姓王，一个 30 多岁，一个 40 多岁，代表上级机关亲临会议作指导。

北京来的就我们三个女同志，每天开会休闲都在一起就熟识了，但后来从未联系过。虽然只有一个星期的交往，她们却成了我一生的榜样。

先说小王，她只比我大 5 岁，是 1966 届的高中毕业生，幸运的是在 1967 年，知识青年都准备上山下乡的时候，她被国家派到国外留学，在别人正努力办理回城户口的时候，她已经戴着硕士帽从国外回来了，分配到中央机关，担当重要工作还经常出国。“文革”以前每年都有公派留学生出国，但“文革”以后就停止了，只派了他们这一小批人，这个幸运太不可思议了!!

这小王何许人也？虽然她说起话来很有智慧，但一看就知道她不是什么有背景的人，形象一般。她怎么就那么得天独厚呢？答案很简单，因为她是当时北京市最优秀的中学生，金质奖章获得者，不论文科理科，就连音乐、体育、美术全是最优秀，科举状元一样，人家本事过硬啊。她告诉我，念了这么多年书，家里没花一分钱学费。从小学到中学，家里生活困难学费全免。她在家里是最大的孩子，下面有七八个弟弟妹妹，而在她十多岁时父亲就去世了，她就是家里的顶梁柱，放学后就去打工挣钱，假期就去给设计院画图纸，吃的是窝窝头和捡来的白菜帮子，后来好几个弟弟妹妹下乡，直到 1983 年还承担全家人的生活费用。

都说女孩要富养，可她这么穷的家庭也能飞出金凤凰。她说：“从小就知道努力才有前途，奋斗才有出路。绝不因为做家务，看弟妹影响学习，学习成绩永远保持遥遥领先的水平。”她奋斗的结果导致她的奇迹，为她的一生奠定基础铺平道路。在刚刚改革开放的时候，她这个年龄段受过高等教育的人很少，会外语的更是凤毛麟角，她又是一个天赋很高、聪明过人的人，那真是天空任鸟飞，海阔凭鱼跃。

超人的智慧，横溢的才华，逆境中崛起。她得算白骨精中的白骨精。

再说老王，典型“中发白”，中年有点发福，白白嫩嫩上海人，受过很好的教育。一天到晚总是笑眯眯的，给人的感觉很舒服很贤良。其实没人叫她老王，小王管她叫“局长太太”。不论人前人后，小王总是局长太太长局长太太短的。现在这么叫没什么，但那时候太太小姐这些名词是和资产阶级连在一起的，这么叫是挖苦讽刺不怀好意。

局长太太和小王一起出差可是倒了血霉了。小王那样高智商高学历的人伶牙俐齿无人能比，局长太太刚说一句，她就有十句驳斥她，句句像刀子，火药味十足，用当时时髦的话说就是被批得体无完肤。我在旁边听得都觉得面子下不来，可她们俩还好得形影不离，让人搞不懂。

趁小王不在时我赶快问老王：“她老这么挤兑你，你不生气呀?”老王笑笑，说：“人家说几句你就生气，那同志之间还怎么相处怎么一起工作呀!”

老王没有豪言壮语，可她平平淡淡一句话让我记了几十年。她是我的榜样和镜子，直到后来我也学会了像她那样与同事们相处，其实这不就是人们常说的情商修养和团队精神么。

人生导师

昨夜与一位老者通了电话之后不禁思绪万千，辗转反侧，彻夜无眠。悠悠岁月，历历往事，一齐涌上心头。

称他为我的人生导师，一点也不为过。当年，我在北京有了一份工作，虽然不满意，但比上不足，比下有余。这位长者却多次苦口婆心地跟我谈话，要我努力学习，自学成材。将来成大事。像现在所有的年轻人一样，我才不相信老年人的话呢。但他不放弃，再三再四地对我说："你是你同龄人中我见过的最有才华的！你不可以毁掉你的前途！"我有才华吗？我有前途吗？我无限的空虚和怅惘（这是当年流行语），半信半疑吧。

在这位长者也是智者的指引、鼓励、督促下，我居然开始自己补习中学课程。这一钻进去，就是四年。同志们呐，四年时间，1461天，每天晚上学习三个小时枯燥的代数、三角、几何……还经常去问楼上的大姐姐（人家都嫌我笨）。四年间，我没看一次电影，没看一次电视（那时电视还不普遍），没看一本小说。大冬天，顶着西北风骑着自行车去业余学校学英语……这位长者还经常写信鼓励我，他把各种报纸，杂志上介绍自学成材，各路精英的奋斗史的文章资料等都剪下来寄给我，充当我的精神食粮，给我加油。后来，我以优异成绩考上大学。

我是带薪上学。入学没多久，就遇到调薪。因我不在岗位上，自然没份。那时调薪，一次拉下，一辈子都撵不上来。我有后悔情绪（那时文凭不重要）。这时，老先生写了一封信给我。由于多次搬家，信已不知去向，但其中内容，几十年我仍记忆犹新。他始终鼓励激励我，这是我的动力和目标。

一级工资12元，一年144元。你想想看，当你举着香槟酒杯，仪态翩翩斡旋在各国高层政要的宴会厅里时；当你镇定自若面对各国富贾世界强手在谈判桌前侃侃而谈时；当你用你的学识、智慧、风度、魅力征服你的对手时；当你作为中华女强人对国家所作的贡献以天文数字为单位计算时；再想这一年的144元，是多么渺小，多么微不足道。

在数学上，一个数与另一个数相比，如相差5倍之多则这个数可忽略不计。

这段话我曾对我的朋友们讲过，无不伸出拇指表示佩服！

当时我有一个困惑，爱情和事业哪个更重要？有的人爱美人不爱江山，如温莎公爵。另一种说法是大丈夫何患无妻！不能为了一个女人误了前程。为了回城，为了上大学，为了好工作，抛妻弃子，大有人在。到底哪个对？那时候的思维很简单，不是黑就是白。不像如今多元化，也不会再有人提如此幼稚的问题。我当时已逐渐成为“大女”，即现在说的“剩女”，很想找对象，结婚，生孩子，像其他人一样。当时也恰有几个都不是太中意的人选。他阻拦我谈恋爱，怕我失去奋斗的目标，转移生活重心。极力主张我继续努力工作，争取有成就。请注意，是成就而不是成绩。他要求我把这些私心杂念都升华成奋斗！这种苦行僧式的修炼谈何容易！这时他写了两句话打击我：“既然没有生成倾国倾城的貌，就别做风花雪月的梦。”因为长得不漂亮，连做美梦的权利都给剥夺了。害得我直到退休才开始风花雪月的幸福生活，为时晚矣！同时也应了网上所说：“丑女嫁老外！”

他把孟子的名言写给我做座右铭：“舜发于畎亩之中，傅说举于版筑之间，胶鬲举于鱼盐之中，管夷吾举于士，孙叔敖举于海，百里奚举于市。故天将降大任于是人也，必先苦其心志，劳其筋骨，饿其体肤，空乏其身，行拂乱其所为，所以动心忍性，曾益其所不能。人恒过，然后能改；困于心，衡于虑，而后作；征于色，发于声，而后喻。入则无法家拂士，出则无敌国外患者，国恒亡。然后知生于忧患而死于安乐也。”

他给我写了很多信，每封信都写得工工整整，一丝不苟。如果一个字写错了，会写在小纸片上，再仔细地贴在写错的地方（那时中国还没有涂改液）。循循善诱、诲人不倦的信可惜后来都流失了，不然可以教育下一代年轻人。他做事的认真态度也彻底影响了我。我一生做事严肃认真就是得他的真传。他所在的工厂设备出了事故，损害很大，大家都吓坏了，他不慌不忙拿出解决方案，化险为夷，挽救了工厂。沧海横流，方显英雄本色。我一直非常钦佩他，钦佩他做人做事低调，更加钦佩他的才学。

后来，他年事已高，移居海外。用他的话说是“退出历史舞台，因为人生的戏演完了。该轮到你登台了。”之后，他很少给我写信或联络，只是年节贺卡问候。我问他为什么不写信给我。他说，要说的话都说完了，通过你的实践都已经实现了。我说感激你对我的栽培，没有你的支持，我支撑不下来。他回答，我没做什么，路是你自己走出来的。

有人说，人的一生主要是关键的几步要走好，有时光走还不行，还得一溜小跑才能跟上。有时还要牺牲一点什么。对于年轻人来说，根本看不清哪一步是关键，不知道做什么样的抉择。这时如果父母，老师或其他人给予点拨，将使其受益终身。回想自己几十年，没有因虚度光阴而懊悔，也没有因碌碌无为而羞愧。比其他人幸运能得导师指引，路没有走错，抉择没选错，只是书读得太少，水平没上去。

三十年之后的今天，导师又给我提了更高的要求，说出来都怕大家笑话我。他让我写书，说我有这个能力和才华。我又疑惑起来，我有吗？我行吗？书海无涯勤作舟，继续努力学习吧。

写完“人生导师”，意犹未尽。打开记忆的闸门，就像大夏天洗桑拿浴，酣畅淋漓，感到灵魂又一次受到洗礼，又一次得到净化……一过冷空气，打了一个寒颤，一股苦涩袭人而来……每个人都是所在时代的产物，谁也不能超越时代。那个时代的钢铁就是这样炼成的。

宝剑锋芒磨砺出，梅花香自苦寒来。

没有耕耘，就没有收获；

没有炼狱，就没有天堂。

古人三十功名尘与土，八千里路云和月。

我辈四十年勤奋工作体现价值，个人命运随时代脉搏跳动。

只有乘风破浪勇敢搏击的弄潮儿，才能得到丰富多彩的人生。

华人在海外

美国的生活好吗？很多人会不假思索地说："好！"我想说说我见到的中国人在美国。

先说说我的邻居廖太太。在我们这条小街，南边四家，北边四家。南边第一家就是中国人廖太太的家。这家与其他七家似乎没有任何友情，只是自家独往独来。直到我入住之后，廖太太主动与我打招呼，问长问短，可以说我是她唯一的朋友。她告诉我她的移民历史，她的丈夫，她的家庭。我和她的谈话要用国语、英语、粤语三种语言交叉着讲，才能沟通。下面是她的故事。

廖太太是1970年从香港嫁过来的。我问她，香港很好，为什么要嫁到美国。她说，有一个同学去过美国，告诉她美国好，于是她请同学的亲戚帮忙找个婆家。人家帮了忙，那个男人正在离婚。"为了到美国，我不在乎他是结过婚的"，她说，后来那个男人来香港就将其娶到美国。没有网络，没有电话，没有写信，没有恋爱...... 我听着这事，好像不是1970年，而是1870年。廖太太来美之后，又紧锣密鼓地把母亲和两个弟弟移民来美。她还真是移民先锋，思想前卫！

廖太太来美后，大门不出，二门不迈，一心一意在家养孩子。从27岁一直生到40多岁，生了5个孩子。请注意，这是20世纪七八十年代，不是50年代。我问她为什么生这么多孩子，没避孕吗？她的回答是："不知道！不懂！"我晕！生活在美国这么先进发达的国家，居然不知还有避孕！

1993年丈夫因心脏病一下子就过去了。这下廖太太傻眼了，最小的孩子刚9岁。大门外面的事一点都不懂。她赶快学开车，到现在都不敢上高速公路。她在家附近养老院里找了一份工作，干到如今。那时，这种工作好找，搁现在，这样的工作都难找。看到廖太太困难，邻居想帮她，但她从未与邻居打过交道，现在更是老死不相往来，拒人于千里之外。因此邻居都非常不喜欢她。这个问题我也采访了她。原来她并没有什么恶意，只是觉得不应依靠别人，要靠自己勤劳的双手把孩子养大。一般这种情况，孩子们都自己出去找工作来养活自己。但中国人的思想是“万般皆下品，唯有读书高”！她要孩子都读书而不辍学。中国人的骨气，中国人的个性！了不起！

现在 5 个孩子都大学毕业，有了写字楼里的工作。用我们中国人的观点看，这是一个伟大的母亲，成功的母亲。邻居们的评论却不是这样！

“她家的院子像荒地，没有草坪，也没人管。廖太太工作时间长，有时还得上夜班，根本没精力管院子。她家里垃圾推成山，进门时只能开一个门缝挤进去，门开大了，垃圾就流出来了。她的儿子们从小就只管念书，不做任何家事。直到现在，扫树叶，浇水等都是廖太太亲自，儿子们任何家务都不插手。”邻居们还说：“人家都是软件工程师，大学毕业……这么能的人还住在草窝里！”话中充满蔑视。院子是每家生活的一部分，显示出这家人对生活的态度。一般如果很忙，都会雇园丁，我们其余的邻居就共同雇一个园丁。而其他人家也没有孩子们都读大学的本事，不过人家不稀罕。

她告诉我说，儿子们挣钱都不少，每次向他们要钱，都答应的好好的，就是不给。孩子都是美国式的，不会讲汉语、粤语、只会讲英语。人家墨西哥人，孩子还会讲西班牙语呢。这也是她失败的教育。

我对她说，她的孩子们都工作了，她现在苦尽甘来，享受一下吧。她来美国 30 多年，没回过国，也没有去过其他城市，连附近的赌场都没去过，不知道赌场是怎么回事，什么样子。我每次去好一点的餐馆吃饭，向她推荐，她有的嫌贵，有的嫌远，因为她要计算汽油费。她有一次抖了一回机灵，使她的人缘更差了。她和邻居两家之间的篱笆应由双方出钱修理。她的公司有这个保险，于是她从保险公司拿到了全额的保金。这件事让邻居更加看不起她。

中国的国家领导人是胡锦涛和温家宝，她都不知道，我给他讲了好多次，就是整不明白……远的不说，就家附近的好山好水，集会闹市——一概不知，一概没去过……

我问她："你觉得你的生活好吗？你移民来美国不后悔吗？"她的回答是："好哇！不后悔！"我无语。

下面再说说我的两位帮忙刷房子的华人。这两个中国人，一个叫豪，来自祖国最南部，一个叫东，来自祖国最北部。两人都在中国较有名气的大学建筑系毕业。同志们都知道，建筑系，没点天才，不会画画，根本没戏。过去清华建筑系要学六年。这两位也不是白丁，听我细细道来。

先说豪。他来美国六七年了，已经 38 岁，未婚。在国内曾是省级建筑设计院的建筑设计师。单位分了房子，平常出行都开单位的公车。晚上经常有宴会，饭局，应酬。活得挺滋润。父亲母亲原来在香港打工，后移民美国。母亲为了把豪和两个弟弟申请移民来美。要求他们不许结婚。而他们多次要求父母亲回国，父亲回来了，但母亲坚决不回去。母亲在这边做体力工人，身体又不很好，后来接连出了两次车祸，作为长子的豪，只能随父亲和一个弟弟移民来美，另一个弟弟坚决在国内娶妻生子，不愿移民来美。来美后，豪挑起了家庭的生活重担，父母亲已无能力再做体力工人，在家颐养天年。豪有专业知识，又能画图设计，年轻有体力，干装修工作收入也还行。

在美国，各行各业都有自己的相关部门负责考试，通过后发给执照，有了执照方可找到相关的工作。这也是为什么中国的专业人士到了美国全没有了专业。这种考试，如果不是在美国本地受的大学以上的教育，几乎不可能通过，不是专业难，而是被英语难倒了。

豪的英语相当不错，但地方口音很重，而且离设计师的要求还有距离。他只能住在中国人区域，为那些中国人解决一下与房子维修有关的问题。以此维持全家人生计。豪是孝子，在家不说什么，和我聊天时大骂其母亲，误了他的前程，误了他的人生。在美国，三四十岁不结婚的大有人在，但人家有男女朋友，不耽误玩乐享受。可他连女朋友都没有！豪长得一般，中等个头，没有什么出彩的地方。其母亲的朋友经常给他介绍女朋友，他愤慨地对母亲说："要见面你去，我不去！"我问他为什么，这时他才将满肚子苦水倒给我，在中国，他是设计师，在大单位工作，有社会地位，能找到和自己匹配的中意的爱人。在这里，他就是每天脏兮兮的一个体力工人，（在美国人眼里，并不大在意蓝领白领，但中国人很在意。）人家给介绍的都是类似保姆之类的女人，没文化，没见识，没模样，不会英语，有的还有孩子……纯粹到他这找饭碗来了。他觉得这对他是一个巨大的侮辱。好歹咱也是受过高等教育的专业人士啊！我建议他回中国找对象。他说，不是没想过，想过一千遍。找一个受过较好教育会英语的姑娘，自己中意的，来美国后就会嫌我社会地位低，看不起我而另选高枝。我就成了为他人做嫁衣裳！找一个文化低不会英语的，来美国后什么也干不了，生活负担太重不说，我有什么共同语言和生活乐趣！豪的弟弟也和豪一样是个单身汉！

东是一个帅哥。曾在省政府工作。是一个神采飞扬，春风得意的小伙子，从毕业后就一路顺风，处处都比别人走运，终于碰到一个挫折——本以为会被提拔为处长，结果意外了，没提上。美梦破灭了，打击太大了，一蹶不振呢，不干了，出国！（这也算挫折!?）

只身一人来到美国，转眼间 6 年了。为了身份没能回去看看。一肚子酸甜苦辣，不用说自然是苦多甜少。出墙的红杏以为墙外春光无限呢，却是风刀霜剑啊！

首先不会英语。在大学学的是俄语。不能找像样一点的工作，只能打零工，还得是为豪打工。他自己没有能力揽活做项目。租一间合住的房子，没有单独的卫生间和厨房，反正单身汉生活简单，就不挑剔了。每天晚上煮一袋冷冻饺子解决一顿饭。他还特别告诉我哪家超市的什么牌子的饺子好吃又便宜，可见他都尝遍了。这还靠家里汇钱资助，才能生存。

刚来第一天，他很矜持，没说什么。第二天，他没来，豪告诉我，不知道原因，东的车胎被人用刀砍爆了两个。他要修车处理此事。第三天，他很沮丧地来了。第四天，那天晚上的噩梦重演，车胎又被砍爆了两个，其他房客的车胎也被砍了。可能是房东得罪了什么人，总之，黄鼠狼专咬病鸭子，屋漏又遭连夜雨，走背字的东的脸都青了。

他告诉我他每天都痛苦万分，一肚子后悔药。在中国时，做个官员，不敢说耀武扬威，确实神气活现，开汽车红灯都敢走，牛不牛?！下面各个公司为了得到一个项目，那都下足了功夫，那时过得是什么日子，从未有在家里解决晚餐的习惯。没穿过1000元以下的皮鞋。浑身上下都是名牌。现在混得戴上口罩刷房子，真是莫大讽刺呀。我说："你就当下放劳动吧。认清你是谁了，离开那把椅子，你什么都不是。你还以为你是克林顿，整绯闻，玩女人，照当总统，人民照样爱戴；全世界照样横着走，就不敢走直线。光不会洋字码子这一条就足足憋死你。"帅哥无可奈何，点头称是。

为什么不回去呢？时过境迁，回去已没有好椅子等他坐。转眼间四十多岁了。心劲这么高的人能向谁低眉顺眼求工作，何况别人都认为他在美利坚发洋财呢。面子下不来呀！人家都是学业有成，功成名就，衣锦还乡。而东却是过了河的卒子，再也没有了回头的路。

我只能送给他们美好祝愿，希望他们的生活，越变越好。

JASMINE 访问 JASMIN

与 Jasmin 妹妹约定星期日去她府上拜访。我就像打了鸡血一样兴奋，周六就开始忙乎，一会儿去后院摘了一大袋柚子，也许橙子更好，于是又去摘橙子，还有咱家最值得夸耀的柿子和石榴，都是刚从树上摘下装进袋子里的，明天带给咱妹妹尝个鲜。咱乡下人窜亲访友不就是带点土特产吗。到底是榨柚汁好呢还是橙汁好呢，一时拿不定主意，明天早上再定夺。系上围裙在家里做红薯饼，明天带去做甜点。一切安排停当，要去买鲜花，老公建议明晨路上买。

美好的星期日，我起个早，吃过早餐，榨了一小桶橙汁，把东西都放进车里，准备出发，这时老公还在看报纸，我顿时就火了。总不能赶着饭点到人家，那可不是我的习惯。我们两家相距说远不远，说近不近，差不多有北京到天津那么远。开车不堵车的情况下还得一个多小时。为了早点抵达，我撤销了买花的计划，但是不满意地嘟嘟囔囔了一路。

到达妹妹府上时，只见妹妹一人在厨房大显身手。没有带鲜花觉得有点遗憾，妹妹甜甜一笑：“不用着急，不必客气。”接着请坐请上座，喝茶喝好茶，我们高兴地围坐在厨房中间的操作台观赏她的厨艺。只见她气定神闲，有条不紊，一派大厨的范儿。我的喉咙被台湾高山乌龙滋润着，心情也像用飘柔洗了一遍似的变得丝丝柔顺。

她就是这么一个有磁场有定力的人，不动声色地掌控了周围人的情绪。她能掌管一个公司，且职员都是博士、硕士精英之流，她不用呼风唤雨而是运筹帷幄，她用自身的沉稳淡定制造了其公司的和谐氛围，她从不说“路漫漫其修远兮，吾将上下而求索”之类的自命不凡的豪言壮语，她从不认为自己是成功人士，她脚踏实地，做好每天应该去做的事情，天道酬勤，“忽如一夜春风来，千树万树梨花开”。如今她的队伍精良，她的事业蒸蒸日上。

很多人希望在网上交友，但不一定能遂愿。还有一说法是网络有陷阱，交友须谨慎。我也快入花甲之年，完全没有欲望也没有必要在网上找朋友。但是，有心栽花花不开，无心插柳柳成荫。我在网上交了好几个朋友，但未谋面。Jasmin 不一样，我们的网名是一样的，在雅虎时我们就是朋友，有一天我突然问她贵姓，原来我们是一家，都姓这个不是非常普遍的姓。我们惊奇，我们惊喜，我们一见如故，我们相见恨晚。伟大领袖毛主席说，世上没有无缘无故的爱，我们之间一定是有缘有故的。

第一次相见是四月份，既没有陌生的矜持，也没有谈生意的局促，一种随喜的亲切，也许这就是有缘分吧。

茉莉妹妹（Jasmin）一看就是那种谦逊和蔼，温良恭俭让，五讲四美三热爱的优秀女人。叫她茉莉花，再贴切没有了。纯洁不争艳，香气袭人。满园的鲜花谁也香不过她。

看看她这几个月的繁花似锦的生活。她把公司和家从美国东北角搬到了位于美国西南角的加州的海边。大事小事，公事家事，林林总总，繁繁琐琐，她都事无巨细，一件一件圆满完成，在加州买了房子，建立了公司，招聘了职员，框架支起来后，只身回到旧地，把公司的全部家当运过来，把旧房子卖掉，然后与行者姐姐、女儿一起，三个女将开着汽车完成了横贯美国大陆的探险般的迁徙。简直就是创举！很多男人做了这样的事，就好像是叱咤风云的英雄，要给自己的脸上抹上烈火烹油的光彩，而茉莉妹妹从容轻巧地完成了，凸显出她超凡的智慧，能力和勇气，无声胜有声！

茉莉妹妹是个善良的女人，她心中永远地惦记着别人，以其女性的光辉、母性的关怀拥抱这个世界。她的家里总是住着国内来的朋友或需要帮助的人。她还抽时间陪人家逛商店买东西，要知道这是最累的差事了。今天和我们共度周末的女孩子就是刚从北部研究生毕业被招聘到她的公司工作，但她新来乍到，没有住处，茉莉妹妹就大度地让她住在自己家里一个月，最近才安顿好搬了出去。她帮她找房子，买家具，像母亲一样关怀自己的职工。

我接二连三做手术，她总是电话邮件嘘寒问暖，并亲自陪行者姐姐前来寒舍探望，当然那是我最开心最难忘的一天。还有一次因心疼我不能做饭，她百忙之中抽空来看我，还在晚上加班到九点之后，回家做菜包饺子只为翌日送给我吃。而我其实因妹妹的到来事先买了很多好吃的放在冰箱里，可她很忙没呆多长时间就告辞了。我因没能好好招待茉莉妹妹一直自责和遗憾。她说都是自家姐妹不要放在心上。我抗议她不要老是感动得我热泪盈眶，总让我眼珠子“出汗”!

她喜欢以女人的心思装饰她美丽温馨的家，还在屋内室外种花种草，亲近自然。

有时她忙里偷闲徜徉在网上，写博客，作诗，她说这是调剂生活。我们第一次见面后她写了一首诗给我：

荧屏虚境同名姓
海角天涯遇故知
千里迢迢来聚首
春辉茉莉吐芳时

我想和一首，无奈才疏学浅，憋不出来。只能写一首打油诗，聊表心意：

有渊有故缘一家，
飘洋过海在天涯。
网虚情真终聚首，
茉莉吐芳胜奇葩。

她写的诗在网上受到很多好评。她的小诗没有惊鸿一瞥的惊艳，也非炫光四射的炫目。既不酸唧唧的，也不硬邦邦的，简短简洁，精致小巧，意韵绵延，淡然隽永。聊起天来才知道，原来家有渊源，家父家兄都爱写诗。

她是一个幽默风趣的人。我说："你把大瀑布的水带到加州了，因为以前我们从不下雨。"

她说："给加州人民一点见面礼，让他们浇浇花儿。以后也不能老下雨，我还要晒太阳补钙呢。"

她从小就聪明活泼喜欢文艺，喜欢声乐，还专门从师于专业老师，做事精益求精，追求完美，可见一斑。

她是一个把漂亮、独立、开朗、浪漫随性、知情识趣的魅力集一身的魅力女人。我多么为有这样的朋友和妹妹而荣幸和骄傲！

傍晚，汽车在如血的残阳余晖中疾驶，我心如碧波放舟般荡漾。

一个"缘"字导演了我们从网络相遇，博客相邀，欢喜相见的全过程。一个"奇"字涵盖了我们这段令人感慨唏嘘的友情的全部因果。一奇同名同姓，二奇志趣相投，三奇互相欣赏。

为了和我的博客互动，茉莉妹妹也抽时间写了一篇，本来已经写得很好，但她还是几番修改，追求完美啊！文如其人，娓娓道来，温馨有加。

请大家阅读茉莉妹妹的美文，分享我们姐妹相遇的快乐。谢谢啊。

附：茉莉花（Jasmin）

几年前不经意间在雅虎建了博客，并为自己取了个网名Jasmin。记得小的时候，母亲特别喜欢茉莉花，家里的各种花卉中，茉莉花总是站在显著的位置上。我和母亲唠家常时总有一朵朵洁白的茉莉花陪伴在我们身边。晚风吹来，幽香袭人……。茉莉花就此变成了我的最爱。后来老公也很喜欢茉莉花，并送我了一个昵称——茉莉。

初建博客时，有一位叫 Jasmine 的网友姐姐常来光顾我的“小屋”，并总是留下鼓励的言语。由于我们有着同样的名字，好奇心引领着我走入了这位茉莉姐姐清新的博客空间。我在那里闲逛着，揣摩着这个跟我有着同样网名的姐姐是个什么样子呢？从照片上看，姐姐长得年轻漂亮，很有气质；从文章上看，姐姐文笔十分流畅，语言幽默生动；从内容上看，姐姐有着传奇的异国婚姻，正过着幸福的生活……茉莉姐姐有一支生花的妙笔，她的博文好评如潮，她的语言没有任何的矫揉造作，字里行间充满了乐观和幽默感。后来发现不仅她自己幽默，就连她的老公、老父亲、兄弟姐妹都很幽默，是个名副其实的幽默之家！

不久，雅虎空间关闭了。我不得不把“家”搬到了网易。我也就此和这位茉莉姐姐“失散”了。当有些雅虎的老朋友找到我时，就会让我想起了那位同名的茉莉姐姐——她在哪儿呢？她会不会也在网易呢？

有一天我的网友红楼日记在我的空间里留言道，你们都叫茉莉，又同住在美国，我介绍你们认识一下吧！当我在网易空间里看到“Jasmine”的身影时，才发现她竟然是我要找的那位茉莉姐姐！我们欣喜地告诉红楼日记：我们不是新友相识，我们是老友相逢啊！但如果没有红楼好友的引见，我们也许还“失散”着呢……在这里要谢谢红楼好友。

“失而复得”把我们之间的距离拉近了。我们变成了好朋友。但我当时住在纽约州，姐姐住在加州，人各东西，天各一方，要见面很难。无巧不成书，去年我在加州买了房，搬了家，从此和茉莉姐姐做了“邻居”。这可真是有缘千里来相会呀。提起缘分，我们不仅是同名同姓的本家姐妹，去年我不慎脚踝骨折，做了手术，打了钉子。几个月后我就接到茉莉姐姐的电话，说她的手腕骨折了，也做了手术，打了钉子。我们戏言道，我们怎么那么要好呀，连摔跤动手术都配合默契啊……

今年春季，就在茉莉飘香的时候，茉莉姐姐在姐夫的陪伴下第一次来到了我在加州的新居。姐姐当时穿着短袖黑毛衫，鲜艳的花短裙，脖子上还系着一个精致的小围巾，颜色和裙子很和谐，真是靓丽时尚，精神抖擞。后面跟着身材魁梧的老外姐夫，手里提着好几袋子的柚子和橙子。这些都是刚从他们家后院的果树上采摘下来的新鲜水果呀。

茉莉姐姐开朗健谈，说起话来滔滔不绝。谈话中了解到姐姐原来在国内是位精明强干，见多识广的事业女性。几年前来到美国，和美国姐夫过上了温馨宁静的幸福生活。姐夫是个很聪明很耐心的绅士，当我和茉莉姐姐哇啦哇啦大讲汉语时，我的美国姐夫静静地坐在旁边听着，无怨无悔的。有时见我们聊到兴奋的时候，他也跟着我们一起笑，好像他都能听懂一样……他就是这样的一位姐夫——快乐着姐姐的快乐。我为姐姐有这样一位体贴入微的姐夫而感到欣慰。

第一次到姐姐家是和好友行者姐姐一起去的。茉莉姐姐的家整洁温馨，处处可以看到女主人的精心点缀。姐夫收藏了许多名画，琳琅满目。印象最深刻的还是她家的巨大的院子。姐姐带我们在她的院子里走着，如数家珍地介绍着她的果树，我们屈指一数大概有 20 多种，这都是姐姐和姐夫辛勤劳动的成果。比方说：杏树、李子树、桃树、柚子树、橙子树、柿子树、石榴树、牛油果树、无花果树……姐姐说他们一年四季根本不需要买水果，自己亲手种的硕果都吃不过来，常拿来送亲朋好友。这可是真正的绿色食品啊！我们去的时候正是杏子的成熟季节，满树的杏子红着小脸蛋儿，特别可爱。摘一个，咬一口，哇！鲜味十足，香甜可口，好吃极了。在姐姐家吃了午饭，临别时热情大方的姐姐还让我们带了一大堆杏子和李子回家。当我的老公品尝了这些杏子后，像着了魔似的要在我家的后院找块地方种上杏树！

我和茉莉姐姐就这样一来一往地相约相会，心在慢慢地走近。此时，边吃着姐姐亲手种的石榴和柿子，边读着姐姐写的《Jasmine 访问 Jasmin》，甜在嘴里，美在心上。为了感谢茉莉姐姐的这份真情，特此写上一小段儿，和姐姐互动一下，留一个“茉莉妹妹的版本”。愿我们的姐妹之情长存、茉莉之花常开！

旅游篇

美丽的圣地亚哥

下午三点抵达圣地亚哥，住进米神湾的凯悦酒店。该饭店由于地理位置，独领风骚。在一大片海滩绿地上孤伶伶地伫立着一座建筑。饭店的每个房间都有一个阳台，客人躺在床上就可以欣赏大海和日落，以及远近交叉纵横，蜿蜒挥洒的高速路立交桥。自然美景尽收眼底，现代风格狂卷人心。此饭店即一景。我有一居住别国的朋友来此地旅游，和我聊起来，说最难忘的是这个美丽的饭店。其实，这片美丽的海湾是人造的，经过规划填海造景，海湾的每个角落都完美的无可挑剔。看来改造自然并不是中国人的专利，老美也会这招。

时值落日，蓝天，红霞，碧海，巨石，远处的栈桥，近处的小岛，在夕阳的余辉下，显得神秘古老，富有童话色彩。

清晨，我们来到老房子的小公园。这里面积不大，都是百年的老房子，造得非常精致美丽有特色，绝对是豪宅！政府把这一片的房子收购，粉刷维修，辟成公园供游人参观照相。

从此地到墨西哥只有一小时车程。山上有一历史博物馆，最高处有一灯塔，当年这里是航海要道。西班牙人航海经此，之后其后裔和墨西哥人就在此生息，他们开始造船发展航海业……美国人诚实正直与日本人不同，日本人侵略中国，罪行累累愣不承认，人家美国人就明确说此地原来是墨西哥的领土，战败割给美国了。瞧人家多尊重历史。

这里还有一个二百多年前的小市场。院子很大，房子围在外围一圈，有商店，医院，糖果店，杂货店，雪茄店，还有酒馆，咖啡馆，一应俱全。有的店铺仍继续营业，有的已成为博物馆，用模型道具再现当时情景，供游客参观。

妹妹狂爱购物，我们只能坐在外面的长椅上等她。她把不能买回家又很喜欢的东西都照下来了却没有照下小市场的外景。

回家的路上我们的导游兼司机又请我们享受了一顿饕餮大宴。其中一道菜，妹妹称道不已，照相机没电了，不能留下照片。这是用土豆作为载体，呈小碗状，先喷一层液体黄油，再铺一层奶酪，然后放入培根碎，水果碎，果仁碎，再盖上厚厚的奶酪，放在烤箱里烤，出炉之后香喷喷的，味道好极了。

享受完美味大餐，高高兴兴把家还。一路上，大家说说笑笑很开心。我告诉妹妹汤姆唱歌就像帕瓦罗迪。汤姆马上上演自编自唱的意大利歌剧。“我有时像帕瓦罗迪，有时像多明戈；有时我比他们唱得好，有时他们唱得没我好。”哈哈哈哈，姐妹俩一起鼓掌欢迎来一个。

于是汤姆不但做车夫，又成了兼职演员。先唱男声，再唱女声，一人二角；唱完大人再唱小孩，热热闹闹，我们俩自是欢欢喜喜，乐在车中。

妹妹点评：最后一个节目，车间独角戏最精彩！

重游旧金山

俗话说旧金山一天有四季，形容此地天气变化无常，上午是冬天，下午可能就是夏天。一到金门大桥海湾，我们姐俩就都穿上了棉袄。同行的人，有的穿的是短裤背心，还有人穿着薄如蝉翼的纱裙，美丽又冻人。他们赶快去旅游点的商店买衣服御寒。他们问妹妹怎么如此英明，妹妹回答："我有伟光正的姐姐呀。"

看到大家佩服的眼神，我飘飘然，思绪云游，一下子回到大学时代。那是五一节，十几个同学一起去衡阳，登南岳，看日出。计划前一天晚上爬到半山腰，休息几个小时，第二天凌晨登顶。那时穷学生哪能住什么旅馆，找个地方忍半夜就完了。正因为如此，我带了一条晴纶毛毯，重量轻，晚上睡觉可以半铺半盖。当晚在山上的食堂过夜。第二天非常不巧，山上雨雾濛濛，没看到日出不说，细雨绵绵，温度骤降，大家都冻得嘴唇发紫。我一贯是个务实的人，不管什么洋相不洋相，拿出毯子披在身上，还戴了一个阔边帽子，大家嘲笑地叫我"佐罗"。一会儿，一个小女生冷得实在受不了，钻进了我的斗篷，很快，全体女生都挤在一起用毯子围着，后来，男生也轮流挤进来暖和一下，有不认识的游山者，也申请挤进来暖和一下，并问，这是谁这么英明，爬山还带毯子。我这大红毯子在郁郁葱葱的衡山中非常醒目，它像棚子和篝火，为我们避风，挡雨，御寒。我的这一创举被同学们传颂了很长时间，也足以证明我的伟光正是有历史渊源的。一吹牛就扯远，一得意就忘形，都忘了要说什么了。

现在重游的是旧金山。二十年前我和妹妹都来过旧金山。那时的确是"旧"金山，渔人码头又小又脏，街道破旧，狭窄，只有金门大桥巍峨屹立。二十年后的旧金山，像年轻英俊的市长一样，变得新鲜，整齐，美丽，充满青春的活力。很多街道重新规划，几乎所有的房子都重新粉刷和装修，老房子都尽量恢复到维多利亚时代的风貌。一排排的老建筑，一个个的尖屋顶，不同颜色争相斗艳，有一条街连着七栋房子，设计装修都精致到了极点，号称维多利亚七公主。

在复古的同时，又修缮了很多现代建筑，市政厅，图书馆，歌剧院等奢华建筑古今相应，雄伟壮观，青铜雕塑在街心矗立……这是一个历史悠久的城市，这是一个焕发青春的城市。和北京的建设发展很相似。北京现在红墙绿瓦的外围是一圈一圈的高楼林立，取代四合院的是现代化建筑。古老的原汁原味的东西却越来越少。令我失望的是旧金山居然也有同样的举措！

著名的花街曾给我留下非常美好的印象和照片。一条 45 度角的爬坡路，不太宽，两边都是居民楼。路中间种满鲜花，花丛中有一条仅供一辆车通过的路，而且是“之”字形的，开着车用时速 5 公里的速度缓缓地从上面走着“之”字下来，不惊险但是很刺激，是一种特殊的体验，吸引很多游客都要亲身尝试，结果从早上八点就开始排队，整整一天都绵绵不绝。花街和金门大桥，像是妩媚的女人和英武的男人，构成了旧金山最美的风景。

可能是出于安全的考虑，花街重建了!! 把街道扩宽至居民楼窗前，我知道这是最大限度了，再扩就进屋了。路宽得可让两辆 SUV 并行。还把花种进了 60 公分高的水泥花坛里……本来这条路从下往上看，像一块花锦一样镶在路中间，美丽得让人叹为观止，爱不闭眼，流连忘返……而现在连一张整体效果的照片都不容易拍出来了。在大家都兴高采烈游花街之时，我却为自作聪明的人类愤慨万分！

是谁说的？哪都有官僚主义啊！官僚主义害死人那！现在是官僚主义害死景啊！我太想念原来那个小花街了！

二十年前来的时候正赶上同性恋大游行，印象极其深刻。你非要违背自然规律，与同性相爱，你爱就是了，没人拦着你。这里的同性恋大张旗鼓不说，还有组织有纲领有章法有势力，自成党派，说不定还要和民主党共和党平起平坐，竞选总统什么的，最近加州就通过和发布了同性恋合法结婚的法律。当我们登上双子峰眺望旧金山全景时，映入眼帘的是市中心的巨幅同性恋彩虹旗。那一条宽阔大道上挂满了大小不一的同性恋的六色彩虹旗，而这条街所有的商店，餐馆，酒吧等都是为同性恋服务的，窗上和门上都有其标志。本来只是私生活的事，在这里不仅沸沸扬扬，而且理直气壮，已成为一个有特色的小社会。

鳞次栉比的高楼中间还夹杂着相当数量的有哥特式和巴洛克式屋顶的教堂，在市中心有一座金顶的大教堂，阳光下真是耀眼辉煌。离这座教堂咫尺之遥又有一座独具特色的中国神韵的教堂。这是贝聿铭大师的又一杰作。

教堂原来也可以这样：从上面俯视是南北东西十字交叉；从远处看像是一顶大帽子，所以老百姓叫他“帽子教堂”，从近处看，中国亭子式大的屋檐，巨大的厅堂没有柱子，全靠大亭檐搭在边墙上。像天坛的结构，天圆的地方，四面相同……

我不懂建筑，且观看时间非常短，也没能进去参观，但是当我站在教堂前面的广场上，感到的是震撼，是亲切。眼前的建筑不是最高的，最靓的，最抢眼的，但那著名的北京灰色，那默默不语的厚重感，那恢宏的气势令周围的建筑失去了以往的光彩和神气。中国元素的建筑坐镇那里，其他的建筑都被他镇住了！我心潮澎湃，热血涌动，中华民族的文化是世界上最悠久最灿烂的文化!!

抵达旧金山那天正是哥伦布日。每年的今天，旧金山海湾都有飞行表演。6 架 F16，美国空军的主力战斗机型，突然呼啸着从你的头顶掠过，惊愕之后再抬头，飞机早已不见踪影。速度之快，见所未见，闻所未闻。据说时速可高达 2000 公里，这是飞行员所能承受的最大限度。也可想而知，拍照片时，照相机所承受的难度有多大！

“又来了！又来了！”只见高空中，6架飞机首尾相接，像一个长龙风筝，绕着海湾飞了一圈。飞机不能相互接近，否则不就撞机了吗？其实它们并非首尾相接，它们飞在各自不同的高度，而我们从下面看，看到的是横坐标而不是竖坐标，原来飞机在蒙混我们啊。

金门大桥是悬索大桥，从远处看，两座钢塔像龙门一样耸立在大桥南北两侧，相当于一座70层高的建筑物。塔的顶端用两根直径各为92.7厘米，重2.45万吨的钢缆相连，钢缆中点下垂，几乎接近桥身，钢缆和桥身之间用一根根细钢绳连接起来。看飞机排队从钢索中鱼贯穿过，低空飞行，空间狭窄，角度倾斜，F16就是F16，轻松俏皮，像蜻蜓一样在海上飞来飞去。如果不是震耳欲聋，狂风扑面，真以为是在电影院看电影。

一架飞机似乎出事了，一头扎下，直线往下掉，屁股后面冒着白烟，我们看见了藏蓝色的机身闪闪发光，鲜明的黄色写着飞机的号码……忘了说明一下，今天看到的不是银鹰，那个是不是早过时了？看现在的飞机颜色涂得多漂亮！像儿童玩具一样可爱！……我们摒住呼吸，飞机似乎马上就要掉到海里，突然连着几个鹞子翻身，只见飞机直冲天空，后面的白烟在空中划出一个美丽的大花瓶，接着又作了几个让人目不暇接的小动作，结果花瓶里插上了花朵。惊险呀！刺激呀！美丽呀！浪漫呀！

谢谢你，美国空军的小伙子，你的飞行让我们记忆深刻，永远难忘的哥伦布日！

红酒庄园

这个著名的地方叫“他妈哭了”，我翻译的，好记吧。

今天我们要到各家的葡萄酒庄园去品酒。当然品酒需要有很高深的学问，我们不懂，纯粹是看热闹。我先生收藏了 200 多瓶红酒，他也不过略知一点皮毛。

加州有得天独厚的日照，温暖的气候，可控制的水量，还有爽爽的海风，最适合酿酒葡萄的生长，所以加州红酒世界闻名。

“他妈哭了”应属小丘陵地形，马路两边的连绵起伏的小山坡上，种满了一片一片的酿酒葡萄。这种葡萄并没有长长的秧子，而是一米高度的小树，一排排，一行行，整整齐齐，像正在操练的士兵。两行之间的空隙是标准的通道，可供采撷的车和设备通过。远远望去，每棵树都戴着黑色项链。滴灌的塑胶管绕在树干离地 20 公分的地方。种酿酒葡萄，水量是关键，太多太少都不行，只有滴灌的方法可科学控制水量。如果下雨，因为是坡地水很快就流走了，不会形成涝，这就是非要种在坡地上的原因。山坡上和山脚下的葡萄都有区别，品酒师能品出不同的味道。山坡上的葡萄酿的酒有花的香味，而山脚下由于水土流淌，土壤比坡上肥沃，葡萄酿的酒有蘑菇的气息。顶级的葡萄园在天气潮湿不通风的情况下，庄主会用直升飞机给葡萄园通风；在霜害来临之前，庄主会在葡萄园里生火提升周围的温度避免霜害。不同的地形和位置以及种植过程中的处置，都会带给酒不同的味道，换句话说，酒的好坏取决于葡萄，这才是纯天然。每一片葡萄，每一个庄园，都是不同品牌的个性葡萄酒。

现代化的酿酒技术已能将每年产的不一样的葡萄勾兑成完全一样口味的葡萄酒。这可以称之为商业化葡萄酒。而品尝鉴别葡萄酒最讲的是口味，是个性化葡萄酒。这里每一块葡萄园酿的酒都是自家口味，自家的葡萄，自家的工艺，自家的勾兑秘方，自家的传统，自家的艺术品味。当然价格不菲，最便宜的也要超过市场价的 10 倍。

葡萄酒通过自己的色泽，香味，口感反映出酿酒葡萄种植的区域，采摘的年份，酿酒师的理念等等，这些不是人为获得的，而是完全取决于大自然。葡萄酒的优劣都是大自然的恩赐。也正因为如此，葡萄酒世界才会变幻莫测，让人感到难以捉摸，有人追求个性化的理念，酿造自己的传奇葡萄酒，于是品酒师和收藏家都随之产生。

我们走进一家较大的庄园。这里已经非常的现代化了，一色的不锈钢设备，完全机械化，只是规模没有现代酒厂那么大——说实话，这对我已没有吸引力。以前我参观过澳洲的酿酒庄园，人家还保持着古老的传统的甚至是人工的方式，地下酒窖，橡木桶，简单的设备也非常原始，有历史沧桑感。这里完全商业化了，有旅馆，商店，餐厅，一切都装饰得非常可爱、美丽和充满诱惑力。

参观里根图书馆

里根图书馆坐落在洛杉矶县西北角的魔术山。现在里根的夫人南希仍然住在那里。美国有十二位总统过世后建有以其名命名的图书馆。里根图书馆自 1991 年开放以来，参观者超过百万。

这里记载了里根的历史，年轻的里根是当地的英雄，大学里突出的优秀学生，好莱坞的明星，从政后成为加州的州长。经过竞选，于1981年成为美国第40届总统。

铜铸的里根雕像站在图书馆门口，欢迎每个前来参观的人。历史留给人民评说。

“The doors of this library are open now and all are welcome。The judgment of history is left to you，the people.”——Ronald Reagan，Remarks at the Ronald Reagan Presidential Library Dedication (November 4，1991)

进入图书馆后，首先映入眼帘的是南希捐献的上千套第一夫人出席重要场合的服装，全是出于设计大师之手的名作，高贵典雅，价值连城。看得我们唏嘘不已，不知说啥是好。

其次是满墙的巨幅照片，从年轻时的帅和美到年老时的贵和雅，那气质那风度令我们倾倒，令我们着迷。

我们是女人，更加吸引我们的是他们夫妻恩爱的美好故事。妹妹买了南希的照片专集，我买了一本南希写的书《I Love You，Ronnie》。这本书使我们看到了总统不为人知的柔情似水的一面。里根写给夫人的情书和卡片都被夫人仔细保存着。南希的每一个生日，每一个节日，每一个结婚纪念日，每一个圣诞节都会收到丈夫热情洋溢，充满爱情的贺卡和礼物。

里根在结婚三十一周年时写给南希的信里说：“仍然是这一天。这一天标志着三十一年的幸福生活，而这种幸福是很少男人能享受得到的。”“我曾对你说，我们的婚姻就像青春期时梦想的一样，一点都没有改变。我喜欢我们住过的地方是因为有你在那里，无论何时何地，没有你的地方对我没有任何意义，只是空间和时间而已，感谢你带给我三十一年美妙的生活。——万分感谢你的丈夫。”

2002年的结婚纪念日是他们的金婚。里根写道：“写给我一生的女人：50年不够，让我们继续携手走下去。——你的非常非常幸福的丈夫。”

当里根被枪击，南希非常焦急地前去医院看望，看到里根躺在床上脸上罩着氧气罩，感觉非常恐怖。里根稍抬一下身子，对南希说：“亲爱的，我忘了弯腰了。”在生命垂危时仍不忘用幽默安慰妻子。

有人质疑：一个演员怎么可以当总统。里根对媒体说：“我有时纳闷，一个人可以被一亿的民众，一人一选票地选举成为总统，却没有当演员的能力。”只有很高智慧的人才能如此逆向思维！

图书馆里存有50万英尺的电影胶片。好几个不同的馆里放映着不同的电影，有介绍历史的纪录片，也有里根年轻时演的电影。还有模拟的办公室等。最重要的是退役的空军一号也停在这里供来客参观。

我们荣幸地登上空军一号。知道了总统的飞机里面是什么样子，还知道了总统是如何在飞机里办公和开会的。这架飞机飞了20多年才退役。里面没有床，也不如现在的头等舱，座位较大，是皮套的，安排的也很紧凑，空间不大，舒适度充其量相当于公务舱。

站在图书馆外面，可向山下眺望，在这风景宜人的秋天里，红叶，绿叶，黄叶簇拥在一起，色彩斑斓，远处，山脉，旷野和蓝天连在一起。妹妹的大批照片是她的收获和记录。

妹妹的评价是“太值得来了”！

蜜枣的故乡

一提起蜜枣，前面自然而然地加上伊拉克三个字。因为小时候吃的蜜枣都是来自伊拉克。

直到 1994 年在迪拜我见到了蜜枣的母亲，也就是椰枣树，才知道这树原来与我们常见的枣树有着本质的区别，完全是两种不同的树，椰枣或波斯枣，属棕榈科，多产于非洲北部和亚洲西部，是伊拉克的重要果树之一。有文记载，之所以叫“伊拉克蜜枣”，是因为伊拉克是它最古老的故乡，有 5000 多年的种植历史，伊拉克椰枣产量和出口量均居世界前列。

我酷爱吃蜜枣，老公建议我们去蜜枣的庄园去看看。于是我们来到了加州著名的城市棕榈泉的北边，我们看到了大片大片的棕榈树林，沙漠的绿洲啊，椰枣树具有耐旱、耐碱、耐热而又喜欢潮湿的特点，“上干下湿”是它最理想的生长环境。这片棕榈树林就是椰枣林。

看了庄园的博物馆大屏幕的介绍，长了不少知识。不看不知道，世界真奇妙！椰枣树是雌雄异株，肉穗花序，一般是一株雄树五十株雌数的比例，必须经人工授粉，每株可产蜜枣 2000 多公斤。

展台上摆着品种不同的蜜枣供游客品尝，我一直以为蜜枣是用糖腌制的，今天我才被告知：蜜枣是纯天然的！蜜枣营养丰富，既可作粮食和果品，又是制糖、酿酒的原料。我们还慷慨解囊买了用蜜枣制成的各种点心和冰淇淋，痛快淋漓地享受了一番。

必须指出的是今天得到一条信息，颠覆了我五十多年的概念，在此溯本清源，拨乱反正，原来这里才是蜜枣的正宗发源地，而非洲西北的加那利群岛，北非海岸直到西亚。南亚中东各地的蜜枣都是从此地传过去的！

秋天的 YOSEMITE

YOSEMITE 是加州的国家森林公园。距洛杉矶只有 200 多英里。先生说夏天不能来，已有 800 万人在此，也就是说，全加州的人都到此消暑。

这是一片巨大的原始森林。给我的第一个感觉就是震撼。千年老树一片一片的。棵棵树都挺拔直立，有几十米高。树干粗的要五六个人才能抱过来。多数由于雷电的关系，树倒了或着火了，但若干年后，在原来的树根上，又发芽生根，儿子孙子们又长起来。“野火烧不尽，春风吹又生。”一代一代前赴后继。才有今天这样少见的壮观的原始森林。

先生说，50 多年前曾来此，那时他还是儿童。他妈妈开着面包车，带着帐篷，带着他们来此游玩。半个世纪以前，人家就有开车旅游的雅兴了。那时我们中国人连饭都还吃不上。先生告诉我，他出生时，家中就已经有汽车了。所以现在很多美国人膝盖都不会打弯了。不能蹲着，这是先进的副作用。

第二天早上七点，天还未大亮，我们就出发了。公园里面的路就有 100 多英里，我们是开车逛公园。一路上看到很多处着火冒烟。有一种很心疼的感觉。但是先生说，这些树干了，或不能支撑了，就着火了，烧成灰烬后就是其他树木最好的养分和肥料，其他和新长的树得到充分的养料，新树林长得就会更加茂盛。树木也有燃烧自己，成全别人的高贵情操。何况乎人呐。

森林的路弯弯绕绕，有的路段全是大雾，能见度连五米都不到，眼前白花花一片，就勇敢往前开，反正前无古人。我们是第一辆车进山。十几分钟后，豁然开朗，绿树叶，黄树叶，红树叶相继进入眼帘。尤其可人疼的是黄树叶。它不是干枯而黄和马上就要落下来，而是由于天气温差大，夜里寒冷，造成树叶变成黄色和红色。整棵树整棵树的黄树叶，水灵灵的，晶莹剔透，迎着阳光，随着微风摇动，像一粒粒黄水晶，发着不同的光，看得你爱不闭眼。红色的原理与黄色相同，可能是树种不同。红色是活生生的红，有深有浅，有光有亮，层层叠叠。红的像火一样，像生命，爱情，欲望裹在一起燃烧。自然造物如此美妙绝仑，美不胜收，实在不能不让人感叹呐！中国人爱说好山好水好景色，形容这里一点都不过分。我突然想，景色景色，有景有色才是美，光有景，没有颜色也不美，好山好水美就美在这颜色上了。

我们先驱车上山，从山上看山谷，俯瞰眺望，飞瀑激流，小溪潺潺，湖水如境。然后再进入山谷，仰望高山，看我们刚刚站过的地方。并且完全搞清楚刚才在山顶上看的每块地方。美国人多会玩，开车逛公园，上上下下，里里外外，看得明明白白的。

从森林公园出来，我们来到了莫那湖。这个湖不特别大，在高速路边上。当年大文豪马克·吐温来过这里并留下文字。这个湖是咸水湖。湖中心有一个岛，那是鸟岛，上面有很多非常稀少的品种。湖面上大部分是美丽的天蓝色，部分呈白色。有诗道："惊涛拍岸，卷起千堆雪。"形容此地太恰当了。但是这千堆雪形状和浪花一样，只是凝固在那里，永远不动，因为那是盐形成的。外面还有些已经干了呈金黄色的芦苇。一个简单的自然野景如此梦幻，好看的像诗像画。

美国愚公和“疯马”雕像

距离总统山 27 公里处有一正在进行中的“疯马”雕像，到现在已经雕塑了 61 年，脸部已全部完成，还有一只伸出的胳膊也有了基本轮廓。

“疯马”雕像是为纪念 19 世纪一位誓死不向欧洲殖民者割让一寸土地的印第安苏族酋长“疯马”而修建，为的是要让白种人知道我们土著人也有英雄。1939 年，苏族酋长贝尔邀请著名雕塑家焦乌科夫斯基为“疯马”塑像。焦乌科夫斯基提出了一个劈山雕像的宏大计划，“疯马”骑在一匹马上，胳臂所指乃是昔日印第安人的家园。竣工后，这尊石雕将高达 169 米，长 192 米。总统山四个总统雕像的头部只相当于从“疯马”雕像的头顶到耳朵。这个劈山的工程是多么巨大就可想而知。总统山是国家项目，从政治到财力都由国家支持。而“疯马”雕像工程只靠“疯马”基金会支持，主要来源于人民捐款。其困难可想而知。美国国家艺术基金会两次要给这项工程大额资助都被雕塑家拒绝了，就像当年敢于向政府说不的“疯马”酋长一样，他不愿“疯马”雕像工程变成政府装点门面的多元化象征。他在“疯马”的雕塑上铭文：“‘疯马’别无选择，他只能用他所知道的方式来捍卫他的人民。”雕塑家用雕刻大山的行为艺术来为世界上弱小民族、弱势群体不屈不挠的精神立传。

在中国愚公移山只是一个故事，而在此地我们看到了真正的愚公移山，子孙三代人为了一个目标不遗余力地工作。

雕塑家焦乌科夫斯基 1908 年出生在马萨诸塞州的波士顿。他是孤儿，在一个寄养家庭度过恶劣的童年，从未受到过正式的艺术培训，但他坚持不懈地努力，1939 年在纽约世界博览会他夺得雕塑第一名，他曾参与了总统山的雕塑创作。他是一个多才多艺的雕塑家和艺术家。他从 1948 年 6 月 3 日开始动工劈山，就住在山上，每天劈山不止，直到他 1982 年，他告别他的妻子露丝，并要求她和孩子们继续这项伟大的工作。他们有十个孩子，其中有七个继承父业，继续劈山雕塑。现在他的孙子们也加入了这个行列。他的一个儿子对媒体说过：这是一项非常艰苦的工作，山外面有很大诱惑，但一想到父亲伟大的事业一定要完成，这是自己与生俱来的使命，就义无返顾地做下去，可能一生都做不完。雕塑家非凡的家庭表现了他们个人和集体的奉献精神，以非凡的决心和勇气来进行他的伟大的工程。实现他和所有印第安人的伟大理想。

“疯马”纪念馆文化专家、美国国家印第安人教育协会总裁罗伯特·库克说：“‘疯马’雕像在美国印第安人眼中的意义，就像‘总统山’雕像在美国人眼中的意义一样。‘疯马’代表美国印第安部落的价值观——勇敢、慷慨和智慧，他当年勇敢地保护着我们的土地和我们的条约，事实上我们至今仍在进行这样的保护战。”

雕塑家的坚定信念和奉献精神深深地激励和感动我，和所有的参观者一样捐出自己一点微薄的力，留下一块山上炸下来的石头作永久的纪念。

刻在东南山

全美闻名的拉什莫尔山耸立在南达科他州巴登兰以西不远的地方，山上雕刻着美国四位著名总统的巨大头像。从左至右，这四位总统是：开国元勋、国父华盛顿，《独立宣言》的起草者杰斐逊，奠定 20 世纪美国之基础的西奥多·罗斯福和解放黑奴的领导者林肯。

这四尊巨人头像与山峰浑然一体，十分壮观。太阳升出地面时，阳光先照到山顶，四位总统的面孔在旭日照耀之下，光彩照人，他们面向公路，迎着朝阳，双目炯炯，凝视远方，下巴扬起，嘴唇紧闭，脸部光洁，表情庄严，似乎正在关怀着由他们开创的新国家。

1923 年，南达科他州的历史学家多恩·鲁宾逊提议在拉什莫尔山的花岗岩上雕刻美国开国元勋的雕像，作为弘扬美国精神的永恒象征，并以此来吸引游客游览美丽的布莱克山区。1924

年，鲁宾逊的想法引起了作为雕塑家的格桑·博格勒姆的注意。他一眼望见由花岗石形成的拉什莫尔山居于群山之上，沐浴在阳光之中，便认定这是他实现自己的夙愿、创建一个“民主圣地”、国家关注焦点、雕凿美国四位著名总统头像最理想的地方。1927年8月10日，柯立芝总统宣布将拉什莫尔山辟为国家纪念场，纪念这四位美国历史上最伟大的总统，他们是美国的民族英雄，他们推动了美国的历史发展。他们是美国国家140年历史和美国人民追求自由理想的引路人。他们的丰功伟绩将激励子孙后代发扬美国精神，实现更多美国梦想。

1927年10月4日第一次开始实际雕刻工作。

1941年3月博格勒姆因为栓塞突然去世。他的儿子林肯继承父业，接手的项目在7个月后即1941年10月31日被宣布纪念碑完成。经过14年的艰苦努力，使花岗岩山顶难以想象地转化为四个美国最伟大的总统肖像。这个世界几乎没有什么是不可能的，即使是不可能的也是有可能的。博格勒姆父子创造了万世不朽的杰作。

如今，拉什莫尔山国家纪念公园已经成为了一个美国历史的大图标。来此参观的不光有世界各地的游客，还有相当多的由学校组织的美国中学生和与教授一起研究历史的大学生们，这是美国重要的爱国主义教育之一。我是受20世纪50年代革命英雄主义教育成长的那一代人，看到这么宏伟壮观的景象，像过去参观，革命博物馆和烈士纪念碑一样，心潮澎湃，历史呀，民主哇，革命啊，使命啊……满脑子全是，好像自己一下子回到学生时代。四位总统的丰功伟绩，我们在学校时已熟知。林肯和杰斐逊更是顶礼崇拜。同学之间常用英文背诵林肯著名的“盖兹堡演说”：“在一生中，我确信，我从未做过比签署此宣言更加正确的决定。”这是林肯的自我评价。他颁布了《解放黑奴宣言》，成为美国黑人之父。林肯为解放黑奴他付出了生命的代价。1865年4月14日晚上，林肯被南方奴隶主收买的一个暴徒刺杀。美国人民深切哀悼他，有 700 多万人停立在道路两旁向出殡的行列致哀，有 150 万人瞻仰了林肯的遗容。同中国人百里长街送总理的情景同出一辙。

此时，我们离伟人更近了……我们听到了杰斐逊响亮的声音：“我们认为下面这个真理是神圣的和无法否认的：‘人人生下来就是平等的和独立的，因而他们都应该享有与生俱来的，不能转让的权利，其中包括生命、自由和追求幸福的权利。’”他在《独立宣言》中还指出“为了保障这些权利，人类才在他们之间建立政府，而政府之正当权力，是经被治理者的同意而产生的。当任何形式的政府对这些目标具破坏作用时，人民便有权力改变或废除它，以建立一个新的政府；其赖以奠基的原则，其组织权力的方式，务使人民认为唯有这样才最可能获得他们的安全和幸福。”国家权力来源于人民，人民是最高主权者。人民为主权，这是人类的民主和进步。杰斐逊是农夫、律师、科学家、音乐家、哲学家、建筑师，他一生追求智慧和真理，才华出众，乐观向上，受到人们的广泛赞誉。杰斐逊是美国民主传统的奠基人，他的民主思想始终是美国人民争取进步的推动力量。不仅美国人民此推崇他，有民主愿望的人都会如此景仰这位伟人。

大盐湖旷野

我们像西部牛仔一样孤独地穿过无声的沙漠和无边的戈壁，前无古人后无来者，天苍苍、野茫茫的旷野，山峦起伏，巨石无语，我们就像霹雳游侠一样来无影去无踪，驰骋在西部的无人区。

现在我们孤独地行使在80号公路上。80号公路横贯东西海岸，同行的车却很少。路漫漫其修远兮，飞机要飞6个小时，用车轱辘丈量那就难说了。从经济角度来讲，坐飞机要比开车实惠多了，只是少了一份探险的浪漫。

离大盐湖还有一百多英里的地方就已经是水汪汪、白花花了。路似乎开在雪地中间，两边全是“白雪皑皑”。可能是盐的某种成分在阳光的照耀下，给我们的眼睛造成错觉，“白雪”中间的黑色的路只能看到100米左右，感觉前面就是尽头，就是岸边，就是汪洋大海……即使有了这个感觉我们也向前走着。好像月亮走我也走，地球转我也转……像飘起来了，那心情非常水浒、非常三国，格外西游很红楼。正如一首小诗写的：“看红楼梦长大/生一颗水浒的心/在三国纷飞的年代/独自去西游”。

这盐湖的盐是重要的化工资源，广泛用于医药和工业。盐湖一带有好多化工企业。

黄石公园

黄石公园是美国第一个国家公园，是国家公园的旗舰。这里一直被称为神奇的土地。面积8980公里，包括湖泊、峡谷、河流和山脉。黄石湖是北美最大的高海拔湖泊，黄石公园是最大的超级火山大陆。该火山是一座活火山，在过去200多万年它多次爆发巨大的能量。由于这种持续不断的火山活动，世界一半以上的地热的特点均在黄石公园体现。熔岩流和岩石由火山爆发涉及黄石大部分土地。公园的中心大黄石生态系统是地球的北温带最大的自然遗产，现在几乎仍保持完好无损。

上百种的哺乳动物、鸟类、鱼类和爬虫类动物已记录在案，其中包括几种濒危或即将濒危的物种。广大森林和草原还有其独特的植物物种。灰熊、狼、自由放养的牲畜、野牛和麋鹿都生活在黄石公园。1988年发生森林火灾，将近三分之一的公园被烧毁。

黄石公园给游人有很多难得的尝试的机会，包括徒步旅行、露营、划船、钓鱼和观光。道路提供近距离接触的主要地热区以及一些湖泊和瀑布。在冬季，游客进入公园的游览方式往往是使用雪橇。

在 1872 年 3 月 1 日，美国国会决定把黄石公园作为第一个国家公园。这个决定本身就是一种新的概念诞生，它以一种新的方式为后人们最好地维护和保护的是自然遗产、生态环境。造福子孙，造福后代。环境保护的意识从那时就开始了。

大提顿公园是进入黄石公园南门的必经之路，就像从天安门进入故宫，午门是必经之路一样。大提顿的崇山峻岭巍峨逶迤、蜿蜒连绵、白雪皑皑，形成天然屏障。河水把山脉切开，随着高差错落形成瀑布咆哮倾下，山谷在轰鸣声中抹出一抹彩虹，给两岸陡立的峭壁增添了些妩媚，让沧桑中感受几丝温纯，美丽也没那么冷峻了。远处可见的层层林海，茫茫雪原，近处可嬉的小河弯弯，湖水清澈。

热泉水漫坡而过，因富含各种矿物，坡上的岩石被抹上斑斓色彩，斜阳下与蓝天白云相映成画。你不能不叹，大自然本就是一个神奇的画师。

天上刮着冷风，大地冒着热气，植物欣欣向荣。天文地理的共同作用，色彩斑斓的湖泊让我想起了九寨沟，真有异曲同工之妙！栈桥、彩池、还有树影，远处晚霞轻唤，近看湖水粼粼，我不由闭住呼吸静静地听着，看着，想着。倾听内心的声音，我将永远流连于此，我的灵魂要在这里歇息。

这里其实就是一个巨大无比的火山口，脚下几英里的地壳下，炽热的溶岩在滚动着，地上的湖水、河水从地表渗入，溶岩又要从地下寻隙涌出，中间的某处，水与溶岩相遇，一个巨大的蒸汽锅炉就在我们的脚下咆哮蒸腾着。环视四周，此起彼伏，热烟袅袅，到处是活火山的地热蓄积而成的热水喷泉。马路中间就会冒着热气，而柏油马路被腐蚀出现裂缝和一片一片的坑洼之地。走在到处冒烟的地面，我幻想着高喷中火山溶岩里的一抹瑰丽……

为了能多次看到老忠实喷泉工作，我们不惜重金定了离喷泉最近的饭店。一般是一个半小时喷一次。从晚上到早上，看了好几次，着着实实看个够。

喷泉喷出来的是滚烫的水和气的混合物，人必须在相当距离之外观看，否则很危险。在旷野上老忠实喷泉的冲天水柱喷射而出，高达 70 米，还伴有轰隆隆的声音，热雾萦绕，轻纱曼舞，美丽神奇，极其壮观。地球的变幻莫测的汹涌力量，让我们觉得人类其实很渺小。

由于溶岩的推挤，地壳变动，黄石就变成了地貌多样的高原，高山、湖泊、峡谷、河水、草甸、丘陵、坡地、森林应有尽有，气候变化频繁，生物种类很多。

时值五月下旬，黄石公园还有很多地方被白雪覆盖。公路是用铲雪车清扫出来的，路边积雪有 1～2 米高。白雪像锅盖一样把著名的黄石湖遮得严严实实，我们没能看到它的真面目。

几公里长的车队等在那里，据说可能有熊出没。大大小小的照相机摄像机，像炮筒子一样支在形形色色的三角架上，就这万炮齐轰的架势，熊能出来么，我怀疑，就没和他们同流合污，先撤了。我在黄石公园只看到了优哉游哉，到处闲逛的野生水牛。

黄石公园的北门上刻着：

For the benefit and enjoyment of the people

为了人民的利益和欢乐。

保护生态环境，为了子孙后代。

人间天堂

这里是一个美丽神奇的地方。天籁之音，雪山飞瀑，平湖落雁，大风入松，空谷溪流，群鹿飞奔。

1872 年黄石国家公园建立后，远见卓识的人们越来越强烈地意识到自然风光是一笔价值连城的财富。于是，1910 年建立了国家冰川公园。

这里是一个汇聚的地方：印第安土著居民和来自世界各地的旅游者汇聚于此；北太平洋的暖湿气流和东部平原的干燥空气汇聚于此；原生于加拿大北部荒原，来自北太平洋，来自洛基山脉，以及来自东部平原的各种动植物汇聚于此。

这里也是一个开始的地方：哥伦比亚河（Columbia），密西西比河（Mississippi）和 Saskatchewan 河从此发源，分别流向太平洋、北冰洋和大西洋。

在这个面积约为 4100 平方公里的国家公园里，到处层峦叠嶂，山峰林立。群山之间，排列着道道峡谷。近4条由冰川和雪融化为水源的瀑布，在峡谷之间，倾泻而下，跌进了滔滔的河流和平静的湖泊。飞瀑直下三千尺，疑是银河落九天，说的就是这儿。整个公园有几百个大大小小不同的湖，所有的湖水都波光粼粼，清澈见底，湖泊是山脉的镜子。千里冰封的雪山，200万年的冰川像刀一样把花岗岩山峰切割成钻石角。每座山都那么简洁明快，晶莹剔透。这是远古时代冰河和火山的杰作。

开车游览如同智取华山一条路，这条路名为：“通向太阳之路”。（Going to the Sun Road）全长52英里，修建历时11年，于1932年建成。这条路很多路段极为艰险，最为曲折之处简直就像是一个U形，那一处每小时限速15英里。由于道路清雪工作尚未完成，我们只前进了一半，就不得不向后转。

“通向太阳之路”可见到三个著名的大湖。最美的是圣玛丽湖。开往Many Glacier的路旁是Sherburne湖，湖水呈现一种特殊的蓝色。皑皑的雪山，静静的湖泊，中间那个仙境小岛，真是神来之笔，说这里是人间天堂，梦的故乡！一点都不为过啊。

遍地的芬芳野花，数不清的沧桑植物和各种稀少品种的野生动物。刚过圣玛丽湖一点点，我们两次看到了黑熊，但都没来得及掏相机，很遗憾没能留下照片。

水静如镜，桦树成林，冰雪初融，迎春花开，这是我最喜欢的典型的独一无二的北美风情。野景开阔、寂静、苍凉，还有沧桑的颜色。

天堂乎，天堂也！

阿拉斯加

断臂的维纳斯比欧莱雅更值得你拥有。

阿拉斯加州是美国最大的州，1959 年 1 月 3 日成为第 49 个加入美利坚合众国的州。阿拉斯加州东接加拿大，南邻阿拉斯加湾、太平洋，西濒白令海、白令海峡、楚科奇海，北临北冰洋。1867 年沙皇俄国以 720 万美元的价格将阿拉斯加卖给了美国。这笔土地交易成为世界土地交易史上面积最大的一笔交易，且平均单价每英亩才二分钱。可当时很多美国人觉得这并不值钱，并揶揄说这是“西华德的蠢事”“西华德的冰箱”。威廉·西华德是当时负责此购地案的美国国务卿。他反驳说：“现在我把它买下来，也许多少年以后，我们的子孙因为买到这块地，而得到好处。”不久，便在这里发现了大量的黄金、石油，以及更重要的是它的战略地位。看来政治家总是高瞻远瞩。

现在阿拉斯加有仅次于德州的石油，还有矿业、捕鱼业、木材业和旅游业作为经济支柱。人稀地广，生活富裕，交通都是私人小飞机，最重要的是每个人每年还有福利分红，没有州税，真是幸福享不完。

本来可以更加深入阿拉斯加。但由于必须按时回来看大夫，只走了行程的一半，最北只达到北纬60度。以前我曾去过莫斯科、彼得堡和波罗的海国家拉脱维亚、爱沙尼亚，都差不多在同一纬线上，但是温度相差甚远，我穿厚棉毛衫、厚毛衣，加棉袄，还是冻得直哆嗦。

待到山花烂漫时，我却穿棉袄。

阿拉斯加第一城 Ketchikan 是三明鱼的最大产地，是世界三明鱼之都。小城只有三条街，一个停车场，人口只有几千人。过去有句话说城市小："一个警察两个猴，一支香烟走到头"。

一目了然，美丽小城尽收眼底。

你见过万年冰川吗？那纯洁，那美丽，迷惑我们的眼睛，震撼我们的心灵！这是 Juneau，是阿拉斯加的首府，这个城市管辖的面积比河南省还大，人口只有一万多人。这里有世界著名的 Mendenhall 冰川。

冰川呈浅天蓝色，有形有状，由于长年积雪堆积，分子结构更加紧密，每个面都是晶体状并且颜色艳丽，像巨大的石英矿，在阳光的照耀下，美丽夺目，让人对历史对自然充满了敬畏和遐想。

阿拉斯加由于纬度的关系，冬天白天最短的时候只有 6 个多小时，而现在，夏天白天的时间则长达 18 个小时。虽然是夏天，我穿着厚厚的棉袄，还冷得直哆嗦。由于日照时间长，虽然温度低，植物花草仍然长得娇艳动人。

邮轮专门走一个岔道去看北美最大的哈勃冰川（Hubbard）。邮轮一直前进着，几小时之后，突然无路可走了，前面是巨大的冰川，潮汐冰河 75 英里长，6 英里宽。换言之，巨大的两座山之间的大河冻成了千年不化的冰块，半透明的冰川像几十层的高楼大厦的玻璃幕墙，悬崖般壁立的冰川像钻石般折射着淡蓝色的光芒，冰川下层则透着深蓝色。美丽冰川展现出来的晶莹剔透，千古静谧，万年沉积，鬼斧神工，惊天动地，气势磅礴，汹涌壮观，令人赞叹不已，感慨良多。

看图中的船有多小，就知道冰川有多大。

在海天之间漂流

古人说，读万卷书，行万里路。在科技发达的今天，这似乎太辛苦，我们轻松愉快地坐上大轮船，吹海风，听海涛，看日出，赏日落，吃喝玩乐中环绕地球，见识世界，不是更妙吗？

我有过三次出海的经历。这次乘坐的是挪威之星，因为喜欢她的自由方式，已经是第二次乘坐并已成为它的俱乐部会员。这次旅行是从洛杉矶出发，停经墨西哥、危地马拉、哥斯达黎加、巴拿马、哥伦比亚、Keywest 和迈阿密，行船 16 天，行程 4767.3 英里。我们在迈阿密住了一天，乘飞机返回。

我与船长合影留念。船长是个活跃的瑞典人，幽默风趣，重要活动都亲自参加。在俱乐部成员的欢迎鸡尾酒会上，船长率领他的内阁成员站成一排，毕恭毕敬迎接每位客人，我老公感到这仪式太正式了，就调侃船长：“你上这来了，谁开船呢？”船长毫不迟疑地回答：“我妈妈。”引得大家哄堂大笑。气氛顿时活跃起来，当主持人请船长讲话时，船长走着舞步上台来，又引得大家开心一笑。

这条船是将近 10 万吨的巨轮，客人有 2240 人，工作人员 1084 人。他的工作团队来自 50 多个国家，虽然不同信仰，不同宗教，不同文化，不同传统，但他们却组成了一个大家庭。他们共同向客人提供最好的服务，最好的美食，最好的娱乐，致使很多客人不愿意离开他们，有些人已经乘此轮船 74 次、50 多次或 30 多次，听起来真让人震惊。

船上每天都会举办各种各样的活动。船长亲自参加的“大厨秀”共六人，两人一组，船长和主持人一组，其他两组是年轻的船员，有两个人是法国人，长得够帅，大概是吸引观众的王牌吧。评委是一个老头俩老太太，都是船上的客人，他们貌似内行，毛遂自荐。

山寨厨师们照着菜谱，加上自己创新，极其不熟练地操作。船长戴上白手套，戴着老花镜认真研究菜谱，心说了，船我都能开得满世界跑，这菜我就做不了？不管怎么认真做，一看就是外行。主持人不断地曝出笑料，穷耍活宝，让大家开心地看他们做菜。不得不佩服他们，几个人学做菜就能让大家开心过半天，也算是用心良苦了。

船长得意洋洋地端着他炒的菜给观众和评委品尝。自命不凡地高抬着下巴，我船长不得第一谁得第一？评委跟真事儿似地品尝完了还说出评语。其实他们的狗屁评语我根本不信，我早就知道最后的名次。法国帅哥那绝对的师奶杀手，能不得第一吗？最后船长名列第三，一脸的不忿。本来你也挺帅，可谁让你戴上老花镜了？船长亲自参加亲民活动，其实就是刘备摔孩子——邀买人心。温馨做市场，欢迎君再来！

邮轮上的服务生全是俊男靓女，是在世界各国招聘的。这条船则菲律宾人最多，其次是印尼人、印度人、黑人等居多，他们都来自低收入国家。服务生不仅经过精挑细选，还经过充分的培训。

服务生是船上的主人，他们殷勤地招待着每一位客人。服务生的工作是忙碌的，每天工作十小时以上。他们的脸上不像空姐那样疲惫和无奈，他们的总是微笑，精神抖擞。他们穿戴整齐，头发梳得一丝不苟，妆容画得恰到好处。他们本身就是船上一景。他们一天都穿灰色正装，男孩一天都穿红花衬衫，女孩都穿绿花衬衫。某一天有活动称白色星期五，男孩女孩都穿上白色。帅哥美女，穿什么都养眼。一点都不闷得慌。

他们工作忙碌，礼貌周全，只要走对面就会问好，打扫房间的两个男孩，每次问候还叫我们的名字，让我们更加有了亲切感，也令我老公在离开时慷慨解囊，留下大票作小费。

他们不是固定在某个餐厅工作，而是所有餐厅大轮换，具体工作也是轮换，有时上菜，有时捡碗。这样很公平，因为餐厅的忙闲不均，不同的工作，劳累的程度也不同。给我印象最好的是这里的服务生工作起来很优雅，他用一只大盘子捡碗，一次并不捡很多，把大盘子扛在肩上，躲过川流不息的人群，放到门口的台子上，再用车拉出去洗。让你感觉他们是工作并快乐着。不像平常我们餐馆看到的服务生粗手粗脚，西里晃郎的，满脸心酸的。这么多天从没有看到一只盘子掉到地上，餐厅永远保持干干净净，整整齐齐的。

深夜，曲终人散，风冷月残，海阔天空，我看见服务生摆好每一张沙滩椅并用绳子固定好，然后冲洗甲板；我还看见服务生趴在楼梯上用抹布擦亮那每一条镶嵌在楼梯台阶地毯上的金属。

日出之前，人们美梦犹酣之时，我去甲板上看日出，碰到小伙子在擦电梯和洗厕所……突然，我有一种莫名的感动。我们中国的孩子肯作这些吗？一无所长，怨天尤人，高谈阔论，光荣啃老，这就是我们的下一代。

船到港口，服务生用最快的速度安装设备并整理出一条安全通道，供旅客上岸。飞机在降落之后是由机场地面送上悬梯，而船上则是自带，迅速安装。因为每次下船的位置高低前后都不一样，这取决于码头的具体情况，所以每次都是临时搭建。令人温馨的是每次还在码头上搭建一个美丽的帐篷，从船上搬下来很多椅子供游客休息，还备有毛巾和冰水，服务生拿着消毒液为每个乘客消毒。还挂着标语：欢迎你回来，我们想念你！

那些坐轮椅的客人都由服务生推上推下，上船往往很长的路，而且上坡，必须好几个人一起推，于是坐轮椅的客人们都等在那里，几个小伙子一个一个往上推，做得真比儿子还强呢。难怪很多老人不住养老院而住船上，有帅哥美女的贴身服侍，死而无憾啦。

服务生都多才多艺，因为在招聘时能者优先啊。被称作员工明星的服务生，他们每晚带领客人们唱卡拉 OK，教客人们跳国标舞，拉丁舞，还演出小品秀才艺，那水平之高比专业还专业呢。

厨房的服务生冻了一大块冰，运到甲板上，为客人表演冰雕。用厨房的刀、铲把这一大块冰刻成一个大海豚，感觉跳跃着，栩栩如生，博得了客人的热烈掌声。

他们每晚送毛巾浴巾到房间都会折个小动物搏你一笑。有时是猴子吊在房梁，有时一个老鼠趴在被窝里，露个小脑袋；有时

是可爱的小熊，有时是可笑的青蛙……为了让客人开心，服务生可费心了。

服务生一年在海上十个月，每天都把这些琐碎的工作做到极致，做到完美。我们能不喜欢他们和不尊敬他们吗？

船上的服务一流，船上的服务生一流。

船上的客人绝大多数来自欧洲，70 岁以上的老人占了相当大的比例，坐轮椅的残障人士也不少。

可能在欧洲阳光特宝贵，一些人一天到晚坐在甲板上或趴在沙滩椅上晒太阳。船上有一个图书馆，大大方便了这些爱读书的欧洲人，只见他们人手一册书，认真地阅读，静静地享受阳光。显得比美国人有教养多了。美国人往那一坐，左手汉堡，右手可乐，再不怎么着也得抱一大袋爆米花吃着，我就没看见过美国人坐那里读书的。欧洲老太太还钩毛线，织毛衣，这在中国都久违了。看人家活得很自我，很从容，很传统，也很让我尊敬。

船上的生活像是盛装的节日，如同在美国你穿的多邋遢都没人笑话你一样，在船上你穿得多高调也没人觉得过分。青山依旧在，几度夕阳红，人的一辈子与永恒的自然相比，不过是短暂的一个梦，看看满船的人们都在做着风花雪夜的梦。有人打扮得像绅士，有人装扮得像骑士，有人穿得像淑女，有人穿得像贵妇。虽然满头都是银发，满脸都是岁月沧桑、沟壑纵横的痕迹，男人已不再挺拔，女人已不再苗条，却为我们展示了以欧洲风格为主的，各国式样的，跨越几十年的时髦与风霜，无论是在米兰还是在巴黎你都绝对看不到的服装秀。

看到那些做了一辈子家庭妇女的老奶奶们终于有机会穿上平常束之高阁或压在箱底的漂亮衣裳，把满是核桃纹的脸上仔细地画上浓妆，我突然后悔没带上我那件中国传统风格的玫瑰红色缎子手绣过膝大夹袄，那得用“待到山花烂漫时，她在丛中笑；人间四月芳菲尽，山寺桃花始盛开”这样的诗句形容，穿上这件衣服，咱们的中国味儿、中国风和中国美女，绝对醒目，绝对惊艳，绝对秒杀他们！

人们捯饬的目的就是让人看。在柜台大堂有一块空地是大理石而不是地毯，这是供到柜台办事的人们排队的地方。旁边就有酒吧和音乐，从上船的第一天，老头老太太们就把这块人丁最旺的地方变成了舞场。为首的是一位身材保持得不错的老绅士，穿着黑色礼服、白领结，舞姿也相当优雅娴熟，要不是那“农村包围城市，地方支援中央”的头发泄漏出年龄，还真看不出老来。他的舞伴也是一个瘦高苗条的女人，这样身材的女人在船上是绝对稀有物种，不看脸还真是一个精致女人，她穿着大摆的舞裙和专门跳国标舞的舞鞋。这一对佳偶就像穿上了红舞鞋，在那里得意地、忘情地、没完没了地旋转着……有带头的就有跟风的，一些身体严重超重，腰身酷似啤酒桶的风流大妈们也浓妆艳抹，衣裙飘逸，与她们相濡以沫几十年的老伴一起跟着翩翩起舞。在忘情地旋转中他们可能已回到了从前，回到了他们的豆蔻年华，回到了他们第一次跳舞或第一次约会的情景。

时间，空间，人间，统统远去；

狂舞，狂欢，狂美，享受今朝。

如歌里唱的，最浪漫的事就是和你一起慢慢地变老，老了以后还能手拉手地跳跳舞蹈。

每天的演出都不一样，这次是一个心理学家与观众互动的节目。一开始心理学家请自愿者上台来，一群老头老太太争先恐后踊跃上台去。27 个观众坐在台上成门字形，他们要按照心理学家的指示做动作。一位老太太穿着金黄色的大袍子，就像罩着一个大麻袋，下面露出两只像大白薯的脚，她自己跑到舞台中央煞有介事地向观众鞠躬敬礼，节目结束之后她又像芭蕾舞演员一样一脚在前，一脚在后，两手从两侧掀着大袍，半蹲着谢幕。自我感觉那叫一个良好，就不知啥叫害臊了。

一个德国人信心满满上台去，无奈不懂英语，只得拂袖悻悻下台来，抢着上去干什么，也不怕丢人！

心理学家的女助手在一个老头眼前大跳钢管舞，色诱那可怜的老头，还问人家心里有什么感受，以为会夸她妩媚性感，没想到刀枪不入的老头直言不讳："你看起来像个妓女！"哈哈哈哈……观众狂笑不已。

心理学家表演与一个老太太跳舞，老太太真不含糊，趁机吃豆腐用手来回摸心理学家的屁股，嘿！老太太抹口红——给你点颜色瞧瞧。

心理学家的女助手站在三个男人的背后，要求他们描述一下她的眼睛。第一位说："我没见过你的眼睛。"第二位说："我没敢看你的眼睛。"第三位说："像泳池的水。"这时女助手对第三个男人说："你说得太好了。我爱你！"然后就要去吻他，观众嘘声一片，没想到这位老兄拒绝艳福，说："不！你的爱不是好东西。"他说话的语气和表情又引得观众哄堂大笑。

节目结束之后，志愿者和心理学家都下去了，可有两位老太太还坐在那里不动，主持人上来说："节目演完了你们为什么不下去？你等什么呢？"老太太像在约会似的，大抛媚眼，酸了吧叽地说："我等你呢。"观众又是一阵大笑。

老年人有老年人的可爱，自己逗自己高兴，自己哄自己开心。可咱们中国老人绝对要不出这么不顾脸面的活宝来。

我碰到两对英国老人，一对已经结婚 55 年，一对结婚 44 年。他们都是 70 多岁的人，以为我这个年近花甲的中国人和他们的儿女差不多，当我告诉他们我工作 40 年，现已退休时，那英国人高喊一声"Unbelieveble!"他们都不敢相信。好像岁月多沧桑似的，欧洲人老了，从前的风采一点都不残留，说时光雕刻美女，这可不放之四海而皆准。欧洲人年轻时不论多漂亮，老了也不行，时光也无奈。同样年龄的亚洲人看起来不仅年轻得多而且非常有活力。他们对中国人的羡慕和喜欢远远超出了我的想象。一天晚上我去餐厅喝开水，同桌的人都在吃甜点，点心本来吃一点就好，可是人一多，边吃边聊就会吃很多。坐在我对面的一位澳大利亚人问我是不是中国人，我回答是。他马上告诉我他住在悉尼的中国城附近。我曾去过三次澳大利亚，非常熟悉，就聊起来了。旁边桌上的人听说我是北京人，马上凑过来，告诉我她们去过北京什么什么地方，北京的烤鸭如何如何好吃……那个澳大利亚人说，:“你看咱们都吃这么胖，看别人吃就想吃，看人家中国人光喝水不吃甜点，保持身材好，咱们都做不到。”我得意地笑了。我在船上散步，绕船走一圈需要 6 分钟，每次我走 10 圈，刚好 1 小时。一个中年人问我是不是走了 3 圈，当我告诉他是 10 圈时，他立刻作晕倒状。还有人来问我如何保持身材，我告诉他们那经典的 4 个字：少吃多练。他们说，我们知道但是管不了自己。他们说佩服我的毅力。咳！咱不能给中国争光也不能给中国丢脸呀。

一个老太太对我说：“你又年轻又漂亮又聪明，你的老公得多完美呀!”第二天，我和老公一起走恰巧又碰到这个老太太，我就给她介绍“这就是我那‘完美’的老公。”我老公赶快说：“惭愧，我不完美。”老头们都羡慕我老公幸运，娶了中国老婆，还可以经常吃中国饭，太幸福了！——我在这里不是自夸的意思，我想透个信息给想结婚嫁人的女同胞，不妨把你找男朋友的范围半径加长那么一点点，外国人也是可以考虑的，他们特别喜欢中国女人，在他们眼里中国女人又年轻又漂亮。

人们相见都先问你从哪里来，我老公总是非常高调地说：“中国！北京!”因为我是中国人，目标突出，与人聊天都会谈中国，所有的人说到中国都伸大拇指：“中国第一!”“中国真棒!”很多人都随旅行团去过中国，还有的人说下次旅行就是去中国。“全世界的商场里卖的都是中国制造，中国了不起！没有中国我们怎么活呀!”……听到老外们赞美中国，我心潮澎湃，热血沸腾。我骄傲啊，我是中国人!

一船的欧洲老人，善良淳朴，不甘终年在某个小镇上过着传统寂静的生活，他们要走进熙熙攘攘、五光十色的世界。每次旅行都是给他们平常、孤独、寂寞的生活镶上一个热闹的花边。花边多了，见识多了，朋友多了，活得就有意思多了。

旅游往往是去某个地方，哪个地方有吸引人的古迹，美景或奇特现象，于是用各种交通工具抵达。坐邮轮旅游彻底地颠覆了这个概念。坐船不仅是每个旅游点的旅游，而且是航线的旅游。没有舟车劳顿，只有舒适安逸，让你整个航程都是情绪高潮，天天充满快乐。

豪华游轮上的各国美食是有口皆碑的。每个上船的人都会体重增加，否则太对不起手艺高超的著名大厨了。这条船有 13 个不同口味和风格的餐厅，多数都是免费的，连小费都不用付，您随意点随意吃。正式的考究的餐厅要求穿正装，个个打扮得像绅士淑女，真事儿似地坐在那里用餐。有一次吃头盘金枪鱼，是用香油凉拌的，很有中国味道，我非常喜欢就问服务生可否再来一盘，“当然！为什么不呢。”马上又写订单给厨房。不一会儿，又端了一盘给我，然后把我订的正餐退回厨房加热保温，等我用完头盘之后再重新端给我，一点都不凑合。无需付账，服务还特别好，就是平常在城里的餐馆也没有这么好的食物和服务。我觉得自己就像沐猴而冠，一个粗人装扮成淑女，免费人五人六，内心就像德福巧克力丝绸般的熨贴、润滑、流畅。

我最中意的是 12 层的巨大的自助餐厅。穿短裤、拖鞋就可进入——自由自在啊。这里的美食品种之多，质量之高，规模之大绝对是空前的、无与伦比的。这里有北美西欧各国、墨西哥、意大利、法国、东南亚、日本甚至中国餐。这是流动的盛宴，没有时间的限制，随时可以用餐，一天吃几次都可以。这里的甜食战胜了所有想减肥的人。它不仅是饭后甜点，还是宵夜和零食，它时时诱惑着你尝试一点，再尝试一点。长胖容易减肥难，我不得不抵制它的诱惑。柜台上的雕塑都是巧克力做的，甜点大师都是艺术家。在这个甜点王国里你能克制住吗？

船上有游泳池、健身房、篮球场、网球场、乒乓球室等运动场所，吃完就得锻炼。

船上有很大的赌场和大大小小 10 个酒吧。船上的口号是：音乐无处不在。至少有 6 个酒吧是有乐队、歌手、演奏等。有的是爵士乐，有的是古典乐，还有流行歌手和黑人蓝调。

这个黑人乐队唱得特别好，我每天下午都来听他们演唱。他们唱各种歌曲。我喜欢他唱的抒情歌曲，轻轻的，飘飘悠悠的，凄凄凉凉的……那嗓子真是不可多得！后来他们成为我的朋友，告诉我他们来自特立尼达和多巴哥。与船方签约半年，船方提供食宿，不过住的是 3 层，即船底舱，服务人员工作人员都住在下面。每天下午在泳池旁边唱到晚上。我问他们是否开心，他们回答："每天看形形色色的人们，很开心。"

这里是钢琴沙龙，好像是一个格调挺高的地方。沙发里坐着的都是有着银色的头发和金色的钱包的老绅士和也许曾经美丽过而今已经相当丑陋的资深美女们。中年音乐家身材魁梧，相貌英俊，自弹自唱，风流倜傥。钢琴弹得行云流水，落柳醉花。歌唱得深沉悠远，温柔性感。每天楼上楼下聚集了大批盛装的老女人们，和音乐家一起唱歌甚至跳舞……对于老太婆来说，没有比音乐家这种人更像春药的了。

船上还有一个豪华的剧场。每天至少提供一场演出。有杂技、小品、歌舞、脱口秀等等。有些是很有名的明星。因为版权所有，人家不让拍照、录音、录像等。如果你喜欢你可以买他们的光盘收藏。

这个叫四季的组合由四个帅哥组成。节目介绍上是这样写的：“您将会度过一个多么美妙的夜晚，四个帅哥将使你们越来越高兴，以致 high 得你们忘乎所以。”果然，台上四个帅哥充满活力、俏皮、幽默、开心、可爱。中国京戏的功夫是唱、念、做、打，他们是唱、演、戏、耍并载歌载舞，让这些 70 多岁以上的观众们像看自家孙子表演一样，如醉如痴，无拘无束，大喊大叫，口哨流氓哨此起彼伏。我也激动地跟着叫好，这几乎是咱几十年未曾有过的。

演员们为满足观众要求，四个小伙子都下台来和观众见面拍照。他们给了观众一个开心、兴奋、快乐的夜晚。

这个问题本来要放在后面说，大家关心想知道就提前说说。——那就是花多少钱。

船也像饭店一样看是几星的，价格是有一点区别的。船上的房间也分不同档次，价格也不一样。一般来说，无窗户最小的房间的船票最低价格是每人每天 120 美元起。每天还要另付 12 美元小费。一般订票要提前预订，价格也是浮动的。相比你所得到的享受，这个价格绝对是物有所值。当然，还会产生许多额外花费，那就看自己了。这次旅行共 17 天，我们两人花费 5000 美元。我们不是富人，当然也不是穷人，靠退休金生活。一般美国人都消费得起，只是年轻人需要工作没有那么多时间而已。

船上提供的服务越好成本越高，邮轮的船票几乎是没有利润可言，仅仅是打个平手。利润全靠船上卖东西，如手表、珠宝、钻石、名画……还有上岸配套旅游，这个收费很高。由此我们就理解船长为什么亲自做市场，大量吸引回头客了。

得天独厚的墨西哥

轮船用了5天的时间沿着太平洋和加利福尼亚海湾中间的半岛停靠了三个城市。

墨西哥是拉美第三大国，面积196万平方公里。位于北美洲南部，拉丁美洲西北端，是南美洲、北美洲陆路交通的必经之地，素称“陆上桥梁”。北邻美国，南接危地马拉和伯利兹，东濒墨西哥湾和加勒比海，西临太平洋和加利福尼亚湾。海岸线长11122公里。我们中国是墨西哥国土面积的5倍，可我们只有18000公里的海岸线。看地图你就知道他的东西两边都是海岸线，美丽的海岛沙滩让墨西哥成为旅游胜地，有很多世界一流的饭店，给国家创造巨大的收入，这些都得益于其自然风光，真是得天独厚哇。美丽的海湾城市最美的地段都盖了饭店，招待外国人，赚取外汇，而本国人都生活在旧城里。我不知道这样对不对，国家的美景不是主要给国民享受的吗？

墨西哥还是美洲大陆印第安人古老文明中心之一，闻名于世的玛雅文化、托尔特克文化和阿兹特克文化均为墨西哥古印第安人创造。公元前兴建于墨西哥城北的太阳金字塔和月亮金字塔是这一灿烂古老文化的代表。墨西哥古印第安人培育出了玉米，故墨西哥有“玉米的故乡”之称。辣椒的故乡也是墨西哥。

1846 年美国发动侵墨战争。1848 年 2 月墨、美签订和约，墨被迫将北部 230 万平方公里的土地割让给美国，这就是加州，这也是为什么加州的地名大多是西班牙语。就连洛杉矶都是西班牙语“天使之城”之意。

墨西哥是个沙漠国家，非常干燥，所以虽然酷热却没有蚊子。连蚊子都不生存的地方人的生活能好到哪里去?

墨西哥的妇女是全世界生育能力最强的妇女，从 15 岁就开始生孩子，一个女人一辈子生十几个孩子都很正常。人们的婚姻属教堂管辖范围，全国人民笃信天主教，教主不让离婚不让堕胎。他们的离婚率很低，人口众多，生活贫困，相当多的人都冒死闯边境到美国谋生。他们普遍受教育很少，人人都为糊口谋生，很小的孩子就打工挣钱而不去读书。他们有了钱就消费，吃了饭就跳舞，没有什么更高的追求，也没有什么愤青，一代一代就这么过下来了。在美国的劳动力市场中相当大的一部分人是墨西哥人。在美国劳动一天的收入相当于在墨西哥同样劳动的收入的 20 倍。我们到达岛上时，据说已经半个多月没有船来了，岛民都红了眼，高举大刀向游客们砍去。一个木头大盘子开价 280 美元，真是穷凶极恶。所有产品的价格都高出 10 倍以上。墨西哥这个民族本来是善良的民族，可现在商业、金钱把他们的心熏得比他们的脸还黑。

玛利雅奇音乐和萨巴特奥舞蹈融合了西班牙和印第安音乐舞蹈的特色，成为墨西哥独特的民族艺术形式。船靠岸时，当地的歌舞团专门上船表演传统舞蹈和宣传玛雅文化。

轮船停靠的第一站是墨西哥的港口城市 Cabo San Lucas。这是墨西哥大陆之外的离岛，此岛旅游业的发展与美国有着极其紧密的联系。换句话说，这里是美国人的旅游胜地。这里是独特的，引人注目的，大范围的沙漠地区。气候干燥，风景宜人。当你走在沙漠中，你就会被无边无际的仙人掌包围。美丽的、巨大的仙人掌就像是这个城市的舞台背景，山地都被老绿色的樟科植物覆盖着，这里还有清澈的淡水和雪白的白沙滩。这是墨西哥政府花大气力努力打造的全国最大的、最好的旅游胜地之一，每年冬天都有大批大批的国外游客在此避寒享受自然。这里有很多世界一流的饭店。

轮船停靠的第二站是墨西哥的港口城市 Acapulco。这是墨西哥的皇后海滩，多年来总是拥有大批量的国内外游客。这里提供 24 小时服务的水上运动，非常吸引人，让外国游客开心不已。可以乘坐小帆船去其他小岛探险或垂钓。南面有以海湾、山和崖石自然形成的港口，其魅力不亚于里约和香港。这里还有几出迷人的悬崖小路不容错过。整个城市充满了迪斯科舞厅、酒吧和各种各样的俱乐部，这些旅游娱乐的收入养活着这个城市将近 200 万的居民。

Huatolco 是墨西哥最南部的港口城市。由于地理位置的重要和得天独厚，1980 年政府就开始开发建设这个城市。从当年只有 1000 多居民到现在已有 8000 多居民。这个小城由 4 个小镇组成，延伸出去 22 英里的海岸线，是 9 个港湾的中心。有 36 个白沙滩，最著名的沙滩有 250 米长，被软软的、白白的沙子覆盖，海水由绿到蓝，异常美丽。一年 330 天以上都是阳光灿烂的日子。

小镇之间没有陆地，一座座小山从大海中冒出，此地的人们旅游购物，贸易谋生，各种活动只要出门就得用小船作为交通工具。

开发后的第一年就有 6 万游客前来度假。政府的目标是在 2018 年建成旅馆饭店共 2 万个房间，这样就与墨西哥第一旅游城市坎空现在的水平一样。现在已经建立一个现代化的购物中心，餐馆、旅馆、商店等一条街，繁华，热闹，还有了出租汽车，修了上山的路，架了电话电缆以及网络电缆。

发展中国家利用自己的优势，开发资源，旅游致富，似乎是条康庄大道。在这方面，墨西哥无疑是发展得比较好的国家。

危地马拉的"圆明园"

我们抵达的是危地马拉的 Puerto Quetzal 港，这里属热带草原气候。是闻名的巴洛克艺术风格诞生地，也里是玛雅文化的发源地。

我们跟随旅游团游览了著名的 ANTIGUA。这是一个历史悠久的城市，她四周环着三座壮丽的火山——Agua，Fuego 和

Acatenango 地处南美板块与加勒比板块的交接地震带，是危地马拉七大咖啡产区之首。肥沃的火山土壤和平均 1650 米以上的高海拔使咖啡树开花和结果要比其他地区慢，因此带来独特的风味，成为与众不同的咖啡。

我在这里意外地看到了危地马拉的“圆明园”。今天就介绍“圆明园”。这个废墟是名字叫 Tercera Catedral 的古老教堂。该教堂 1680 年建成，还不到 100 年就在 1773 年的大地震中被摧毁。这个巴洛克风格的教堂占地面积很大，不小于圣彼得教堂，里面的设计构造等方面也都与圣彼得教堂相似。不同的是圣彼得教堂是石头结构，这里是砖结构。在那个年代还没有水泥，我想他们可能不知道中国人修长城的秘方是用江米粥行水泥之功效。

教堂有三条大通道，中间一条是主要大厅，房间的跨度是两侧通道房间跨度的二倍，中央房顶也高出两侧很多。两侧的通道各分为两排，从头到尾是十个房间，换句话说，除中央大厅之外，两侧各有二十个大厅，也就是各有二十个圆拱房顶。设想一下，一个方形建筑，中间一个高顶之外，旁边各有二十个圆馒头，多好看呐，多壮观那呐!

地下室并没有遭到损坏，大厅小厅一个连一个，转起来像迷魂宫。地下室可能是为教堂上层主教所建的停棺地。

现如今到处是断壁残垣，巴洛克的房顶已不知去向，空留一个个天井。有着华丽浮雕的石头横竖交错堆在那里，仿佛向人们述说着自然、地理和历史。有些野花在空隙中生长，让人们从穿越的时空回到现实。一个个圆形的房顶都掉下来了，只剩下一个个圆形的圈，穿过圆形的空洞，看见蓝蓝的天空。墙柱和窗框周围还清楚地看到精美的浮雕，天使们仍然在圆洞周围飞翔，可以想象这里原来是多么充满艺术豪华和美丽精致的教堂。让人不禁可惜遗憾唏嘘不已。

哥斯达黎加

船靠的是 Puntarenas 港口。位于 Nicoya 海湾的半岛，是哥斯达黎加的第二大港，是重要的渔港和海产品的进出口港，每天有很多渔船在此出没。由于得天独厚的地理优势，此地有大量的海鲜餐馆。

哥斯达黎加原为印第安人居住地。1502 年 9 月 18 日哥伦布发现哥斯达黎加，1564 年沦为西班牙殖民地。1848 年 8 月 30 日成立共和国。19 世纪末，英、美资本相继渗入，1920 年废除了历届政府同英国签订的条约，英国资本几乎全被美国资本所替代，所以美国人到此旅游的人特别多，在他们看来就像是回乡下看看。

哥斯达黎加农业以生产咖啡、香蕉、甘蔗等传统产品为主，是仅次于厄瓜多尔的世界第二大香蕉出口国。咖啡是哥斯达黎加第二大农产品，哥斯达黎加也是咖啡生产国协会和国际咖啡组织的成员。我专门买了3包咖啡。我抖了一个机灵不在旅游点买，我特别询问当地人什么牌子的咖啡好，然后到当地超市买的。没想到的是收12%的消费税，而港口是免税的。

整个城市是像一个长条的岛，让我想起久违的橘子洲头。海滩过去就是小树林，周末的时候有很多居民都全家到这里游泳。中午，把桌布往地上一铺，老少三辈团团围坐就开始野餐。虽然不是富有，但也悠闲自在。

小城不算热闹，港口像自由市场集镇，没什么太新鲜的。让我意外的是这么一个小城居然有三家中国餐馆。我路过时，里面的电视正在播放中国老电影《野火春风斗古城》，那感觉别提多亲切了。中国人真了不起，战斗生活在世界的任何一个犄角旮旯，把中国餐馆像撒芝麻盐一样洒向世界的每个角落。

这里手工制作的珠宝首饰价钱特别公道，样子精致，惹人喜爱。

这里是北纬9度，接近赤道，热带雨林气候，清晨阳光普照，天气炎热，人们大汗直流。到了下午3点，黑云压城，微风送爽，暴雨即将来临。

我坐在邮轮顶层的酒吧，喝着美酒，享受这太阳、海风、阵雨，享受天堂里的人生。

穿过巴拿马运河

小学就学过地理，知道京杭大运河、苏伊士运河、巴拿马运河，那时想看看这些世界人工奇迹，似乎太遥远了。没想到在中学时就在京杭大运河里坐过船，后来又去过埃及，见到了神奇的苏伊士运河，2010 年终于有机会乘船从太平洋穿越整个运河到达大西洋。整整一天的功夫，亲眼所见现代化的科学设计的闸池，亲身体验了 10 万吨巨轮上升入三次闸，进入巴拿马地峡，行程 82 公里，到达大西洋时，再下降三次闸，其过程壮观、巧妙，令人震撼。

过巴拿马运河是我们这次航行的高潮和主要目的。早上 5 点就通知起床，游轮已抵达运河口。游客们不顾天下着雨，争先恐后地抢占最佳位置，亲自目睹这个激动人心的时刻。我老公事先查看资料，得知每天都下雨，于是我们专门花了 20 美元买了 2 件雨衣。当我们穿着雨衣，打着雨伞（为相机）站在甲板上时，大家羡慕不已，怎么这么有先见之明还带了雨衣。我们心里挺得意。从太平洋进入运河过三次闸，共提高 26 米，这个过程用了 4 个小时。顶着雨，站了 4 个小时，照相机也没电了，当船在运河中行驶时，我们去用早餐，帮相机充电。下午到了大西洋入口处，船要降下 26 米才能出去。我决定换个位置，就到了船头，服务生在那里卖雨衣，3 美元一件。我恶心了老公半天，叫你自作聪明，简易雨衣用完就扔了，需要的东西船上都会提供。

巴拿马运河闸池的尺寸限制着全世界造船公司的造船设计，如果船超过这个宽度就不能通过运河而必须绕南美洲行驶。船进闸时是用 4 辆巨型电动机车在闸壁顶部的钢齿轨道上牵引的，4 条钢缆长度相同且在轨道上行驶，在进入水闸之前，必须经过一道在入口两壁间拉直的防护链，如进入准确无误则防护链自动进入水道底部的凹槽内；如遇麻烦则防护链就会自动张紧，于是船受限于防护链，此时，由闸壁上的液压装置控制的防护链会自动松开，慢慢放出，直到把船只纳入正位。因为每条船的船舷与闸壁之间只有很有限的空隙，造船时已将其设计最大化了。换句话说，就像大卡车开进窄巷子，两边都得照应着，基本没有什么余地。

闸门很厚，当闸门合拢之后，门的上面就是公路，车水马龙从上面通过。在闸门的前方，运河上还有活动的公路桥与运河旁边的公路形成立体交叉，而当有船通过时，小桥从中断开，像平时我们用的水果折刀一样折进旁边的桥洞里去，使得水路通畅。设计极其科学、巧妙、精确和现代化。让每个坐在船上俯览的人都叹为观止！

过了闸，天空水阔，美景如画。不由得我诗兴大发：

朝辞太平雨纷飞，百里水路一日归。

两岸景色迷人住，欢声笑语西洋汇。

当你经过运河，你一定能理解这句话，这个主张太了不起了。巴拿马地峡处于北纬 7 度，是中美洲最窄的地方，只有 82

公里宽，且原本地峡上就有河流及湖泊。只有从太平洋进入运河的 11 公里是人工挖掘的航道。其他的是把河流湖泊连接，扩深河道，用闸控制水位，让巨轮能通过。这样货轮就可以在北半球穿梭于太平洋和大西洋之间，不用再绕过南美洲，每一次至少节省航程 5000 到 10000 公里。这是一个造福人类、为世界服务的、有永久价值的工程，它是世界上最繁忙的运河，到 2010 年 10 月，已有 100 万艘船通过。它为促进全世界的经济贸易做出了不容低估的贡献。巴拿马以前只是哥伦比亚的一个省，由于运河的出现使之独立。1999 年 12 月 31 日中午，巴拿马运河的全部主权回归巴拿马共和国。

这是一个巨大的工程，挖运河的土方有 1.7 亿，放在货车上可绕地球 4 圈。还用了 450 万方混凝土。最重要的就是人工修建的 6 个闸。原理很简单，但所用的设计理念非常科学，非常先进，设备不断更新，始终保持最先进水平。

现在又再建新的运河闸。扩建工程已在 2007 年 9 月破土动工。新的运河闸长 427 米，宽 55 米，相当于 4 个足球场那么大。那就更现代化了。

豪雨中访问哥伦比亚

以前一提哥伦比亚就想到毒品、毒枭，那是电影给我们留下的印象。它最著名的是咖啡已被世界公认具有优质的品质和独特味道。作为世界上最长的山脉，素有“南美洲脊梁”之称的安第斯山脉自北向南贯穿整个哥伦比亚，使得这个世界上第三大咖啡出产国拥有着得天独厚的地理优势。

它有久负盛名的珠宝，盛产著名的祖母绿宝石和铂金，还有丰富的石油和木材。这是一个美丽富强、非常现代化的国家。

我们停靠的城市是 Cartagena，是哥伦比亚的第 5 大城市，有一千万人口。

吃早餐的时候，在茫茫大海中突然看到高楼林立，真有海市蜃楼的感觉。轮船缓缓驶进港湾，整个海湾被三部分环绕，一边是高楼大厦，一边是集装箱码头，还有一边是古老的城市。三个半岛由公路和桥梁衔接，组成一个既有悠久历史又很现代化的城市。让我吃惊的是人家也像巴黎一样，在远离旧城的地方再建新城。咱北京如果把西边搞成新北京，首都的中央西移，城里还是紫禁城，老北京，历史名城，文化生活，参观游览。政治经济贸易等中心在北京西边，这多好，也不至于今天堵城惊魂了。

我们当然是去旧城游览。各种不同设计不同风格的房子联在一起，涂上不同颜色，有加勒比风格，让人眼花缭乱，美不胜收。哥伦比亚是一个美丽的国家，特别喜欢美丽的颜色。商品、装饰、街道、楼房都体现了这个特点。

坐上出租车还不到十分钟，大雨不约而至。一会儿功夫，车轮胎被水淹了一大半。环海公路都很讲究，是三块板形式的。也就是马路中间的隔离带不是栅栏和水泥墩，而是较宽的绿地，种着小树和鲜花，现在一边过车，水就越过绿地流到对面，同样，这面过车，水流到那面，我们看着非常好玩。

个把小时之后，整个城市泡在水里，很多地方水没过膝盖。老公说从未见到如此大雨。第二天新闻报道，这场豪雨给哥伦比亚带来巨大灾害，造成了 200 多人死亡。

美丽的 KEYWEST 岛

我不知道中文怎么称呼这个岛。小岛以九十英里长的海岸线与古巴遥遥相对，是美国最南方的一个休闲小岛，距离风光旖旎的迈阿密一百六十英里。在这里你可以尽情欣赏这蓝天白云，椰林摇曳的加勒比海梦画般的美景，当你在浩荡的海风中深呼吸，让你的肺叶充满这墨西哥海湾的新鲜空气时，你会感到你正展开双翼，飞向那海天一色的无垠的天际，拥抱大自然的永恒。

这里有很多的古迹博物馆还有著名的北美洲最南端地理标塔。许许多多美丽的商店和热闹的酒吧，街头艺术琳琅满目，富有地方特色的美味小吃比比皆是。这里还有很多关于以往神出鬼没的海盗传说之地，这里的野生动物保护区、各式特色商店或加勒比海风情餐馆都是游客们争相前往的好去处。岛上美景不胜枚举，到处洋溢加勒比海的南国风光及渡假的欢乐气氛，却又享有海角天涯的特有的宁静。

刚从中美洲回来，一进境内，安全和平的微风就拂煦着我们，回家了，不用担心抢劫、欺骗、丢失等等不愉快的事情发生。整个岛都给你一种很艺术、很有格调、很舒服、很消遣、很放松、很安全的感觉。

这个美丽的热带岛屿是让美国人魂牵梦绕的地方，是游客休闲度假的首选胜地。总统哈里·杜鲁门最先发现了并来到这个热带岛屿，从 1946 年至 1952 年他的冬季假期都是在这里度过的。他选择这个西印度风格的住宅作为他冬天工作的“白宫”。他喜爱户外活动，早晨，他会经常去海滩，他还是一个狂热的渔民。后来艾森豪威尔、肯尼迪都在这里办过公。现在这个白宫开放供游人参观。虽然我来过这个岛两次却都错过了参观“白宫”的机会。

迈阿密的旖旎风光

迈阿密是一个热烈的、最令人激动的城市，市中心熠熠生辉的摩天大楼中有许多美国公司和拉丁美洲公司的总部机构。拉美的移民带给了这个城市一个亮丽的国际外型，这里是充满拉丁美洲食物、语言、音乐、政治和精神的地方。这里是拉丁美洲的首都。著名的装饰艺术建筑在温暖的阳光下闪着耀眼的光芒，典型的迈阿密棕榈树，长着均匀的千条万缕的针叶树木，郁郁葱葱的，不像我们加州的棕榈树又高又秃，远远看去像一排大豆芽。风情万种的棕榈树在微风中摇曳，尽情挥洒着生命的绿色，成为迈阿密在我心中美丽的标志。飘拂的白云、张扬的热带植物和蔚蓝的大海，构筑了迈阿密最明媚的风光。

末路英雄和璀璨明星在此狂欢聚首，风流才子和辣妹比比皆是，这里还是老年人与时装设计师、比基尼泳装模特儿的天堂。著名的迈阿密白沙滩，酒吧林立，到处弥漫着拉丁风情的音乐旋律，肆意流淌着古巴的彩色鸡尾酒。有报道说这是个曾经拥有全美国最高谋杀率的城市，每年吸引超过一千一百多万人次到此旅游，但我认为吸引游客的因素绝不是谋杀率。

迈阿密在我眼里是水汪汪的城市，是从水里长出来的。首先映入眼帘的是一组组现代化高楼聚在一片岛上，远方有另一个小岛被公路和桥梁连接，这就是放大若干倍的——在颐和园万寿山看十七孔桥从知春亭跨到龙王岛的天下绝景。这座大桥叫威廉鲍威尔大桥，他连接着必士京岛。必士京湾，是 Key Biscanne 与迈阿密之间的一个海湾。从桥上远望必士京湾，令人心旷神怡，非常向往。

必士京岛，Biscayne，源自印第安语 Bischiyano，意思是"月亮初升之地"，令人神往的小岛自有其非常诗情画意的小掌故。

必士京岛是分布于南佛州二百多哩沿岸众多小岛中位置最北的一个，与最南的 Keywest 岛遥相呼应，无数个岛屿，像珍珠链一样，点缀出妖娆迤俪的旖旎风光。

通往必士京岛的路叫 Rickenbacker Causeway，这条纪念前东方航空公司（Eastern Airlines）创办人 Eddie Rickenbacker 的桥道，总长约九英里，其中有三分之一是建于海上，桥高七十八英尺，北望迈阿密滩，灯红酒绿色彩斑斓满目奢华，南面整个必士京湾郁郁葱葱自然古朴尽入眼帘。桥上是六车道，两旁还设有行人和自行车路，不少人专程前往，泊车后，徒步到桥上欣赏风光。

迈阿密是一方水泽天国。现代化的城市和原始自然形成巨大反差。Everglands 是我最喜欢的旷野湿地。水面茫茫，人烟稀少；野景荒芜，大地苍茫。万顷原始湿地，浸泡着古老苍凉的情怀。

记得上次和妹妹及朋友一起纵情畅游了一天。我们先是在旷野里行走，有一条不知通向何方的柏油小马路，很多人骑着租来的自行车，小路旁边有一条水沟，上面被树、灌木丛和一些野花野草覆盖，里面歇息着鳄鱼。我们实在走不动了——地方太大了，于是请了一位长的非常像中国人的印第安人开着汽船载着我们游湖。曲径通幽，迎着水光和扑面而来的凉爽气流，我们看到了一幅明亮景色。茫茫不见尽头的水泽天地，大约漫着半米左右深的水，水中青草鲜绿，有些高大的水草露出水面，像荒滩上的芦苇，形成稀散的植被景观。往远望去如同绿色的地毯。船就在这绿色的地毯上行驶，而且行驶得非常快，好像要飞起来的感觉，耳边风声呼叫，白色的水花飞溅在前面的挡风玻璃像雪花一般，船在疾驶过程中一会儿向左倾斜，一会儿向右倾斜。倾斜得很厉害，手紧抓住护栏，口中惊呼不断。非常刺激。河道有宽也有窄，有深也有浅，浅的河道上长满了水葫芦一般的水生植物，绿油油的，水灵灵的。整个湿地保护区，继续维持着原始的生态风貌，丝毫看不出来人为的痕迹。有的地方看起来很像芦苇荡，其实不是芦苇而是一种篙草，一大片一大片到分布在沼泽中。有的地方草已形成金黄色，远远望去像麦浪滚滚，更增添一分喜悦色彩。地势高一点的地方，有几棵零散的树，孤零零地挺出来，挺拔在水天之中。放尽视野，远近没有人，寂静无声，只有野风，忽紧忽慢地刮着，头顶的阳光照耀着，水中的冷气和空中的热气相互交流，天气虽然热但非常惬意。妹妹此时已不能满足只坐船，她要求亲自开船。看她坐在高高的驾驶座上，一副高瞻远瞩、风雨无惧的派头，我们都羡慕不已、跃跃欲试，谁也不愿失去机会。于是我们轮流做了驾驶员。

这里还是鳄鱼之乡，据说在 20 年前美国有关研究人员考察过这里只有 4 条鳄鱼，现在有 4 万多条鳄鱼。这鳄鱼繁殖得也太快了。这个数字令人怀疑。有些鳄鱼身上装有芯片，科学家随时能掌握鳄鱼的生活习性。

印第安人自称祖先是中国人，所以和我们在一起感到非常亲切。他用口哨叫来了三条他熟悉的鳄鱼，喂它们并做表演给我们看。划了好几个小时汽船，还意犹未尽，他又带我们登上一个叫老鹰窝的小岛，岛上灌木丛生，大树参天，鸟语花香，一派原始景象，每一枝高大的树上停满了黑糊糊的鹰，一棵树上停的是一个老鹰家族，可想而知这是一个老鹰王国。老鹰有的盘旋在空中，有的歇息在树上。我们向它们抛洒食物，看它们戏耍、争抢，好不开心。当然这里的生态环境是强食弱肉，动物的生存准则也是优胜劣汰。

最让人感到满足的是在太阳落山之前我们又在一处无人的小岛抛锚上岸，斟上一杯酒，舒舒服服地坐下，看远处大树小树高低交错，朽木新木横陈倒挂，近处一条条小河沟表面被鲜花掩盖着，平静的水面上，鹅、鸭子和潜鸟自由自在滑向你，然后黑暗慢慢降临，万籁俱寂。

这次和老公一起参加旅游团就没有上次好玩了，戴着草帽亲嘴——差的远了点。一般的旅行团只能观看有限的水域，还好有栈桥供行走，欣赏两侧动物植物和稀有鸟类以及鳄鱼表演等。如有可能还是自由行“虾球传”。

迈阿密茫茫不尽的海水湖水，奉献给陆地无限苍茫，传播给海岸万种风情。而这湿地只是迈阿密旖旎风光的一部分。其他就留到下次吧。

生日之旅的联想

这次旅行先坐轮船从洛杉矶出发，沿着墨西哥海岸向南走，直至穿过巴拿马运河，走大西洋向北到达迈阿密。整个行程 4767.3 海里。（1 海里相当于 1.852 公里）游完迈阿密我们乘 6 个小时飞机回到洛杉矶。历时 17 天。这次中美洲之旅不仅是我的快乐之旅，更是我的生日之旅。换句话说，这次旅行是老公送给我的生日礼物。正如“人生就是旅行，不在乎去哪，在乎的是沿途的风景和看风景的心情”。

船行到危地马拉，位于北纬 13 度。一年一度的感恩节，船上张灯结彩，蔬菜水果大南瓜，摆得又艺术又好看，节日的气氛装扮得浓浓的，人们一个个都喜洋洋、美滋滋的。当然最美的是我了，今天是我的生日。感谢俺妈挑了这个好日子生下我，每年过生日不说普天同庆也是万民同庆。

老公在船上的顶级自费餐厅定了位置，准备给我一个惊喜浪漫的生日晚宴。船上的餐厅都是免费的只有这家除外，而且价格就像明晃晃的刀悬在头上，根本没人去，所以要求预订。知道去这家餐厅我一点都没惊喜，只是心疼银子，小家子气与生俱来，只要别浪费，浪漫不浪漫不重要。

诺大的餐厅只有四桌客人，有意思的是四桌全是为了庆祝生日！全世界的人们都明白，不是因为这个重大课题，谁也不愿把脖子放在刀下面。

就座之后等菜之前，老公很正式的，像电影里一样，递上两枚珠宝戒指，诚恳地对我说："生日快乐！感恩节快乐!!"又说"感谢你给我带来快乐！你是我的骄傲!"

我是一糙人，没受过甜言蜜语的训练，也不会发嗲撒娇，要说酸词就会磕磕巴巴的，关键时刻上不了台面，土的掉渣！但咱心里有数，滴水之恩当涌泉相报。蠢人有妙招，我写了一个感恩节贺卡给老公，我在卡中写道：

当我想要一缕春风的时候，你给了我一个春天；

当我想要一朵小花的时候，你给了我一座花园。

我是你的五月花，你是我的印第安！

把我的爱化成一朵朵玫瑰，那样人生会更美！

老公就欣赏我这笔杆子，每次我写给他的邮件、贺卡、短信等，他都如获至宝，分外珍惜，妥善保存。

餐厅安静，烛光朦胧。环境既高雅又梦幻。没有人等座排队，没有多余的人行走，只有干净漂亮的服务生殷勤地提供着完美的服务。我们从容地享受生日大餐。屋内一桌海鲜，窗外一地月光。船在有节奏的滚滚波涛中行进着，我的生日成了流动的盛宴，足以从北京吃到天津。餐厅赠送客人精美的生日蛋糕，来自世界各国的服务生，围着我站成一排，高唱生日歌。

"年年岁岁花相似，岁岁年年人不同。""最是人间留不住，朱颜辞镜花辞树。"春去秋来，生日越过越少了。似乎到了"清算"的时候了。感恩节是"洋人"节日，本来跟我没关系，谁知后来我做了“洋务”，有了比别人多的出国机会，这个节日就和我悄悄地联系起来了。回想那激情燃烧的岁月里，天赐良机，有时把我的生日动静整的真挺大，虽然时已久远，却仍历历在目，就像美丽的花朵，花瓣虽然飘落仍有幽香余存。

1989 年我过生日的时候，我参加一个在悉尼举办的展览会。感恩节这天晚上举行盛大宴会招待所有相关人员。因为我是主办方成员，他们知道这天是我的生日，在宴会进行一半的时候，主持人突然用车推出巨型蛋糕并请全体人员祝我生日快乐。随着音乐，大家拍着手唱着生日歌。在那么大的场面，我羞答答地站起来接受大家的祝福。意外、惊喜、感动、幸福一下子充满我的心。几百人来自世界各地，认识的不认识的都用真诚的目光和歌声祝我生日快乐。上帝呀，我何德何能让你如此眷顾我！同桌的一位小姐生日是明天，仅仅差一天，却再也没有同样的待遇了。

1992 年去芝加哥时同行的一个人认识一位国内知名的老华侨，我们到芝加哥时正好是感恩节，他请我们一行人吃饭。推杯问盏中得知这天是我生日，马上让人定蛋糕给我庆生。交谈中我才知道他在芝加哥搞了上海一条街，整个街的房产都被他买下，有餐馆咖啡馆，有书店有超市，有百货公司和其他的服务门市。他的目标是在芝加哥搞一个上海城。他表示与我一见如故，欣赏我的才华和才干，其实我有什么才华，人家给我戴高帽而已。他办了一家贸易公司，他就像求贤若渴似地邀请我加盟，请我认真考虑后决定到芝加哥来为他工作。我回国之后他还发函给我讨论此问题。我没去，但我心动。一餐饭，一个人，一个偶遇，一个生日 Party，就给你带来新的机遇。那时如做相反的决定，我的人生轨迹也许会大不一样了。

还有一次在巴黎。生日之际能徜徉在巴黎这个时尚之都，在塞纳河左岸的书店买几张画，看看香榭丽舍的高贵繁华，品品法国红酒的醇厚甘甜。无处不精致美好，无处不浪漫多情……上世纪末能有这样的生日，夫复何求？——就有惊喜在后头。黄昏时刻，我站在离协和广场不远的地方，突然警车驾到并且用高音喇叭喊着什么，所有的汽车都靠边停下来，马路上空旷旷的。正纳闷发生了什么事，轰轰巨响，滑旱冰的队伍哗一下涌过来，人群像洪水一样，顷刻淹没整条大街，声势浩大势不可挡。场面之壮观，气氛之热烈，是我见所未见，闻所未闻的。两万多旱冰爱好者由一个个小队组成，小队长的溜冰鞋上有红色的灯，一闪一闪的，招呼着自己的人马。我站在路边检阅旱冰队伍，他们有老有少，有男有女，有的是一家子、兄弟姐妹，有的是朋友恋人，各行各业的人都有，他们戴着手套、护肘、护膝和头盔，这么快的速度要是摔倒，后果一定很严重，巴黎政府比我先想到并派了救护车尾随。每个周末这个时间都由警车鸣锣开道，警察叔叔维持秩序，有政府支持的群众性活动都会在整个巴黎的主要大街上演。旱冰爱好者们带着笑傲江湖的神情，根本不屑用眼角扫一下这些路边以我为代表的看客们艳羡的目光，那也不妨碍我自作多情，我把这一酷景看做是浪漫而又有活力的巴黎人民送给我的珍贵的生日礼物。谢谢啦。

1995年的生日最是令人难忘。我所在的部门因机构改革撤消了，人员分散到其他部门。我和两个同事一起被分到这个部门。新部门能人荟萃，人才济济，环视四周，全是精英。我们像游击队碰上正规军，啥都得照人家的规矩办，换句话说，从头学起。有过机构合并经验的人都知道，两个单位的人两股劲，这需要长时间的磨合，了解和包容。

那年头，我已经四十有三，自认为仍属高龄少女范畴。在别人眼里早就是不折不扣的强悍剩斗士！我的几个老同事相约到我家给我过生日。新同事也好奇，一个单身老女人，说起话来就像巷子里赶猪直来直去，一点情商也不讲，硬邦邦的，真没人敢要。一个人的日子怎么过的？每天晚上她干什么呢？窥测别人的私生活，比磁铁还有吸引力，要不哪来那么多八卦呢。于是几个新同事也申请参加我的生日 Party。

后来这个 Party 的成员不光是我的老同事和几位新同事，而是我们单位包括领导在内的全体同事都光临了我的小窝。

哇！温馨美丽的英国壁纸，顶天立地的书柜，玻璃架上晶莹剔透的水晶收藏，古色古香柜子里香气氤氲的世界名牌香水……好一个孤芳自赏小资安乐窝，隆重散发女人味一点不像男人婆。哼！别以为咱每天都孤独煎熬，心碎神伤，咱是甘苦自尝，冷暖自知，野百合也有春天。

客人或者不太熟的朋友一旦到家里来访，那距离很快就拉近了。大家一齐唱生日歌，那不是唱，简直是吼，差点没把房顶掀起来，因为我住在顶楼 20 层，大家的祝福强烈震撼了我心灵中的小窗户，不知不觉我敞开了心灵中挺柔软的那部分。

我们平常在办公室里都各人做各人的工作，保持安静，像电影里的办公室恶作剧根本没有，也没有勾心斗角、溜须拍马之类的，是一个凭本事吃饭的地方。大家没有交集除非一起出差或一起出国才有机会交流了解。今天真是难得欢聚在我家，人多地方小，床上地毯上随便坐，喝着我兑的鸡尾酒，吃着生日蛋糕聊天、唱歌、交谈、争论，从下午三点一直持续到晚上十点。最初的迷你精品小局变成了职工恳谈会。原来是开明的领导有意识地利用过生日作为催化剂让我们很快融入这个非常团结、和谐、融洽的集体。

我们单位人并不多居然还有两个人和我同一天生日。于是我们三个人老中青三结合，一同过生日。每年单位都为我们举办生日宴会，送我们鲜花，唱卡拉 OK……这样美好的生日一直过到 2007 年我光荣退休。

读书旅行，美景美食，新知旧雨，生日聚会都会在我这个夕阳红心中泛起波澜，让自己穿过记忆时空，享受自己的青葱岁月。浮云柳絮无根蒂，天地阔远随风扬。悬浮在空中做一会儿梦。让思绪飞一会儿。这是件挺幸福的事儿。

极目远眺，只有秋水共长天一色，没有落霞与孤鹜齐飞。秋风萧瑟，洪波涌起。星汉灿烂，若出其里。老公与我香槟共饮，良辰美酒，大洋之上，浪漫生宵。又是一次不平常的经历载入我的生日史册。

火山爆发遗景

在美国开车旅行在大多时候是最佳选择。正所谓“春风得意马蹄疾，一日看尽长安花”。因为你要看的不仅仅是目的地，沿途的风景已足够你沉醉。

我们沿着 395 号公路向北进发，一片孤城万仞山。周围的群山形成一个圆，而我们正疾驶在这个圆的直径上。翻过一座山就又形成一个圆，就这样周而复始，左面是巍峨雪山，山峰像钻石切割，见棱见角，时不时就有富士雪山那样的镜头。可怜的小日本只有那么一个景，显摆来显摆去，上这来看看，满眼全是！右边是荒山野岭，蜿蜒起伏连绵不断。这里是沙漠，只有星星点点的老绿色沙漠植物，温度超过 100 度。

偶然发现路边有火山爆发的残骸，就停下车进去看个究竟。好像科学家发现新物种一样，我兴奋地穿着无袖的短裙和拖鞋就跑进去了。突然脚下剧痛，不好！有刺客！一颗坚硬的草刺穿过鞋底，我脱下鞋把脚放在石头上给鞋拔刺，就这拔刺的功夫，脚就成烤鸭了，那大石头烫的不得了。要是鸡蛋放在这儿，立马就能吃了。仅仅二十几分钟，露着的肩膀就像刚刚拔完罐子一样全呈紫红色，又疼又痒。防晒膏放在行李里，为了省事就偷懒了。嘿，疏忽一点就给一点颜色看看。

整个游览区只有我们夫妇二人，我说还真是 K 和 Q 出门，百姓都回避了。我身上没有兜，就把眼镜、车钥匙等物放在路边的大石头上，回来时再取。老友陈子昂说过，前无古人后无来者，不必担心丢失。

火山爆发造成一片片石林，与昆明的石林不一样。昆明的石头是经海水浸泡摩挲的，是雪白圆润光滑的，还有一道道水平线记录着年轮；而火山崩出来的石头都是黑色的，面目狰狞，石头中应含有大量铁矿质，有的石头还锈迹斑斑。

火山爆发后又被洪水冲刷，火与水的洗礼使之形成一个火山石小半岛，岛壁像悬崖峭壁一样，直上直下。这些石头在迸发出来时里面含有空气，洪水冲破了包着空气的外壳，我们就看到了一个一个的镂空大洞，像是公园里摆放的怪石。

我颤颤巍巍地跑到小岛的悬崖上往下拍照。不尽人意啊，这么美的景要是稀饭、牛筋他们定能整出让大家羡慕不已、唏嘘不已的照片来。咱甘拜下风啊。

一堆曾经流动的岩浆，成就如今固定的历史。

再读公园的介绍，如同上了一堂历史地理探索课。

翱翔蓝天

飞机谁没坐过，可我乘坐的是小飞机，是滑翔机。乘滑翔机玩的就是惊险刺激，就是要勇敢挑战人的极限！

为了让我有一个难忘的结婚纪念日，老公把翱翔蓝天作为礼物送给我，这么一来又添加了一层浪漫色彩。

不是吹牛，从小我就是一个勇敢的人，天不怕地不怕的。迪斯尼的过山车之类紧张刺激的节目均属小儿科咱都轻易拿下。这次一说飞行我就跃跃欲试，机场那些人都觉得我这股子劲头和年龄很不相符。心里话说了——这是一个“250 型”的老太婆。

我和老公的孙子挤在座舱里，挤得一点也动不了，地方太小了。

我们的飞行目的地是翻过 3000 米高的雪山，俯览美丽的太浩湖。

我们的飞行时间是一个小时。我们的滑翔机是由一个小飞机带着飞向天空的。当我们飞过山顶的时候，小飞机甩下滑翔机自己先溜了。我们本来是有绳的风筝，现在变成断线的风筝了。没关系，我们照样在山顶上转圈盘旋，没准儿还鹞子翻身呢。一会儿左翅向下垂直，一会儿右翅向下垂直，我们可以从不同角度拍照片，我们这可是航拍哦。老是羡慕牛筋老弟鱼翔潜底，而今我可遨游蓝天了，咱们旗鼓相当了。可惜我没有人家那长枪短炮的装备，当然也没有人家那精湛技艺。

正在我遐想连篇的时候，飞行员玩了一个飘儿，头朝下直接俯冲，飞机像倒栽葱直接往下掉，那惊险，那刺激，那开心，我在空中大叫着，承受着。就像上次坐皮筏子漂流，突然水位落差一米多，别无选择，高喊着就被水冲下去了。

“不畏浮云遮望眼，自缘身在最高层”。如站在高山之巅，一览无余的豪气油然而生。山顶上大片大片的松树，覆盖着皑皑白雪，一块湛蓝湛蓝的美丽宝石镶嵌在群山环绕的山坳里。俯瞰整个湖面，水闲明镜转，云绕画屏移，每一个浅蓝的水湾儿，每一块金色的沙滩都美丽舒展，尽收眼底。偌大的太浩湖，每次只能沿湖而行，从不同角度看到湖的局部，宏观与微观，立足点不一样，感受完全不一样啊。

机舱太小，我的肩膀贴在机壁上。机壁很薄，强烈的阳光把机壁晒得火炉一样，把我的皮肤烫糊了一块。乘坐三个人，舱里很快就会缺乏氧气，所以在机壁的两边有一个像瓶盖一样的孔，盖是半盖着，飞机在下面时很热，到了 2000 米以上，就会冷很多，针眼大的窟窿斗大的风，冷风呼呼地吹，风越来越硬，一个小时下来，把脸都吹木了。

飞行员每次都带好几个塑料袋供呕吐用，可他俯冲下来我们一点事没有。

飞机平安着陆后，飞行员和我紧紧拥抱，说我太让他惊奇了。嘿，咱们中国人啥时也不含糊啊。

机场上还有一些看热闹不敢上飞机的人们，看到老太婆下飞机，全过来询问，心脏怎么样，感觉如何，恶心吗，吐了吗，怕不怕等问题，我觉得我像英雄凯旋似的，就是没人给我献花。我告诉他们，上去试试吧，好玩！

火 山 湖

Crater Lake，翻成中文，就是火山湖，顾名思义，这是火山爆发后火山口形成的深水湖，深600多米。火山湖国家公园非常著名，建立于1902年5月22日，位于俄勒冈州南部。这个湖是我们这次旅行的最终目的地。

汽车在盘山道上行驶，绕过千山万岭，越走越高，已经6000英尺，突然，穿过皑皑的雪山，看见湛蓝一瞥。就这一瞥，足以让你惊艳，让你倾倒。有道是“金风玉露一相逢，便胜却人间无数”。“高峡出平湖”。你只要看一眼湖水，就会被它纯净，耀眼，唯美，高贵的气质所征服。没有满眼的姹紫嫣红，满耳的莺歌鹊唱，蓝天白雪，寂静无声，盈盈水间，脉脉不语。湖水清澈，平静如镜，一点波纹都没有，致使周围雪山的倒影清晰可见。常言道，五岳归来不看山，看了这个火山湖，相当多的大大小小的湖泊都可以忽略了。一湖镇天下，万湖自遮颜。

火山湖并不太大，中间还有一个仙岛，赋予了这个湖灵性和活力，有锦上添花之功效。

我穿着纳凉的衣服，光着脚穿着拖鞋，踩在厚厚的积雪上，阳光暖暖地照在脸上，春天乎，夏日乎，寒冬乎？不知今夕是何时。

更有甚者，不能不说的是此地特产蚊子，个头大不说，美丽的肚皮是一道黑一道黄的，大黄蜂一样。蚊子们像夜总会的小姐一样热情地蜂拥而上，手舞足蹈，唱着我们欢迎你，直接上来亲吻，给我留下难忘的纪念——三个乒乓球大小圆圆的，又红又肿的大包。

我爱阿斯本

ASPEN 是树的名字。在中文中叫“欧洲山杨树”。这个字在英文中还是形容词“颤抖的”的意思。

阿斯本生长在较冷的地区，多在河流山涧两旁。我因喜爱阿斯本，想在自家院子里种植它，但我们这里气温太高且缺水，不适宜阿斯本的生长。

阿斯本自生自长，像竹子一样，一棵树能长成一片树林，如同一个人繁衍了一个家族。所以我们看到的阿斯本都是一大片一大片的。所制造的美景也是一大片一大片的。眼前大片的阿斯本，星星点点滴跳耀着，闪耀着，亮的不亮的，深绿的浅绿的，晶莹剔透的，让人目不暇接，爱不闭眼。真想不到，树也有这么大的魅力。

阿斯本美就美在树叶上。它的叶子较小，基本呈圆形但下面有一个小尖尖，两面的颜色差异较大；叶柄像一根细长的红线，于是每片叶子都像纸片一样吊着，迎着微风，哆哆嗦嗦，颤颤巍巍，眨着眼睛，不停地运动着；如有阳光，树叶就像水晶片，闪烁着不同颜色，不同层次的光，深深浅浅，亮亮晶晶。到了秋天，绿水晶演变成黄水晶，在高速公路边上的小河边上，远远就能看到艳丽的金黄色的阿斯本树，树叶闪着金光，那金色真是令人沉醉。有句话叫“树欲静而风不止”，阿斯本是风欲停而叶不静，它永远处于动态。阿斯本用颤抖的美丽征服了人类的双眼和喜好。

是因为颤抖的树叶而被命名为阿斯本，还是因为阿斯本的树叶的颤抖而引伸出形容词“颤抖的”的意思，不得而知。

人文篇

美国犯人如何劳改

我家装修房子，需要雇佣几个工人。老公跟儿子一说，儿子开车送来了三个人。说是教堂推荐的。教堂的旨意谁能反驳？只有接受。

这三个人，一个50岁，叫皮特，一个40岁左右的墨西哥人，还有一个白脸金发的小伙子，20多岁，留着长长的、金色的马尾巴，咋一看像音乐人。他们三人每人带一个睡袋以及一旅行包的个人物品，《圣经》摆在最上面。他们工作期间要住在我们的空房子里。就像家里来客人一样，按照老公的指示，我赶快擦洗长时间未用的电冰箱，给他们预备了洗手液、淋浴液、卫生纸、买了满满一冰箱听装苏打饮料。用车拉来了收音机和电视机。

皮特是油工，算是技术工人，那两个啥也不会，做皮特的助手。他们干活的时候收音机播放着嘈杂的摇滚音乐。皮特工作还可以，那两个凑在一起，有说有笑，干活不认真，就是磨洋工。饮料罐扔了一地，这哪是干活的衙役？一看就是二流子。每天三顿饭都是老公从餐馆买回来给他们。给他们买了肯德基，他们全扔到垃圾箱，说要吃披萨饼。我讨厌他们的无理要求，这时老公才告诉我，他们是监狱里的犯人。这三位仁兄都是嗑药酗酒而后犯事被抓入监狱。因认罪态度较好，狱中表现较好，余下的刑期监外执行。中国“文革”期间曾有“群众专政”一说，而现在美国这种做法，被我戏称为“教堂专政”。不是每个教堂都设有这个职能，有的教堂有专门的人员负责教育和帮助犯人，并提供食宿，教堂的食物都是餐馆赞助的，这个教堂附近有个肯德基，犯人们一周至少三天都吃肯德基，所以他们看见肯德基就够了。犯人监外执行，教堂专政，这个办法也不错，还能减少政府的负担，俺猜想。

犯人就是犯人，他们没有自由，不可以单独出去，必须三人一组出去做事或居住。他们没有驾驶证，在美国驾驶证就是身份证，他们没有身份证，不允许开车。他们不可以有手机，不可以与别人联络。他们住在教堂的房子里，不可以回家。他们每天早上要用我们的手机向教堂 check in（相当于中国的早点名吧）。他们身上没有一分钱，他们的劳动所得我们不直接付给他们而是交给教堂。周末，老公开车送他们回教堂，周一再去教堂接他们去工作，雇用犯人不得不提供门到门的服务。

美国也有监狱工厂，犯人也要劳动。美国当然有戒毒医院，那些毒瘾很大的人，必须在医院里治疗。这几位相对程度轻一些，他们的再教育、戒毒戒酒精和劳动改造的重任就由教堂来承担。教堂让他们每天学习《圣经》，教育他们通过劳动改造自己，自食其力，重新做人。不让他们有机会和钱去购买毒品和酒精类东西。在失业率这么高的情况下，谁愿意雇佣他们呀，但教堂出面给他们找工作就不一样了。

我们雇用他们，我们就有责任看管他们，如有表现不好或其他问题要及时报告教堂。当我对他们工作不满意时，老公就去重新分配活计给他们，把他们分开来工作，不让他们有机会在一起说说笑笑，影响工作。老公却很包容地告诉我，他们不是专业的工人，我们把要求的尺度放低一点。如果他表现非常不好，我就打电话告诉教堂，那他们就会被遣送回监狱。

我们雇用他们，他们的合理要求我们尽量满足，客气相处，服刑等问题，全装作不知道。给他们起码的尊重和隐私保留。

三位犯人不好不坏、慢慢腾腾地干着，干了两个多星期，比正常工人多用了好几天的时间才干完活。

独自旅行的经历

我这人不光好为人师，还超级诲人不倦。请给我一个机会允许我再跟你们吹吹牛，说说我一个人旅行的经历。在英语中经历就是经验。就权当是我的狗屁经验，我的非物质遗产。

十几年前的一个冬天，我的客户约我去德国杜塞尔多夫国际展览会洽谈业务。我取道巴黎转飞机去杜塞尔多夫。因为买去巴黎的往返机票可送一程欧洲机票，我可以免费飞到德国。抵达杜塞尔多夫机场已是深夜，由于展览会人多，旅馆价格加倍而且难定，没办法只能舍近求远，定了另外一个城市的旅馆，距离此地好几十公里，正常的交通工具是城铁加地铁。但是我第一次来此地，不懂德语，也没有地图，何况还有行李，平时特抠门的我斩钉截铁地决定，此钱不能省，不论花多少钱我也得打的。到了旅馆，出租车司机走了以后又回来找我，要和我拥抱一下，他今天中了六合彩才拉到我这么冤大头的客人，这种机会怕是再也没有了。

第二天一早，我乘坐城铁到中心站，“中心”这个词的德语和英语基本相同。我在上车之后仔细观察第一站和第二站两面的风景寻找地标，我不认识德语，连自己上车的那个车站的名字怎么说都不知道，没法问别人，这里根本看不到一张亚洲人的脸，只能自己判断该下车时就下车。

中心车站换地铁，那地铁不是一条两条，是一个巨大的火车站，而且每天同样的线路不一定在同一位置。可尊敬的德国退休老人在车站里摆了一个询问处，义务奉献。他们可用英语法语及其他语言提供服务。他们还担心对客人讲不清楚，就把一打一面已用过的纸裁成四片，用小铅笔头在纸的另一面给你写上到几站台乘几点的车，然后在哪里下车再换直接到展馆的地铁。这个服务给了我巨大的帮助，让我感到温暖和安全。德国车站的“雷锋”让人感触颇深。我对这些老人肃然起敬。真诚地祝愿他们健康长寿，多为人民服务。

我的下一站是从科隆乘子弹头火车去巴黎。我要带行李乘火车，所以我在去巴黎的前一天先去科隆踩踩点，逛逛大城市科隆，还可以看看著名的科隆大教堂。科隆火车站宏伟壮观令我叹为观止。我探查到明天去巴黎的火车就在二站台，成棍在胸，不必担心了。因为转车的时间很短，只有几分钟。没想到第二天，到了科隆，从一站台冲到二站台后才发现去巴黎的车不在二站台改到九站台了，这给我当头一棒，昨天的经验全报废了。火车站那个大呀，九站台那个远呀，我的行李那个重啊，时间那个短呐，呼天天不应啊……冷静冷静，突然我急中生智，坐电梯呀!!德国的站台上都有电梯，尽管平常没人用，关键时刻就得用。伟大的德国人民是多么聪明，多么人性化，在站台上挖一个洞，安个升降梯，立马方便群众。不照北京，乘地铁，光那些台阶儿就让人眼晕。少有的几个站有滚梯，那也不开只供摆着看。我如果是在北京拉着这么大的行李乘地铁，肯定歇菜！我独享电梯直下到通道，拉着行李就往前跑，然后再乘电梯升到九站台，此时正是临开车前的高峰，每节车厢的门都挤满了人，我看到前边的门人少，就抖了一个小机灵，赶快跑过去上了车。哇！这车真高级呀，比飞机的头等舱还好，一边只有一个大沙发座位，面前还有一个独享的铺着桌布的漂亮的桌子，因为座位都是一个方向，没有面对面的，而且座位之间有相当的距离。德国人怎么这么会享受？难怪欧洲客户说出差全坐火车，路上还可以办公，原来他们的火车不一般呢。

我喘着气放松一下，欣赏了美好的环境，就掏出早餐慢慢享受起来。半小时之后，检票员查票。我从容地掏出票递上去，检票员面带难色地说：“你是二等厢的票而这里是头等厢，我可以给你看着行李请你自己坐到后面去。”然后他又与我商量：“补票也可以。”“补多少钱?”我问。“十五马克。”十五马克就能做一个理直气壮的“头等公民”，为什么不呢，我补了钱舒舒服服地做了“头等公民”，享受了头等舱整整四个小时，一分钟都不差，我顺利抵达巴黎。

到了巴黎咱就活了，因为几年前来过一次，不会法语可以顺着英语往上蒙。而且巴黎所有的地方都是世界闻名，无人不知无人不晓。为了省钱，在巴黎郊区找了一个小旅馆。每天出门先坐郊区火车再换地铁。巴黎的地铁那绝对是法国人的骄傲，每天的客流量超过600万人次。把地铁作为主要交通工具，是巴黎人的一种生活方式。当人们向您讲一个地理位置的时候，总是说：地铁某站。客户邀请我去他们的办公室和去参加宴会，都不安排汽车来接，只是告诉乘地铁怎么去，我们不必因此就怀疑对方的热情程度。因为乘地铁没有交通阻塞之虑，没有找不到停车位之苦，快捷方便效率高，何乐而不为呢?

在巴黎乘地铁很容易，凭着随处可得的地铁图，根本不用别人陪同就可以游遍巴黎所有的名胜。所以到巴黎第一课是学会看懂地铁地图。我个人的特点是只有整明白东南西北就基本没问题。第二天我就自己去了卢浮宫。站在广场上，来来往往有很多中国人。有个人手中拿着地图也找不到北，看我是中国人就过来问我方地达斯怎么去，我热情地（实际上我是骄傲地）告诉他如何坐地铁然后换郊区火车。好为人师的毛病又犯了，开始主动给人介绍：这个地方实际上是新巴黎城，现代化巴黎，看现代化建筑就得上这里云云。那个人看我挺实诚就告诉我他是建筑师，国内某建筑设计院派出来考察的。然后他问我在巴黎呆多久了，我回答：“昨天来的!”让他吃惊不小，我也顺便暗暗得意一回。

说起地铁，我想起1997年去日本。我在东京都乘地铁去成田机场。站台上很多人等车，但都不像去坐飞机的样子。每一趟车的门楣上都写着本趟车的目的地。虽然不懂日语，不能与人打听，但看着大大小小夹杂着的汉字牌子咱就能蒙个八九不离十。看着每趟车都写着不一样的目的地，也不知该上那趟车，一时间，我有点洋鬼子瞧戏——傻眼了。嘿！还过尽千帆皆不是了，今天我还就肠断东京都了，看你有多少目的地可去！几趟车过后，乌秧乌秧的日本人全上车走了，站台上就剩我一人了，这时来了一辆车目的地写的是成田，没有机场两个字，我不能肯定成田就是机场，就没上车，等等再看。我坚信我的专车马上就到，果然写着成田空港字样的车来了，有空港二字，绝对错不了，我自信满满，提着行李就上车了。

看出来了，什么经验之谈，不过是一看二蒙三抖小机灵。让您失望了，对不起！

阿Q精神

习惯了报喜不报忧，让人觉得你怎么每天都艳阳高照，喜上眉梢，常言道，人生不如意事常八九，你就没有喝凉水都塞牙，打碎牙往肚里咽，雄赳赳走麦城的时候?! 月有阴阳圆缺，人有悲欢离合。此事古难全。

地球人都知道，像我这样爱自作聪明的人，搬起石头砸自己的脚的事情肯定不会少做。自食恶果的经历加起来不知有几箩筐，但是很快就忘了。本着可与人言仅二三的原则，在此仅透漏两件。

直到退休，我的职称还停留在中级。这不能赖别人，当年评高级职称只要求考英语，我的英语虽然水平有限但通过这个考试是没有悬念的。我是觉得自己才疏学浅，别说高工，就连中工都不够格，就别狗戴博士帽充人物，自动放弃。办公室里有同样想法和做法的同事不止我一人。

名片上印着高级工程师的头衔，在谈判桌上与客户谈到技术问题，自己啥也不懂那不丢死人了，想钻老鼠洞都找不着。尤其是我的客户都是博士科学家。一次谈判中，我方的工程师提出一个疑问，人家客户当时就把长达好几行的分子式流畅地写出来，给你上一堂化学课。学问的事不服不行。你说你学的不是理科，你不懂，人家可以包容你，但你是高级工程师，却什么都不懂，人家就会嘲笑你，看不起你，认为你是南郭先生滥竽充数，因而不与你合作。

我有一发小，自“文革”后就没念过书，居然也与成功人士唐骏同出一辙，在人口普查时把户口本的文化程度一栏改写成博士。我常替他感到羞愧，你是什么鸟，人家一眼就能看出来，装什么大头蒜呢，这户口本以后怎么拿出来用啊！我做人是有准则的，即真实又诚实。

退休后第一次领到养老钱，居然少别人 400 元，以为弄错了，忙问原因方知差在职称上了。一时五雷轰顶，后悔来不及。让你藐视职称，让你自视正直，让你不图虚名！一失误成千古怨呐！现如今，早已没有凌云壮志，解甲归田告老还乡，千金散尽回不来，收入骤减，生活水平直线下降，虽不至于锱铢必较，却也懊恼不已呀。小小算数一算，这区区 400 元乃巨款也。如果本人退休后无病无灾再活 30 年，那岂不是丢失了 144000 元吗？我现身说法地告诫那些年轻人，真才实学要有，虚名也不可少！

不幸有偶，倒霉无单。上世纪 90 年代，我妹妹曾和我在同一单位工作，领导在分房时把我正居住的房子分给我妹妹另外又分给我一套住房，多好的事呀，姐妹俩一人一套房，可是房管部门嫌麻烦未更改房证。说是猪跑在你们家院子里，肉烂在你们家锅里，房证写谁的名字都一样。不愿改就不改吧，我也没坚持。后来房改呀，交钱呢，折腾了很长时间，终于有了带国徽的房产证。办证期间，为了防止有人借机钻空子，任何信息都冻结不允许更改，于是乎将错就错，两套房子都写了我的名字。

没想到十年之后，我要出卖自己的房产，必须把妹妹的房子作为我的房产超标准部分每平米按照 4000 元补交之后才可以。手续之繁琐，牵扯部门之多，各种文件证明资料我用了两个多星期的时间才搞定。这一个疏忽，一个没在意，虽说没造成千古恨却也让荷包大失血，损失不能说不惨重。搁过去说，好几年白干了，现已退休，想白干也得有机会呀。

工作的事再小也是大事，个人的事再大也是小事。几十年我们都是这样被教育的。所以总觉得这些个人的事情不必太认真。但事实却给了我深刻的人民币的教训。没有款款而来，只有款款而去。人生过得太快，我明白得太晚！

话说回来了，倒霉的事谁没有？愤愤不平、怨声载道能扭转乾坤吗？不能，那就得心平气和地接受。谁让咱赶上了，狗熊钻烟囱自己过不去，戴着口罩打嗝闷着响不开，只能更加对不起自己。

导演冯小刚得了白癜风，每次上电视化妆师都精心遮掩，而他自己却说："常遇热心人苦口婆心劝我治疗脸上白癫风且免费献出祖传密方，在此一并叩谢。这病在下就惠存了。不是不识好歹，皆因诸事顺遂，仅此小小报应添堵远比身患重疾要了小命强。这是平衡。"

就是嘛，走背字的时候想想鸿运高照之时不就平衡了吗。歌中唱得好，人生总有不平事，不能太在意，潇洒一些活得好。百年只是一刹那，富贵功名付之东流，神马都是浮云。浮云过后又是艳阳高照，忘却一切烦恼就又喜上眉梢了。

伟大的阿 Q 精神又被我发扬并光大了一回！

今天的心情

过了独立日就是我和汤姆的结婚纪念日，为了纪念这个重要的日子，俺们决定浪漫一把开车出去旅行两周。

家里的事情一桩桩都料理好了，还雇了邻居的孩子负责喂那两条狗。

旅行开眼界是我的最爱，高高兴兴开开心心地走了。

旅行回来刚一进院子，就被眼前的史诗般的荒芜景象惊呆了，原来绿茵茵的草地上，已一块一块地变成金黄色，草啊，都已经干枯了还不忘展露最后一点姿色，借着太阳的光芒，草地金灿灿的，迎着微风干巴巴地向我打招呼。

再到后院一看，我钟爱的四盆仙客来已经奄奄一息，我那可人疼的“四个姑娘”哎，你们原来总是个个高挑着，昂着脖子仰着脸相互争奇斗艳的。就因为没有仙人、客人来欣赏，你们就不梳洗打扮，慵恹恹，懒洋洋，东倒西歪，活不起了，你们不能只为别人活着，也要活出自己的精彩啊。

我的心肝宝贝那一大盆扶桑，每天向我绽开三朵人红花，长长的花蕊随风摇曳，美哉，浪哉。现在居然干的叶子都卷起来了，一副惹人生怜的样子，我不在家你也可以孤芳自赏啊。

千辛万苦培育的芒果树苗像嗷嗷待哺的孩子，渴得都弯了腰……

虽说这么多天都是艳阳高照的超高温天气，但俺家院子有精良装备的灌溉系统，你们都应该活得很滋润才对，就是因为平时我太疼你们，给你们太多的爱，你们离了我就孤独，就寂寞，就“拔剑四顾心茫然”，就“野渡无人舟自横”，就“我歌月徘徊，我舞影凌乱”，就“缺月挂疏桐，漏断人初静”……

我每天又浇花又浇草，把你们伺候得舒舒服服，你们就不让我也有个甜蜜假日。你们把我整得从里到外的农妇气质无限蔓延升华，以前那个无论坐卧行走都有一股子肆意挥洒书卷气的我早被你们抛进太平洋了。

正感慨万千呢，邻居来通报，因为独立日放烟花，麦克斯害怕就跳墙离家出走了。

回来之后的前两天我不顾旅行疲劳，带着多多满世界找麦克斯，喊得我口干舌燥走得我脚底发烫。

我突然想起网上说的：

一手字，让键盘给废了

电视剧，让广告给废了，

英雄，让美人给废了

女孩，让大款给废了

帅哥，让富婆给废了……

我接着续两句：

俺家的草地，让旅行给废了，

俺家的麦克斯，让烟花爆竹给废了。

一晃过去好几天，麦克斯杳无音讯。

今天，动物收留中心来电话，麦克斯被人送到那里好几天了，让家长领回去，但要付这几天的喂养照顾费用200多美元，并且保证以后好好照顾麦克斯，担当好监护人的责任，不让他再离家出走。200多美元，麦克斯，你这不是摘“妈”的肝吗？一个名牌包，两双名牌鞋，三次全身按摩……哎，“妈”再小气也得给你赎身呢。你说你，自打领养你回家，你吃地毯拉不出来，送你去看急诊，黑心肠的狗大夫收咱1000多，你老跳墙和邻居家的狗对咬，你“爸”不得已，雇了人买了板子把咱们原来漂亮的栅栏钉成了实心的大木板墙，这才把你们隔离开来。怕你跑出去，你“爸”还不得不把两个院门都钉成双层。你说说你花了家里多少银子啊，你哪是给“妈”送快乐来了，整个是跟“妈”要账来了。咱家那么大院子你都不愿呆，非要跳到墙外找自由，你以为红杏出墙会有好结果吗？被人送进收容所，蹲了好几天班房，自由吗，滋味好受吗？下不为例，再异想天开离家出走，就请咎由自取自寻出路，别怨“妈”心狠不救你。

动物收容所是一座非常时髦、现代化的建筑，还真比警察局强多了。不仅干净、整齐、漂亮，还是计算机管理。麦克斯一见到俺，乌眼青的双眼眨巴眨巴，激动地哼哼着直往上扑。眼睛和嘴都撞破了，青一块紫一块的，雪白的绒毛也变得肮脏擀毡了，叫俺心疼得忘了心疼钱了。自家的“孩子”犯多大错也得领回家呀。

我本来还乐不思蜀呢，哪知道一出门，家里就出麻烦，乐极生悲啊。

哎！咱乡下人出个门咋就那么难呢。

日本人应该记住

一走进小小的博物馆，被墙上非常醒目的大字所震惊：

请记住这段历史！

1942 年 2 月，日本偷袭珍珠港 2 个月后，总统罗斯福签署第 9066 号命令，把所有在美国的日本侨民迁入集中营。同时在全国不同的州共建立了 10 所集中营。今天我参观的是 MANZANAR 集中营，名字翻译过来就是苹果园集中营。来自西海岸的 11070 名日本侨民都住在这里，最长时间达三年半之久。

这些日本侨民有三分之二以上都是出生在美国的美国籍日本人。他们突然被通知在一周内必须搬家，每人不可超过两个手提箱的行李。有士兵用枪逼着上了车，被送到了这个沙漠里的集中营。住在像集装箱一样的简单木房里，每家的面积都很小。集中营里有学校和医院，吃喝拉撒睡都在这里，外面有士兵站岗，谁也不能出去。日本侨民失去了自己的家和全部财产。

日本人在此用简陋的工具开荒种地，艰难地生活。

1945年8月15日，日本人投降，这个战争集中营于1945年11月21日关闭。

1952年这些日本人全部成为正常的美国公民。1988年美国政府赔偿20000美元并向82000名关过集中营的日本人道歉。

看到这个集中营，第一念头是：啊，日本人也有今天！挺解恨的。再往下看，觉得这些人都太无辜，太可怜了。他们其实是美国人，只是有日本血统，就承受这么大的灾难，实在不公平。他们是日本政府的替罪羔羊。

第二个念头是我有几个中国朋友，来美国十多年了，入了美国籍。回到中国就觉得自己高人一等了，趾高气扬地说："我们是美国人！"还告诉我入美国籍的好处是如果在什么地方遇到麻烦，美国政府就会派人派飞机去救援。似乎他拿了美国的蓝皮护照，眼珠子也变蓝了，以为美国政府就会多爱他。这种人我觉得不配做中国人，就是汉奸洋奴才。

这些日本侨民有的可能好几代美国籍了，日本人说，我和隔壁的邻居没什么两样，可现在却被逼着放弃财产，流离失所，全家被关进集中营。——这就是政府行为。

第三个念头是政府很多时候都不代表人民。

与此同时，这些日本侨民正在为他们的祖国煎熬在苦难之中的时候，他们的同胞，大批的日本人遵从日本政府的旨意，侵略中国，在中国烧杀掠夺，无恶不作，远远超过了美国人的残忍。南京大屠杀，杀了30万中国人，日本政府不仅不道歉不赔偿，还篡改历史，为自己涂脂抹粉，中国人恨日本是国家仇，民族恨。

日本政府不改变立场，中日两国很难世世代代友好下去，除非都变成汉奸！

日本最是欺软怕硬的国家。他歧视中国，歧视亚洲，总想与欧美为伍。他对欧美一副巴结献媚的嘴脸。他的北方岛屿与俄罗斯有争执，面对强硬的老毛子，他不敢跟人起刺。普京义正词严地告诉日本，领土争端，没有谈判。想要就来抢！俄罗斯的领土是广大的，但没有一寸是多余的。人家大总统几句话就震得小日本一溜跟头，马上老老实实，不敢疵毛。

我看小日本倒是应该记住这个历史事实：是美国政府把日本侨民关进集中营，是美国军队往广岛扔下的原子弹。

白血病的药费应该谁付？

曾在中央电视台看到这样的画面：六个父亲站在火车站的广场上，为他们的白血病孩子募捐，向社会乞求援助。

老公看不懂，问我他们干什么。我一时想不起白血病这个词英语怎么说，就说：他们的孩子都得了你儿子那种病，没钱治，希望大家帮助。

孩子得了白血病，医药费肯定是巨额，大款除外，普通人根本承担不起。而这六位父亲决心走遍全国乞讨要钱为孩子治病。父爱如山，情深义重！火车站这种平常人光顾的地方，没有太多的 VIP 和大款，再说人家有头有脸的人捐钱都是在场面上，谁会在街头赐你一笔巨款？即使是善良的人，最多也不过捐个几百元，这恐怕就是上限，多数人可能只是几十元甚至几块钱，这些钱与孩子治病所需比起来简直就是杯水车薪！我不赞同这种办法。老公说，这得找政府，找保险公司。于是老公给我讲了他的故事。

十几年前，老公的二儿子得了白血病。得病之前，他有工作，单位给他买的医疗保险，他生病住院后失去工作，每月的医疗保险费由我老公接替支付。美国的医疗保险的程序是这样：先有一个基础费用，比如 2000 美元，超过这个数额后再发生的费用保险公司付 70%～80%，其余自付。当你的自付金额达到规定的数额时，这之后的全部费用都由保险公司承担，但保险公司有上限，那时的上限是 100 万美元。

儿子断断续续住院很长时间，该自付的都自付了，保险公司也按规定付了上限 100 万美元，可这还远远不够，还有其余 400 万美元的账单，谁来付？

美国普通职员的年薪不过 3 万～10 万，还得交税供房等等，除了大款电影明星薪水阶层谁付得起 400 万美元?!

那段时间，高堂老母风烛残年，老婆离婚家庭破裂，儿子奄奄一息，多次报危，还有 400 万的账单……黑暗得简直是伸手不见五指，老公的生活多艰难啊。

老公认为保险公司的条款不合理，入了保险就不应该有这样的窘境，如果困难都自己承担还买保险干什么呢？他呼吁全社会关注这个问题。

他买了五个传真机，在家里不停地向社会各界发传真，媒体首当其冲，包括电视台、电台、报纸杂志、教堂、医院、学校……有一个号码就发一个传真，凡是能发传真的地方都发过。同时还在互联网上呼吁，当时互联网还没有像今天这样普及。

一个小人物的呐喊终于引起了社会的极大反响。电视台、电台、报纸等各媒体都掀起了讨论热潮，白血病的医疗费应该谁付？人们普遍认为如此高额的医疗费不能由个人支付。一浪高过一浪，一波强过一波。群众的呼声、公民的要求像炮弹一样轰向政府，轰向保险公司，最后的结果是由州政府和保险公司共同买单。

这也是为什么现在的保险最高限额是500万美元。当我知道这个伟大的变革起源于老公时，惊讶极了。以前我只知道他儿子得白血病的事，并不知道这段精彩下文。我崇拜地看着老公说："你比奥巴马还伟大!"老公一点都不得意，无可奈何地说："那段时间的事想都不愿想，太痛苦了!"老公的儿子做了两次干细胞移植手术，科学的进步让他幸运地活下来，只是永远失去了头发。他如果再犯病，那费用政府将会承担。他的父亲永远也不用再着急了。

我又回想起我的一位同事。大约是上世纪80年代初期，其父亲在我们这个大型国企工作。那时单位每月都会发一些补助费给生活困难的同事。其父亲每月都高居榜首，时间长了，全单位的人都知道了他有一个生白血病的孩子。经过多年的住院治疗，孩子居然痊愈了。后来他也成了我单位的职工。他和大家都清楚地知道，他的生命是由于我们单位的财力支持才延续下来的。一直到现在，他还是单位的中层干部。

我多么希望我们中国各级官员大大小小的宴会节省百分之一用来给白血病孩子治病，我多么希望我国的保险公司的老总们别互相高攀薪水，年薪几百万还嫌少，那其实都是百姓投的保险费，拿出一部分给白血病的孩子看病吧。政府制定政策，人大颁布法律，让生病的孩子都能得到应有的治疗，别让孩子的父亲再做乞丐了。

渴望盼望，失望希望

我有一个秘密，偷守半个世纪。春来秋去无人知，无声世界独静谧。我右耳失聪，属残疾人范围。

老公多次劝说我做手术，他为我联系了豪斯耳科门诊。豪斯听力研究所从1946年以来一直致力于推动听觉科学，是世界著名的听力研究中心，有世界最好的耳科医院，有耳科最著名的专家教授医生。各国的耳科医生都以在豪斯进修培训过而感到骄傲。他们的听觉保健专业研究世界闻名，他们的目标是帮助听力有障碍的人听到自然中生命应享受的所有声音，让他们的生活更丰富更美好。

听和说组成了人际交流。有些缺陷只是自己承受，而耳聋常常给与你谈话的人带来困扰。这一点当属老公感受最深。一天我做好了饭，叫老公吃饭，不知道他正专心做什么，叫他三次都没听见，我就自己吃起来，当他看到我正在吃时，非常不高兴。我说："叫你三次了，你都没听见。"他说："我经常叫你100次，你都没听见。"我恍然大悟，亲爱的老公以多么宽大的胸怀包容我，他因为我的耳聋受了多少委屈呀。这也是他力挺我做手术的原因之一。

医生说："手术后三天可以洗头洗澡，一周后可以游泳。"当我们问何时可以乘飞机，医生回答："当天就可以！"然后又补充道："当然最好一周以后。"医生踌躇满志地说："小手术，一个小时就完成，我的把握是98%。"颇有一种"给我粪土，我把它变成鲜花"的既优雅又牛皮的气质。医生的强烈自信感染了我，或者说忽悠了我，我于是也想入非非起来。我突然觉得我是多么幸运，谁能让一种疾病缠身，等到50多年后医学发达了再治疗呢。贝多芬在27岁时得了中耳炎到49岁就彻底失聪了，他用牙齿咬住铁棒，铁棒的另一头接触钢琴起到传导声音的作用。他的座右铭也是我的座右铭，“我要扼住命运的喉咙”！大音乐家生不逢时，没有我幸运。

我马上就要听见了！听见自然的声音，听见人造的立体声！

高兴之余又担心起来。在无声世界里呆惯了，突然进入车水马龙，喧嚣嘈杂的环境，我能接受吗？没准还受不了呢。弟弟对我的担心回答是：“不行就把左耳捅漏了。”老公听了哈哈大笑，说：“That’s really a good idea!”（这真是一个好主意!）

手术的前一天晚上我紧张兴奋，忐忑不安，焦虑期待，渴望憧憬。浮想联翩，夜不能寐，彻夜无眠。

明天我就能听见吗？一个小时的手术就能改变57年的现状吗？真的能扭转乾坤吗？以后我也能用MP3、MP4吗？我能唱歌吗？我也能听到环绕立体声吗？什么发烧友、高保真这些过去我连看都不看的东西，也能享受了？……我的心情就像艾伦·凯乐说的“假如我能看见三天”，如凤凰涅磐，重获新生。

襁褓中因为发烧引起中耳炎，导致耳膜穿孔脱落，右耳失聪，左耳尚余部分听力。上小学之前，母亲极力主张给我做耳膜修复手术。就在这时，父亲的一个朋友专门从外地来北京治疗耳朵。他做三次了手术都不能奏效。那时并没有显微手术，手术成功率很低。我很害怕就放弃了手术，当然，几十年来，中耳炎总是困扰着我，北京所有的名医都亲自给我看过病。前几年，我去同仁医院治疗，医生说现在医学发达了，有显微手术，成功率可达70%。做手术要住院两周，手术之后三个月不能坐飞机。当时我工作繁忙，怎么可能三个月不出差！我又一次放弃了手术！其实我何尝不想赶快做手术，可总是看到或听到某人做了两次，某人做了三次……我不能不望医兴叹！

幸运的是我的残疾是耳朵，他不像眼睛那样明显，从作为青春少女的我到作为职业女性的我，决不让别人知道我的秘密，虽然只有常人20%的听力，但生性争强好胜，什么都不能输给别人，与人谈话不仅对答如流，还学会英语。一直工作生活在精英周围，一生中最令我自卑的就是不会游泳和唱歌，这都是来自耳朵的缺陷，我再努力也不能克服。从小学到退休，不论何时何地，只要游泳，我就是看堆拿衣服的；卡拉OK从来都是奉陪别人……我的好胜心，我的虚荣心被我的自身缺陷撕得粉碎！！

清晨5点抵达医院。护士忙碌完，5点半医生亲自上阵。他拿着剃须刀，几分钟就给我剃了一个阴阳头。我对老公说，这位可能是世界上最贵的理发师了，老公点头同意。

这位精干麻利快的医生，三下五去二，四十分钟结束战斗。

回家的路上迷迷糊糊，没什么感觉，问老公医生怎么说，老公不语。

上午八点钟，我已经回到家里躺在床上。老公一边安抚着我，一边慢慢地说："手术很顺利很成功，但是听力不能恢复。"

"为什么?!"我一下子就激动起来。

"打开以后，医生才发现你得听骨已经损坏，不能工作了。"

"50多年的病变，听骨损坏是正常的，医生应该想到!"

"医生不能凭想到，医生必须看到。"

"有经验的中国医生一看就知道是什么毛病。"

"医生不靠经验，得凭科学，凭数据，凭证据来判断和治疗。"

"那我得听骨可不可以替换?"

"过几个月再做一次手术替换听骨。"

这就好比长了一个包，切开之后发现是癌，又缝上了。我的沮丧之心可想而知。

这就意味着我还要受二茬罪，对身经百战的我来说，这都不算什么，可我天性舍命不舍财，令我心中滴血的是老公的钱包。选择这个医院就是付双倍的价格，现在是双倍的双倍了，成了双倍的二次方！

转了一大圈又回到原点，我希望或者说我侥幸再做一次手术我能听见！！本来我拟的题目是："我听见了！"，现在只能改为"渴望盼望，失望希望"，本来以为手术开刀年该落下帷幕了，没想到还得做下一次！

梦想成真

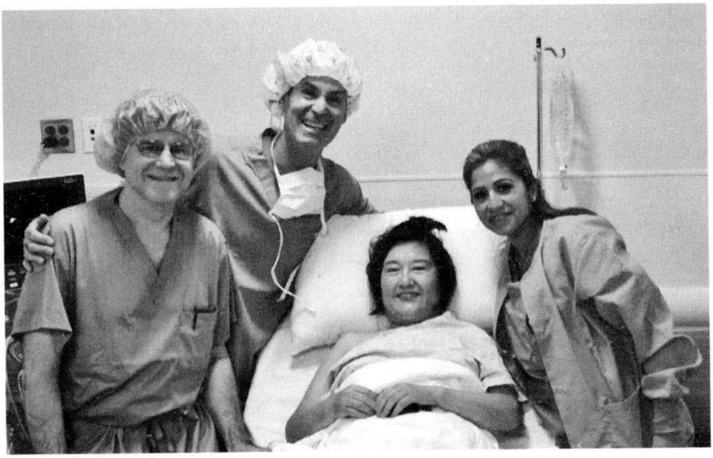

我的听力恢复团队：戴眼镜的是主刀，高个子的是麻医还有漂亮的女护士。

距离上次手术有九个月零七天了，我的耳朵又接受了一次手术。

上次手术的经验告诉我，期望越高失望越大。所以希望成功又不敢太奢望。这段时间，内心很纠结，精神紧张造成睡眠很不好。老公总是安慰我，试一下而已，成就成，不成也没关系。但是在北京期间，我想在同仁医院解决，被老公坚决制止。九十九拜都拜了，就差这一哆嗦，决不能功亏一篑。我知道他比我更渴望成功，所以不相信中国的医院和医生。

做手术对我来说已经不可怕，可怕的是后果。预防针打了又打，毛毛雨下了又下。把最坏的结果想了若干遍，还给他找了很多理由来说服自己，强迫自己接受那句醒世恒言：成功属偶然，失败乃必然。

5月11日，早上4点起床，老公上了闹钟，其实根本用不着，彻夜无眠！

按照规定，前一天晚上开始不吃不喝，早上冲了淋浴就出发了。此时凌晨4：40，早上5：30开始准备。医生进来时我问医生，为什么要这么早开始。医生开玩笑说，早做完早回家。

在美国做这样的手术也都是全身麻醉。一切工作准备就绪，主刀医生亲自推着我进手术室，在进门之前，麻醉师拿了一小瓶药，看起来像过去注射的盘尼西林，不过只有2毫升的样子。药水打进去立刻万事休，连门是怎么打开的我都不知道了。这也是为什么现上轿现扎耳朵眼，一分钟都不早注射。后来我想这药够神的，要是作案抢劫，这比枪还好使呢。

手术进行一个小时二十分钟，医生把两块只有3.25毫米的钛合金替代听骨植入我的内耳。

医生告诉我老公，手术非常成功。我老公马上问："那结果是什么?"医生说："三种可能，根本听不见，听见一点和听见一些。是哪种结果，不知道!"换句话说，医生的手术做完了，他的手术是成功的，剩下的就看你自己了。谋事在人，成事在天！医生再也不重复说恢复听力80%的话了。只能是骑驴看唱本，走着瞧了！这手术于我就像是高考，那分数，那结果往往更加无从反驳，更加冷酷无情。

早上8：40回到家，整个历程整整四个小时。这么高难度精细的显微手术在这么短的时间内就完成了，而且不住院，这在中国还是做不到的。巧的是我的医生还曾经在北京同仁医院做过专家交流。

接下来的好几天，耳朵只是稍有不舒服，没有其他感觉，仍然像黑夜一样寂静，根本听不见。我心里比麻还乱。白天一个小人儿对我说，明年就是本命年，你的残疾都快 60 年了，哪儿就治好了。一辆车，一台设备，一个仪器，60 年不用，早就荒废了，怎么可能重新启用呢？人年纪越来越大了，没毛病还耳聋眼花呢，何况是这么多年弃之不用的废物呢……夜间一个小人儿对我说，凭什么退一步海阔天空，哪个人不渴望高处才能看到的风景？进一步海阔天空才对嘛。网友印子专门给我算了一卦，说我这次肯定行！……两个小人儿让我昼夜不得安宁。

今年二月份在云南，去一盲人处按摩。盲人问我："你右耳听不见吧？"我说："是，但是我马上要做手术，以后就能听见了。"看我多么自负！因为都有残疾，同命相怜，同是天涯沦落人，相逢何必曾相识。我们俩侃起来。小伙子只有 25 岁，个子高高的，斯斯文文的，眼睛只有一点光感。我问他治疗过吗？他说，现在一般不能治，能治也治不起。我不仅同情而且心痛。跟很多残疾人相比，我已经够幸运，我不断地反省自己，责备自己太贪婪，因为索取的太多，上帝把这扇门关上了。肉体没有痛苦，精神却受到煎熬般痛苦。我只能面对无情的岁月造成的摧残，只能接受眼前无情的严酷的现实。我的心情已经从蜡炬成灰泪始干发展到了万念俱灰思已尽。

死灰还能复燃呢，希望之心哪能泯灭，每晚我都憧憬着，也许明早突然听见两个黄鹂鸣翠柳呢。

今天是 5 月 18 日，医生复查的日子。

我起床后进入卫生间，昨天放入花瓶的玫瑰突然绽放，好兆头！给了我一个好心情。前两天晚上耳朵里老是呼呼作响，像刮大风。我要再测验一下，于是我给在另外房间的老公打了一个电话，老公一声"哈喽"我热泪盈眶，我高喊"我听到了！"

老公立刻跑过来和我紧紧拥抱在一起，经过漫长的等待，苦苦的挣扎，压抑在心底的殷切盼望，终于像火山爆发，四目相对，涕泪滂沱。接着我们又试验听电视，电视在卧室里，我躲在卫生间里听，声音不足够大的时候，能听见断断续续的声音，分辨率较差，声音很大时就能听到!!

并没有像戴助听器那样的感觉，会觉得嘈杂难耐或因角度导致声音传导强弱不一样，一句话，不需要的信息太闹腾，想听的照旧听不到。这还是最高级的耳蜗数码助听器呢。用自己的耳朵听到，那感觉真是太妙了，她是绵绵的，悄悄的，是“春眠不觉晓，润物细无声”的感觉，是“众里寻他千百度，暮然回首那人就在灯火阑珊处”的惊喜感觉。

医生看到我们喜笑颜开满面春风的样子，立刻明白发生了什么。医生用显微镜检查过我的耳朵生长情况，只说了一个字：“Perfect!”是的！很完美！

我急切地想告诉每一位亲朋好友。美国下午四点是北京时间早上七点，我好不容易捱到此时，给弟弟打电话，弟弟说：“太好了！以后我对你说话要注意了，不能随便说坏话了!”接着给妹妹打电话，给所有人打电话，让我的喜讯随着无形的电话线传向世界各地，让大家分享我的快乐。

“我能听见了!”这个喜讯我最想告诉的人就是我那长眠于地下二十多年的母亲。在这夜深人静的异国，我面对母亲的遗像放声大哭。妈妈，您总是说：“那时刚到北京，连东南西北都没搞清楚就抱着你去医院，不知坐了多少次错车，走了多少冤枉路，北京每一家医院都去过。别的孩子是因为没有条件不得已，而我们是有统筹医疗的。这样却也落下残疾……”母亲心中的痛我知道。感谢我的丈夫请异国的专家妙手回春，让我这休息了半个多世纪的耳朵开始工作了。

科学的进步弥补了我的缺陷。

母亲，您没有遗憾了。

我们梦想成真了。

祝常春藤成功

网友常春藤一心要把博客出版印成书，羡慕她，钦佩她，希望她如愿以偿，特作此诗以表心意。

芳草萋萋看斜阳，往事历历回故乡。
高堂鬓发各已苍，未曾开口泪千行。
不畏浮云遮眼望，平凡琐事写华章。
踏遍青山出新著，归来落月满屋梁。

常春藤和诗一首

冬夜深沉云遮阳，万籁俱寂入梦乡。
惟有茉莉忧友苍，舞指题诗坐书房。
姐妹情深荧屏望，网络友谊谱华章。
真善美文赛名著，笑谈趣语绕屋梁。

红楼老弟和诗一首

茉莉春藤迁西洋，相聚一聊思故乡。
眼望东方天苍苍，才华横溢满书房。
如今著书谱华章，字字句句泪千行。
但愿文字益祖国，千古余音绕屋梁！！

茉莉小妹和诗一首

窗含雪山迎冬阳，一剪红梅傲寒霜。
春藤锦衣归故乡，游子赤心著华章。
茉莉无眠坐书房，指尖传情墨凝香。

网络结缘荧屏唱，姐妹成对诗成双。

文学城查立先生，深藏不露，出口成章：

诗和茉莉花 & 常春藤小韵

柳梢微绿笑斜阳，春风沐尽鹤家乡。
月下茉莉初含露，晓色春藤悄入房。
掩卷扶窗长相望，浮云乱卷是文章。
轻弦数抹成一著，长歌半曲镇雕梁。

致谢好友

好友常春藤、茉莉妹妹、红楼老弟举杯邀月饮酒作诗，殷切盼望拙作成书，惭愧不才激昂奋起，谢朋友推崇作诗为感。

三更花落相思夜，万里星空寂寞时。
栀栀春风绿染眉，汨汨心曲香凝指。
春藤寸衷送贺诗，旧雨长吟写新史。
只恨我辈虚朦胧，满纸涂鸦无价值。

写在茉莉姐姐著书之际（后记）

JASMIN

记忆，像天上白云
飘过山岗，流过小溪
一片片、一缕缕

思绪，如蜂蝶翩翩
吻过花香、掬起甜蜜
一行行、一字字

时光，似流星飞逝
点亮夜空，点亮天际
一分分、一时时

梦想，是浪漫因子
带着幸福，带着欣喜
一颗颗、一粒粒

* * * * * * * * * * *

深夜，你毫无睡意
任指尖在快活的敲击
嘀哒、嘀哒、哒嘀

晨曦，你屏住呼吸

任灵感在脑海中疾驰
平行、放射、交集

夏花，正万红千紫
唯有茉莉花冰清玉肌
精致，幽香、美丽

夕阳，洒人生写意
我在万水千山的足迹里
寻你，读你、品你